國家圖書館出版品預行編目資料

楚辭三九暨後世以九名篇擬作之研探（上）／高秋鳳 著－初版－台北縣永和市：花木蘭文化出版社，2009〔民98〕

序2+目6+232面；17×24公分

（古典詩歌研究彙刊 第六輯；第1冊）

ISBN 978-986-6449-52-9（精裝）

1. 楚辭 2. 研究考訂

832.18 98013859

ISBN - 978-986-6449-52-9

古典詩歌研究彙刊
第六輯 第一冊 ISBN：978-986-6449-52-9

楚辭三九暨後世以九名篇擬作之研探（上）

作　　者 高秋鳳
主　　編 龔鵬程
總 編 輯 杜潔祥
出　　版 花木蘭文化出版社
發 行 所 花木蘭文化出版社
發 行 人 高小娟
聯絡地址 台北縣永和市中正路五九五號七樓之三
電話：02-2923-1455／傳眞：02-2923-1452
網　　址 http://www.huamulan.tw 信箱 sut81518@ms59.hinet.net
印　　刷 普羅文化出版廣告事業
初　　版 2009年9月
定　　價 第六輯25冊（精裝）新台幣35,000元

古典詩歌研究彙刊

第六輯

龔鵬程 主編

第1冊

楚辭三九暨後世以九名篇擬作之研探（上）

高秋鳳 著

楚辭三九暨後世以九名篇擬作之研探（上）

高秋鳳 著

作者簡介

高秋鳳，臺灣臺南人，一九五一年生。國立臺灣師範大學國文研究所碩士、博士。曾任國小、國中教師，國立臺灣師範大學國文系助教、講師、副教授，現任國立臺灣師範大學國文系教授。著有《楚辭三九暨後世以九名篇擬作之研探》、《天問研究》、《宋玉作品真偽考》及單篇論文〈柳宗元天對研探〉、〈楚辭九章思想意識探析〉、〈台灣楚辭研究六十年（1946 ～ 2005）〉、〈論《楚辭》二招之藝術成就與評價問題〉等三十餘篇。

提　要

本論文旨在以分析、歸納、比較方法探討《楚辭》〈九歌〉、〈九章〉、〈九辯〉之異同，及後世模擬騷賦而以九名篇諸作與屈宋及「三九」之關係。所據資料除與《楚辭》相關諸書外，尚有類書、總集、別集、歷代史書、文論及文學史等論著。

全文分上下兩編，上編為「《楚辭》三九之研究」，下編為「後世以九名篇擬作之探索」。上編又分五章。首章係就三九之名義、篇章、作者等異說紛紜者，略作探討。第二章則自時代、地理、作者、文學四端論述三九之創作因緣。第三章為全編之核心，係從內容、形式二端比較三九之異同。第四章則據第三章之較論歸納三九之藝術價值。第五章乃論述三九對辭賦、詩歌、駢散文、詞曲及小說之影響。下編亦分五章。首章即依時代為序，略述擬作作者及其作品。第二章則從性格、際遇、地緣、時代四方面探討擬作作者與屈宋之關係。第三章就內容之承襲、形式之模擬論擬作與三九之關係。第四章探討擬作與〈七發〉、〈七諫〉之關係，進而論「七」、「九」能否成體之問題。末則略論擬作之價值。

斯篇研究所得較著者有四：一，透過分析、歸納、比較，使吾人對三九內容形式之異同有更深刻之了解。二，根據三九內容形式之異同，使吾人能具體確認其高超之藝術價值，及對後世文學之深遠影響。三，將散見於類書、別集之以九名篇賦作熔於一爐論列之，既有輯錄之功，亦足見擬作與屈宋及三九關係密切。四，透過對擬作作品及作者之探討，對前人譏為無病呻吟之擬作，給予較客觀之評價。除此之外，於研究過程所繪製之各種譜表及若干發現，對後之治《楚辭》者，或有助益焉！

目次

下　冊

自　序

《楚辭》之〈九歌〉、〈九章〉、〈九辯〉並以九名篇，既皆饒楚騷韻致，又各具獨造之美，頗堪吾人潛心玩味。此後才人志士，見其命篇特殊，每有仿其以九名篇，而體貌文心亦皆取則於是者。故自漢迄清，「九」文不絕，此亦文學史上一頗堪深入探討之問題也。

本論文分上下兩編，上編爲「《楚辭》三九之研究」，下編爲「後世以九名篇擬作之探索」。前於上編之緒論，則在說明「三九」命名之由，與本文寫作之動機及大要。上編又分五章，首章爲「有關三九諸問題」，係對三九之名義、篇章、作者及〈九歌〉性質等異說紛紜者，略作研討，以求一較合理較近實之解答，以爲後文論述之依據。第二章「三九之創作因緣」，則探討三九產生之內因外緣，蓋三九所以必產生於戰國楚地之屈宋，實有其時代、地理、作者、文學等方面之因素。第三章「三九之比較研究」，此爲本編重點所在，係從內容、形式二端比較三九之異同。自內容言：三九之創作動機、作品主題、蘊含之思想、運用之素材皆有同有異。就形式論：三九之結構、造句、遣詞、聲律與寫作技巧亦有同有異。第四章「三九之藝術價值」，此據第三章之比較歸納，其可得而論者有四：自由之體製、多樣之風格、美麗生動之語言、巧妙之表現手法。第五章「三九對後世文學之影響」，分五節論述三九對辭賦、詩歌、駢散文、詞曲及小說之影響。

下編探索後世以九名篇而模擬騷賦之作品，亦分五章。首章「擬作作品及其作者綜述」，計分兩漢、魏晉至唐、宋金元、明清四期，依時代爲序，略述擬作作者之生平及其以九名篇之賦作，以爲下文研探之根據。第二章「擬作作者與屈宋之關係」，則自性格、際遇、地緣、時代四端論述擬作作者與屈宋之關係。第三章「擬作作品與三九」，係就內容之承襲、形式之模擬二端析論擬作與三九之密切關係。第四章「擬作作品與『七』、『九』」，共分兩節，首節爲「〈七發〉、〈七諫〉與擬作作品」，次節爲「從擬作作品看『七』、『九』是否能成體」。第五章「擬作作品之評價」，首節乃略評各期之擬作，次節則針對模擬問題省察擬作是否可取，及後代作者以騷體爲文是否適宜，末則略論擬作作品之價值。最後結論則總束全文，並陳述一己所見。篇末附錄有三：其一爲上編比較三九異同所據之各分析表，其二爲三九韻譜，其三爲「以九名篇擬作作品存佚及擬作作者年里表」及「擬作作者與屈宋關係示意表」。末爲參考書目。

斯篇之作也，旨在專論歷代以九名篇之騷賦作品，此爲前人所未及論述者。古今治騷者雖夥，然於三九之研究，僅著意於考據與釋義，雖間有略論其異同者，亦止爲片言隻語之印象直覺式評論。故本文嘗試以分析、歸納方法，從文學角度探討三九內容、形式之異同。再者，後世以九名篇之擬作，除收入《楚辭》之〈九懷〉、〈九歎〉、〈九思〉外，餘者散見於類書及別集，雖饒宗頤《楚辭書錄》、姜亮夫《楚辭書目五種》嘗爲著錄，然亦止於著錄而未加論列，況又廁於眾擬作中，自不免爲人輕忽。故本文專輯以九名篇之擬作於一編，進而探討其作者、作品與屈宋及三九之關係，復據之以予諸作一較公允之評價。

本文之作，有兩難焉：蓋上編爲〈九歌〉、〈九章〉、〈九辯〉之研究，歷來相關之論著不少，尤以〈九歌〉爲甚，此則材料去取、眾說論衡之難。至若下編以九名篇擬作之探索，因諸作散見各處，前人又鮮有論及，故有材料收集不易與文獻不足參考之難。幸蒙　王師熙元指示津梁，悉心匡正；繆師天華開啓懵懂，惠借資料，始克有成。唯操觚率爾，文成倉促，罅漏疏略，自所難免，尚祈博雅碩彥，不吝賜正。

中華民國七十五年五月高秋鳳謹識於

國立臺灣師範大學國文研究所

緒　論

黃伯思〈校定《楚辭》序〉云：「屈宋諸騷，皆書楚語，作楚聲，紀楚地，名楚物，故可謂之『楚辭』。」〔註1〕何景明則謂：「經亡而騷作，騷亡而賦作，賦亡而詩作。秦無經，漢無騷，唐無賦，宋無詩。」〔註2〕據此則或非楚地，或非戰國時代之作，縱或體類楚騷，亦不可謂之「楚辭」。若然，則所謂「楚辭」者，乃戰國楚人，以楚地特有之音律、詞彙、事物創造之詩歌。準此觀之，則今本《楚辭》中，以九名篇而爲戰國楚人之作者有三：〈九歌〉、〈九章〉、〈九辯〉是也。〈九歌〉者，屈原改造楚民歌之作也；〈九章〉者，屈子隨事感觸之創作也；而前人或並稱之「二九」，如路百占《楚辭發微》、姜亮夫《楚辭書目五種》。〔註3〕〈九辯〉者，楚宋玉之所作也。斯篇與〈九歌〉、〈九

〔註1〕黃伯思《東觀餘論》收〈校定《楚詞》序〉一文，《宋文鑑》卷九十二亦收此文，題爲〈新校《楚辭》序〉，而今人援引多作〈翼騷序〉，且謂據陳振孫《直齋書錄解題》引。然考原序云：「自屈原傳而下，至陳說之序，又附以今序，別爲一卷，附十通之末，而目以《翼騷》云。」則此序乃《翼騷》之一篇，而非《翼騷》序；且陳振孫《直齋書錄解題》亦未言此爲《翼騷》序，此係後人援引之誤。姜書閣《先秦辭賦原論》頁59亦辨此序爲《新校楚辭》序，非《翼騷》序。

〔註2〕見何子雜言（《續說郛》卷二）。

〔註3〕姜亮夫先生《楚辭書目五種》頁260引路百占《楚辭發微》自序：「伴我避寇者，〈離騷〉、二九之札迻，及《詩品》校記耳。……總爲三卷：上〈離騷〉，中二九，下則〈天問〉。」同書頁437「登高」下，

章〉並爲戰國楚人之作，而屈宋並稱，由來已久，加之此作不僅與「二九」關係密切，且於文學史上亦有傑出成就，又況《楚辭》舊次尚在〈九章〉之前，〔註4〕故而將之與〈九歌〉、〈九章〉並稱「三九」，似無不可。

夫三九之作，並以九名篇，且皆爲楚聲，故有其同然之善；然以作者有別，歌體、誦調風貌亦異，〔註5〕故又有其獨造之詣。以是後之愛騷者每喜以九名篇，而體貌亦多擬於三九，幾有蔚成「九林」之勢。而古今中外研究《楚辭》之專家學者，雖對〈九歌〉多所論述，而間亦偶及〈九章〉、〈九辯〉者。然於名篇相近，關係密切之「三九」却未有能作一整體比較研究者。至若後世以九名篇之擬作，除收入《楚辭》之〈九懷〉、〈九歎〉、〈九思〉外，其餘散見於類書、文集，除饒宗頤先生《楚辭書錄》及姜亮夫先生《楚辭書目五種》爲之著錄外，更無人重視之。竊以三九之作對後世文學頗有影響，且其或擅於寫情，或長於敘志，或精於狀景，而皆饒楚騷韻致，若能較論其異同，則尤可彰顯其價値。而後世以九名篇之擬作，雖以摹仿而減價，然其所作大體多出乎眞情，皆有所爲而作，不忍見其爲人輕忽而湮沒，以是不揣識淺學陋，爲之收錄，並進而析論其人其作與屈宋之關係，以見其非前人所謂無病呻吟。此本文之寫作動機也。

本文之作，分上、下兩編。上編乃《楚辭》之〈九歌〉、〈九章〉、〈九辯〉研究。要在從比較觀點論述三九之異同。然欲析其同異，則須先知其創作之因緣。而歷來對三九之論說紛紜，有部分問題與對三九之了解關係密切，則不能不先作探討。故而首章先略論有關三九之名義、篇章、作者等問題。第二章則探討三九創作之內因外緣。第三章乃全編重點，係從內容、形式二端較論三九之異同。第四章則據第

姜氏亦云：「宋張耒撰。雜用〈離騷〉上遊，及〈遠遊〉六合之意，以舒憂幽之作也。體在二九之間。」

〔註4〕據洪興祖《楚辭補註》目錄〈九辯〉下注《釋文》第二，則〈九辯〉舊次在〈九歌〉、〈九章〉前。

〔註5〕劉熙載《藝概》卷二〈詩概〉云：「〈九歌〉，歌也；〈九章〉，誦也。」

三章之較論，進而綜述三九之藝術價值。末章則略論三九對後世文學之影響。下編乃對漢代以後以九名篇之摹擬騷賦作品略作探索，要在闡明擬作作者與屈宋之關係、擬作作品與三九之關係。然以擬「九」之作，作者既異，作品復散見各處，故首章即爲擬作作品及其作者綜述。第二章則探討擬作作者與屈宋之關係，第三章則析論擬作作品與〈九歌〉、〈九章〉、〈九辯〉之關係。第四章則根據擬作作品略論文學史上「七」、「九」能否成體之問題。末章則對擬作作品作一較公允之評論。以上即本文寫作之大要也。

夫〈九歌〉者，《楚辭》中最有滋味者；〈九章〉者，屈子憂國思君之心聲也；〈九辯〉則開後世之悲秋文學，抒千古懷才文人之不遇。三九之驚采絕豔、金相玉質，影響深遠。自〈九懷〉以下，遽躡其迹，而屈宋逸步，莫之能追。然取法乎上者，或有可觀者焉！若然則本文之作，或亦一己爲所鍾愛之《楚辭》稍盡棉薄之力歟！

上編：《楚辭》三九之研究

三九之作，〈九歌〉以其性質特殊，頗受學者重視。據姜亮夫先生《楚辭書目五種》之著錄，其研究〈九歌〉勒爲專書者，即有：李光地《九歌注》、顧成天《九歌解》、辛紹業《九歌解》、畢大琛《離騷九歌釋》，而輓近亦有蘇雪林先生之《屈原與九歌》，張壽平先生之《九歌研究》，馬承驌先生之《九歌證辨》。至若單篇論文則尤爲可觀。據史墨卿先生〈中國近三十年《楚辭》論文索引〉（《離騷引義》附）所收，即有七十八篇。然〈九章〉或以「直致無潤色」（朱熹《楚辭集注・九章》序語），〈九辯〉或以僅爲單篇，且非屈子所作，故較不爲學者注意。據姜氏書目之著錄，並無研究〈九章〉、〈九辯〉之專著，直至近幾年方有王家歆先生之《楚辭九章集釋》及《九辯研究》（75年3月方出版）二書問世。而據史氏〈中國近三十年《楚辭》論文索引〉所錄，其專論〈九章〉者有四十篇，而〈九辯〉則僅止蘇雪林先生之〈《楚辭》九辯考〉，然斯篇乃考「九辯」一詞，而非研宋玉〈九辯〉之文。以是與〈九歌〉比，〈九章〉、〈九辯〉顯然較受輕忽。再者，就現有之研究三九專著或單篇論文觀之，大多著重於考據、釋義，而少有從文學角度進行探討者。至於納三九於一文而綜論者，則未嘗有之。然三九之作，並以九名篇，且皆爲楚聲，故必有其同具之美；然以作者之異，性質之殊，亦必有其獨擅之場，以是若能納於一文而綜論比較之，則或可別有所見。職是之故，本編乃嘗試從文學角度探討三九內容形式之異同，並進而論其文學價值，與夫對後世文學之影響。然欲究論此諸課題，則不可不知其本源，而文學之欣賞又須建立在對作品之正確了解，而對作品之正確了解，則不能不先解決考據諸問題。故而本編之作，首爲三九諸問題之研討，次則略探其創作因緣，而後再據以較其異同，論其文學之價值與影響。

第一章　有關三九諸問題

三九雖皆以九名篇，然或章分十一，或篇目有九，或獨立成篇，以是而有名義、篇章問題。而〈九歌〉或以爲民間作品與屈子無關，或以爲經屈子修飾潤色；〈九章〉則〈思美人〉以下各篇是否爲屈子所作，亦有問題；至若〈九辯〉則又有非宋玉所作，係屈子所爲之異說，以是作者問題生焉！再者，〈九歌〉性質何屬，及其所祠諸神爲何，前人亦有歧見。凡此諸問題乃吾人研究三九不能不涉及者。然前人既眾說紛紜，復以文獻不足，迄今仍難獲致定論。故對此諸問題，僅能歸納整理眾說，以爲之尋得一較合理之解釋。故前人論之已詳，且爲吾所認同者，則注明出處，而略言之。至於前人所論較略者，則詳說之。

第一節　名義問題

〈九歌〉、〈九章〉、〈九辯〉皆以「九」名篇，然〈九歌〉有十一章，〈九章〉則輯九篇詩章而成，〈九辯〉則獨立成篇，以是舊說紛紜，形成難解之名義問題。此名義問題雖不影響吾人之欣賞、批評，然却關係對三九名實之了解，以是不能不先爲之解決。

一、釋　九

汪中《述學・內篇・釋三九》云：

> 一奇二偶，一二不可以爲數，二乘一則爲三，故三者，數之成也。積而至十，則復歸於一。十不可以爲數，故九者，數之終也。於是先王之制禮，凡一二之所不能盡者，則以三爲之節，三加三推之屬是也。三之所不能盡者，則以九爲之節，九章、九命之屬是也。此制度之實數也。因而生人之措辭，凡一二之所不能盡者，則約之三，以見其多；三之所不能盡者，則約之九，以見其極多，此言語之虛數也。實數可稽也，虛數不可執也。

據此而言，則九有實數之義，亦有虛數之旨也。然於禮樂制度言，多指實數，如九德、九功、九禮；而於生人之措辭言，則多爲虛數，如九死其猶未悔、腸一日而九迴。準是以觀，則〈九歌〉、〈九章〉、〈九辯〉之九，或爲實數之義。然證以〈九歌〉十一章，〈九辯〉却獨立成篇之事實言，此「九」之義，當非指章數言。且若「九」指章數言，則王逸注《楚辭》時，或會對此問題有所說明。而今王逸注僅於〈九辯〉下云：「九者，陽之數，道之綱紀也。」雖其說不足以說明三九何以以九名篇，然其所謂「九」非指章數，則顯然可知。然則「九」之名義，與其章數無涉也。此乃首須澄清之觀念也！然「九」既與章數無涉，則三九之「九」究竟何指？竊以爲九歌之「九」義，或指音樂曲調變奏之數也。〔註1〕《周禮・大司樂》云：「若樂六變，則天神皆降，可得而禮矣。……若樂八變，則地示皆出，可得而禮矣。……若樂九變，則人鬼可得而禮矣。」而〈九歌〉若〈東皇太一〉、〈雲中君〉、〈大司命〉、〈少司命〉、〈東君〉之祠天神，〈湘君〉、〈湘夫人〉、〈河伯〉、〈山鬼〉之祀地祇，〈國殤〉之祭人鬼，則其樂自須九變矣！而〈九辯〉乃宋玉紹騷之作，故有意擬〈九歌〉，亦取古樂之名命篇。〔註2〕至若〈九章〉既爲漢人輯成，一以漢人數尚九，復以前有〈九

〔註1〕參見彭毅先生〈《楚辭・九歌》的名義問題〉一文（《書目季刊》十卷二期）。

〔註2〕〈離騷〉：「啓〈九辯〉與〈九歌〉兮，夏康娛以自縱。」〈天問〉：「啓棘賓商，〈九辯〉〈九歌〉。」

歌〉、〈九辯〉之暗示，以是輯〈惜誦〉、〈涉江〉、〈哀郢〉、〈抽思〉、〈懷沙〉、〈思美人〉、〈惜往日〉、〈橘頌〉、〈悲回風〉九篇以成，命之曰「九」章。

二、〈九歌〉之名義問題

彭毅先生於〈《楚辭・九歌》的名義問題〉一文，曾將歷來論及〈九歌〉名義諸說歸納爲四大類：其一，由刪除或合併〈九歌〉中若干章以湊成「九」數者；其二，以〈九歌〉首尾二章性質各別，不入「九」數者；其三，專從「九」之數名爲說者；其四，「九歌」爲襲用舊名者。前文既已指出〈九歌〉之九與章數無涉，則前二項諸說，可不復討論。至若專從「九」之數名爲說者，或如王逸〈九辯章句序〉以「九」爲陽之數；或如姚寬《西溪叢語》以「九」爲虛數。〔註3〕王逸說已爲朱熹、林雲銘所駁；〔註4〕姚寬之見，彭先生以爲解釋過簡，不能令人滿意。以是彭先生以爲以第四大類，即「九歌」爲襲用舊名之說可能性最大。

九歌爲襲用舊名之說，首創於洪興祖。洪氏《楚辭補註》卷二〈九歌序〉注云：

> 按〈九歌〉十一首，〈九章〉九首，皆以九爲名者，取簫韶九成，啓〈九辯〉〈九歌〉之義。〈騷經〉曰：「奏〈九歌〉而舞韶兮，聊假日以媮樂」，即其義也。宋玉〈九辯〉以下，皆出於此。

洪氏此說爲游國恩、李嘉言二氏所承。然游氏於《楚辭概論》中依據《尚書》、《左傳》記載，以爲楚〈九歌〉乃襲取「九德之歌」之名；〔註5〕而李嘉言於其〈九歌之來源及篇數〉一文中，則據《楚辭》、《山海經》，

〔註 3〕王逸〈九辯章句序〉：「九者，陽之數，道之綱紀也。」姚寬《西溪叢語》卷上：「〈離騷〉〈九歌〉章句名曰九，而載十一篇，何也？曰九以數名之，如〈七發〉〈七啓〉，非以其章名。」（頁 8）

〔註 4〕見朱熹《楚辭辯證》卷上（華正版頁 353），林雲銘《楚辭燈》卷二〈九歌總論〉。

〔註 5〕見游國恩《楚辭概論》頁 68。

以爲楚〈九歌〉即啓之〈九歌〉。彭先生以爲李氏之說已觸及《楚辭．九歌》之可能來源，然仍偏重內容上立論，而未能從音樂性質和功能上作具體說明。以是彭先生分別就《楚辭》及《山海經》中所見之〈九歌〉，逸書、《左傳》、《周禮》中所見之〈九歌〉，及古〈九歌〉之性質和功能與《楚辭．九歌》三項目進行討論，以爲〈九歌〉名義作一較合理之詮釋。據《楚辭》及《山海經》中所見之〈九歌〉，可獲致下列結論：其一，「九歌」之樂，可能產生於夏啓之世；其二，「九歌」之樂與祭祀天帝有密切關係；其三，此種樂曲異常優美；其四，「九歌」似即〈大荒西經〉之「九招」，「九」字應與樂曲有關，而不當指歌辭之數目。據見於逸書、《左傳》及《周禮》之〈九歌〉則可知：（一）〈九歌〉最早既見於夏書，故可能出於夏代之製作；（二）〈九歌〉之功用，大致可分兩種，一爲對人勸勉之用，一爲於禘大祭中用以頌揚祖先之德；（三）〈九歌〉之九當指曲調終、變之數目；（四）以〈九歌〉與九韶之舞、樂之九變合言，足見皆爲變化繁富之樂曲。再從古〈九歌〉之性質和功能與《楚辭．九歌》一端加以探討，可以推知：啓〈九歌〉與夏書〈九歌〉以至《周禮》〈九歌〉，可能係同一「九歌」之演變和分化。啓〈九歌〉或尚以原始宗教中祭祀上帝爲主要功能，然亦爲啓用作康娛自縱之享受。逮後世政教意味轉濃之後，此種〈九歌〉一方面作爲頌美當政者之功德（如《左傳》），一方面保留於禘大祭中，然縮減爲頌揚祖先之德（如《周禮》）。而啓〈九歌〉之原始面貌則潛入神話與傳說中，而爲好巫尚祀之楚文化系統保存。經過上述之究論，復證以孫作雲先生〈九歌非民歌〉一文之舉證，〔註 6〕總括而言，可得三點結論：其一，〈九歌〉乃襲用古〈九歌〉（可能即是〈離騷〉、〈天問〉中之啓〈九歌〉）之舊名。

〔註 6〕孫作雲〈九歌非民歌〉一文列舉三證據，以證明〈九歌〉爲楚國國家祀典樂章。其一，以《周禮》、《禮記》中所載天子諸侯祭天神、地祇、人鬼之大祭，證其與〈九歌〉所祀諸神一般性質相類。其二，比較〈九歌〉與〈漢郊祀歌〉，證〈漢郊祀歌〉脫胎於〈九歌〉。其三，從文學上證〈九歌〉之文學藝術非平民所能有（此並參見彭毅先生〈《楚辭．九歌》的名義問題〉一文）。

其二，〈九歌〉爲繁富之樂曲，「九」指音樂曲調變奏之數，與歌辭章數無關。其三，〈九歌〉爲楚國國家祀典中之祭神樂章，或郊祀歌；而非沅湘間之民間祭歌。〔註7〕

三、〈九章〉之名義問題

〈九章〉之名義雖不若〈九歌〉之異說紛紜，然以其係輯九篇不相屬之詩篇而成，故後人對「九章」何以名曰「九章」，及「九章」之名究爲何人於何時所加，則有不同看法。以下先列各家異說，並參考前賢意見，試加探討。

王逸〈九章序〉云：「〈九章〉者，屈原之所作也。屈原放於江南之壄，思君念國，憂心罔極，故復作〈九章〉。章者，著也，明也，言己所陳忠信之道甚著明也，卒不見納，委命自沈。楚人惜而哀之，世論其辭以相傳焉。」據此可知王逸以「章」爲「著明」之義。此說爲王夫之、夏大霖、蔣善國諸氏所承。王夫之《楚辭通釋》之〈九章序〉引王逸之言，並云：「〈九章〉之詞，直而激，明而無諱。章者，無言不著，以告天下後世，而白己之心也。」夏大霖曰：「〈九章〉者始〈離騷〉、終〈離騷〉者也。餘篇之辭微而隱，〈九章〉之辭顯而章。取其章者專集之，得九焉，曰〈九章〉。」〔註8〕又蔣善國亦以「章」作「明」字解，作「表」字解，乃出〈洪範〉「俊民用章」，〈周語〉：「余敢以私勞變前之大章」。〔註9〕

朱熹《楚辭集注・九章序》云：「〈九章〉者，屈原之所作也。屈原既放，思君念國，隨事感觸，輒形於聲，後人輯之，得其九章，合爲一卷，非必出於一時之言也。」據此則知朱熹以「九」爲計數之詞，以「章」爲篇章之章。此說所從者最多，如蔣驥、西村時彥、

〔註7〕〈九歌〉之名義問題，異說紛紜，竊以彭毅先生之說較爲合理，故此多援引其說。

〔註8〕見夏大霖《屈騷心印・發凡》（此爲姜亮夫《楚辭書目五種》頁183引）。

〔註9〕見蔣善國編《楚辭》引言（新文豐版頁27）。

蘇雪林、楊胤宗、傅錫壬諸氏及繆師天華。蔣驥云:「原既得罪,觸事成吟,後人輯之,共得九章,合爲一卷,非必一時一地之言也。」〔註10〕日人西村時彥則以〈九章〉之章乃章句之章,九章猶云九篇,朱說爲然。〔註11〕蘇雪林先生則謂〈九章〉乃九篇歌辭,「章」以篇章解之爲宜。〔註12〕楊胤宗、傅錫壬二先生及繆師則皆於文中明言朱說爲是。〔註13〕

梁啓超《要籍解題及其讀法》於《楚辭》下云:「竊疑『九章』之名,全因摹襲〈九辯〉、〈九歌〉而起。」姜亮夫《屈原賦校注》云:「《說文》訓樂竟爲一章,〈九章〉蓋即九首樂章。」〔註14〕劉永濟則云:「竊謂〈九章〉與〈九辯〉、〈九歌〉皆取義於樂章,故其末皆有亂詞。」〔註15〕又云:「〈九章〉亦屈子用古樂章名而作者,特未足九篇,驟爾自沈,後世儒者,見其題曰九章,而文止五篇,乃雜取無主名之作以足成之,故其辭多不類。」〔註16〕

前引諸說,於「章」之解,或曰「著明」之意,或以「篇章」爲是,或云「樂章」爲然。而於「九」之釋,則王逸、王夫之未有,朱熹、蔣驥、夏大霖、姜亮夫諸氏皆以爲係計數之詞,而梁啓超、劉永濟二氏則以爲襲古樂之名。竊以爲「九章」名義,何者爲是,恐與其命名之時間關係密切。以是先論「九章」之名究竟起於何時、何人,而後再試加論斷。

「九章」之名究竟起於何時,爲何人所加,前人有不同看法。或以爲屈原自題,或以爲後人所加。而後人命題則又有或出於楚人,或

〔註10〕見《山帶閣註楚辭》卷四〈九章序〉。
〔註11〕見西村時彥《屈原賦說》篇義第四。
〔註12〕見蘇雪林先生《楚騷新詁》第二篇〈九章總論〉(頁223)。
〔註13〕楊胤宗先生之說見〈從九章考證屈原絕筆〉(上)一文(《大陸雜誌》二十四卷一期),傅錫壬先生之說見〈楚辭篇題探釋〉一文(《淡江學報》第十期),繆師天華之說見《離騷九歌九章淺釋》一書(頁175)。
〔註14〕見姜亮夫先生《屈原賦校注》〈九章〉第四(華正版頁373)。
〔註15〕見《屈賦通箋》卷五〈九章解題〉。
〔註16〕見《箋屈餘義》「〈思美人〉乃雜取屈賦各篇辭意而成者」。

出於漢人之異說。其出於漢人之說，則或以爲淮南之徒所爲，或以爲劉向父子所名，而大多以爲漢昭、宣之世尚無「九章」之名。

劉永濟云：「〈九章〉亦屈子用古樂章名而作者。」（見前）蘇雪林先生亦以爲〈九章〉雖非一時之作，然題曰「九章」當係固有，即屈原所自加。〔註 17〕則二氏皆以「九章」之名乃屈子之世已有。王逸：「楚人惜而哀之，世論其辭以相傳焉」（見前），則或以爲〈九章〉之名乃楚人所起。朱熹則云：「後人輯之，得其九章」，則僅謂後人所爲，未言何時之人。胡適〈讀《楚辭》〉則以漢昭、宣時尚無〈九章〉總名。〔註 18〕游國恩則謂〈九章〉之名西漢時似尚未有，而至遲當起於東漢之初。〔註 19〕陸侃如《中國詩史》以爲劉向首編《楚辭》，〈九章〉之名，或其所加。〔註 20〕姜亮夫、詹安泰、譚介甫三氏說與陸氏同。〔註 21〕然姜亮夫又云：「然則輯錄而名定之者爲誰？雖不可確考，而其必後於屈原而前于王褒、劉向之徒。……則〈九章〉之輯，蓋必成于淮南幕府無疑。」〔註 22〕

以上諸說，竊以爲屈子自題及楚人所名二說，或較不可能。蓋九章既非古樂之名，〔註 23〕而自屈之世至西漢昭宣之際，所存文獻不

〔註 17〕參見蘇雪林先生《中國文學史》頁 33。

〔註 18〕胡適〈讀《楚辭》〉：「〈九章〉也是模仿〈離騷〉做的。〈九章〉中，〈懷沙〉載在《史記》，〈哀郢〉之名見於屈賈傳論，大概漢昭、宣帝時尚無『九章』之總名。」（《胡適文存》第二集）

〔註 19〕見游國恩先生《楚辭概論》頁 140。

〔註 20〕見陸侃如《中國詩史》頁 127。

〔註 21〕姜亮夫《屈原賦校注》〈九章序〉：「且〈九章〉之名，亦不見于劉向以前人著作之中。……則輯〈九章〉者，豈即向、歆父子乎？」（頁 373）譚介甫《屈賦新編》云：「據劉向〈九嘆・惜賢〉說：『嘆〈離騷〉以揚意兮，猶未殫於〈九章〉。』就是〈九章〉名義最早見於漢人著作中的。詹安泰說：『可能是劉向撰輯《楚辭》時才按照篇數替他安上的，在他自己的文章裏就作爲一個專名提出來。』所言近是。」（頁 595）。

〔註 22〕見姜亮夫《屈原賦校注》頁 374、375。

〔註 23〕湯炳正〈關於九章後四篇眞僞的幾個問題〉一文云：「『〈九章〉亦屈子用古樂章名而作者』的提法是沒有根據的。因爲先秦古籍裏找不

鮮，既皆未見「九章」之名，則其名必非漢以前人所命。再者從〈九章〉之輯九篇不相屬之文而成，且連性質殊異之〈橘頌〉亦收入，可知輯錄者不僅以九爲實數，且以之爲計章數之詞。證之東方朔〈七諫〉七章、王褒〈九懷〉九章，可知此以九爲計章數之詞，當爲漢人習慣。〈九章〉之名既爲漢人所定，則究爲何時何人所定乎？竊以爲必在宣帝之前，或成於淮南幕府之手。蓋考今存之載籍，〈九章〉之名首見於劉向〈九歎·憂苦〉:「歎〈離騷〉以揚意兮，猶未殫於〈九章〉。」則劉向作〈九歎〉時〈九章〉之名絕非初見。而王褒〈九懷〉之作，既非擬〈九歌〉，亦非擬〈九辯〉，或有受〈七諫〉七章之影響，然其體貌、文心皆有擬於〈九章〉；則〈九章〉之輯錄名定，當在王褒之前。考褒卒於漢宣帝神爵元年（西元前 61 年），〔註 24〕故〈九章〉之名，必於宣帝以前已有。至若成於何人之手，以載籍資料不足，頗難論定，然既於王褒之前已有，則或成於淮南幕府也。〔註 25〕

〈九章〉之輯錄名定既在漢世，而據漢人之擬作〈七諫〉七章，〈九懷〉、〈九歎〉、〈九思〉皆九章觀之，此〈九章〉之九當爲計數之詞；而「章」，則「篇章」之義。蓋其既與樂曲無關，則不可作「樂章」解，至若王逸「著明」之釋，則訓詁家諷諫之義，說較迂曲，故以作「篇章」解之較爲合理。然漢人何以必欲輯「九」章成篇，而將性質殊異之〈橘頌〉亦收入，則或以漢人以「九」爲數之極，然或亦受〈九歌〉、〈九辯〉以「九」名篇之暗示歟！至若其以「章」名篇，雖作「篇章」之解，或亦受歌、辯之名皆與樂曲有關，以是亦取一與

到『九章』這一樂章名稱，它跟『九歌』『九辯』是完全不同的。」（見《屈賦新探》頁 133）。

〔註 24〕參見《漢書》卷六十四本傳及《中國文學家大辭典》頁 30。

〔註 25〕湯炳正《屈賦新探》收〈《楚辭》成書之探索〉（二）由古本篇次看《楚辭》的纂輯過程一節曾據《楚辭》古本篇次推測《楚辭》纂輯過程。氏以爲〈招隱士〉以前各篇係《楚辭》第二次增輯，其輯錄者，或爲劉安本人，或爲其賓客，故以己作附於卷末。若湯氏推測可信，則〈九章〉適爲此次輯錄所收，則其命篇與輯成當出於劉安或其幕府之手。

音樂相關之詞爲名。(《說文》:「樂竟爲一章。」《禮記·樂記》大章注:「大章，堯樂名也。」)

四、〈九辯〉之名義問題

王逸〈九辯序〉云:「〈九辯〉者，楚大夫宋玉之所作也。辯者，變也，謂陳道德以變說君也。九者，陽之數，道之綱紀也。故天有九星以正機衡，地有九州以成萬邦，人有九竅以通精明。屈原懷忠貞之性而被讒邪，傷君闇蔽，國將危亡，乃援天地之數，列人形之要，而作〈九歌〉、〈九章〉之頌以諷諫懷王，明己所言與天地合度可履而行也。宋玉者，屈原弟子也，閔惜其師，忠而放逐，故作〈九辯〉，以述其志。」洪興祖補註則曰:「辯，一作辨。辯，治也;辨，別也。」並引五臣注云:「宋玉惜其師忠信見放，故作此辭以辯之，皆代原之意，九義亦與〈九歌〉同。」此說爲近人孫作雲所承，孫氏以爲〈九辯〉之「辯」，即是爲屈原「辯護」，因其文有九段，故謂之「九辯」。〔註26〕

據王逸所言，以爲「辯，變也，謂陳道德以變說君也。」然綜觀〈九辯〉全文，並無「陳道德以變說君」之意;且其以「陽之數」釋九，並混〈九歌〉、〈九章〉之「九」義，證諸前文之論述，亦有不當。至若洪興祖以「辯」爲治、別之義，及孫氏承其以「辯護」釋「辯」，則觀乎〈九辯〉之文，並無爲屈子辯護之詞，且通篇多寫觸景傷情，因秋悲不遇，則以「辯護」解之，亦不宜也。今考〈九辯〉之名，亦古之樂曲名也。〈離騷〉:「啓〈九辯〉與〈九歌〉兮，夏康娛以自縱。」〈天問〉:「啓棘賓商，〈九辯〉〈九歌〉。」據此可知屈宋之時，已有「九辯」之名，則其爲古樂之名，似無疑義。王夫之《楚辭通釋·九辯序》云:「九者，樂章之數。凡樂之數，至九

〔註26〕孫作雲〈從離騷的寫作年代說到離騷、惜誦、抽思、九辯的相互關係〉一文云:「在我們看來，『九辯』之『辯』，即是爲屈原『辯護』之詞，因其文有九段，故謂之『九辯』，名稱很淺顯，並無若何奧義。」

而盈。故黃鍾九寸，寸有九分，不具十者。樂主乎盈，盈而必反也。舜作〈韶〉而九成，夏啓則〈九辯〉、〈九歌〉以上儐於天。故屈原〈九歌〉、〈九章〉，皆倣此以爲度。而宋玉感時物以閔忠貞，亦仍其製。辯，猶遍也，一闋謂之一遍，蓋亦效夏啓〈九辯〉之名，紹古體爲新裁。」船山所謂「辯，猶遍也，一闋謂之一遍，蓋亦效夏啓〈九辯〉之名，紹古體爲新裁」之說，頗得其中，然其混〈九歌〉、〈九章〉之九，則亦可商榷，蓋〈九歌〉之九非樂章之數，而爲曲調變化之數也。而「九辯」與〈九歌〉既同爲古樂之名，且二者關係密切，故其「九」義，當與〈九歌〉同也。竊以爲宋玉之以「九辯」爲題，或受屈子襲用古〈九歌〉舊名之影響也。

綜上所述，可知三九雖並以九名篇，然其九義有別。蓋〈九歌〉、〈九辯〉乃紹古體爲新裁，其「九」之義，指音樂曲調變奏之數；而〈九章〉之九，乃指篇章之數，此其異也；然則三九之九皆爲實數，則又其同也。再者，「歌」、「章」、「辯」三名皆與音樂有關，而歌、辯乃襲舊曲名，「章」則漢人或有意以「樂竟爲一章」之章，表「篇章」之義也。

第二節　篇章問題

一、三九於《楚辭》一書中之篇次問題

洪興祖《楚辭補註》目錄列〈九歌〉第二、〈九章〉第四、〈九辯〉第八。然於〈九歌〉下注：「《釋文》第三」，於〈九章〉下注：「《釋文》第五」，於〈九辯〉下注：「《釋文》第二」，並加按語云：「〈九章〉第四，〈九辯〉第八，而王逸章句注云，皆解於〈九辯〉中，知《釋文》篇第蓋舊本也」。據此可知《楚辭》舊次爲〈九辯〉第二，〈九歌〉第三，〈九章〉第五。今考晁公武《郡齋讀書志》卷十七云：

> 《楚辭釋文》一卷，未詳撰人，其篇次不與世行本同。蓋以〈離騷經〉、〈九辯〉、〈九歌〉、〈天問〉、〈九章〉、〈遠遊〉、

> 〈卜居〉、〈漁父〉、〈招隱士〉、〈招魂〉、〈九懷〉、〈七諫〉、〈九歎〉、〈哀時命〉、〈惜誓〉、〈大招〉、〈九思〉爲次。按今本〈九章〉第四，〈九辯〉第八，而王逸〈九章〉注云，皆解於〈九辯〉中，知《釋文》篇第，蓋舊本也。後人始以作者先後次第之耳。或曰：天聖中陳說之所爲也。

陳振孫《直齋書錄解題》卷十五所言略同。劉永濟《屈賦通箋》又指出王逸《楚辭章句》於〈九歌〉、〈九章〉敘中皆未釋「九」字之義，而於〈九辯〉敘中則曰：「九者，陽之數，道之綱紀也。……亦采其以九立義焉。」〔註27〕再者，《文心雕龍・辨騷》云：「故〈騷經〉〈九章〉，朗麗以哀志；〈九歌〉〈九辯〉，綺靡以傷情，〈遠遊〉〈天問〉，瓌詭而惠巧；〈招魂〉〈招隱〉，〔註28〕耀豔而深華；〈卜居〉標放言之致；〈漁父〉寄獨往之才。故能氣往轢古，辭來切今，驚采絕豔，難與並能矣。自〈九懷〉以下，遽躡其跡，而屈宋逸步，莫之能追。」據此則彥和所謂〈九懷〉以下，當依舊本之次也。蓋舊本〈九懷〉以上各篇，彥和皆對其風格有所評論，而〈九懷〉以下則無。且若依今本之次，則〈九懷〉以下僅〈九歎〉、〈九思〉二篇，於理未通。以是可知彥和所見舊本當與《釋文》之次同。〔註29〕綜上所述，可知《釋文》之次，雖較混亂，却爲王逸《楚辭章句》之原始面貌。至若王逸章句何以列〈九辯〉於〈九歌〉、〈天問〉、〈九章〉前，據湯炳正先生之推測，乃今《楚辭》各篇係經五期由五位纂輯者逐步編成。第一期之編纂者可能爲宋玉，故輯〈離騷〉、〈九辯〉成編。第二期則爲淮南王劉安或其幕府，故以〈招隱士〉附後。第三期則劉向所纂，故以〈九歎〉附後。第四期則係不同之人一篇一篇增輯，末則王逸再附以己作〈九思〉。〔註30〕若湯氏之說可成立，則可解決甚多問題，如〈九辯〉

〔註27〕見劉永濟《屈賦通箋》卷二〈九辯解題〉。

〔註28〕前人每據唐寫本將〈招隱〉改爲〈大招〉，然若彥和所見爲古本《楚辭》，則仍以作「招隱」爲宜。

〔註29〕參見湯炳正《屈賦新探》〈《楚辭》成書之探索〉一文。

〔註30〕同註29。

作者、〈九章〉爲何人何時名定輯成，及何以〈遠遊〉不入〈九章〉等問題，此與本節所論無關，故不贅述。

二、三九篇（章）數及〈九章〉篇目問題

三九篇數之所以有問題，一因皆以九名篇，而〈九歌〉章分十一，〈九章〉則有九篇，〈九辯〉則未分篇；二以各家於漢志著錄屈賦二十五篇有不同看法。以下試據各家說法略論之。

（一）〈九歌〉之篇（章）數問題〔註31〕

〈九歌〉之篇數因涉及其名義問題，故異說紛紜，計有：不可分篇、分爲八篇、九篇、十篇、十一篇五說。

1. 不可分篇

清夏大霖《屈騷心印・發凡》云：「今予讀〈九歌〉十一篇，乃一意轉折貫串，未可分篇。故仍朱子舊本，先文後題。〈九章〉則題各爲篇，作非一時，亦不一地，乃先題後文，照林本焉！」據此則夏氏以〈九歌〉未可分篇也。然氏於前文又云：「然則〈九章〉者始〈離騷〉，終〈離騷〉者也。餘篇之辭微而隱，〈九章〉之辭顯而章。取其章者專集之，得九焉，曰〈九章〉。外〈漁父〉、〈卜居〉亦章也，收而合之，數與〈九歌〉相符；各十一篇。」〔註32〕然則氏所謂未可分篇或亦有見其統一之結構，然就其形式言其分爲十一章，亦不可變之事實。

2. 〈九歌〉當為八篇

近人李嘉言〈九歌之來源及其篇數〉一文以爲〈東皇太一〉、〈禮魂〉原爲迎神曲、送神曲，其題目爲後人所加。〈國殤〉應獨立，不當廁於〈九歌〉之內，故正文祇四組八篇。〔註33〕

〔註31〕〈九歌〉分章，或稱篇，或稱章，然爲別於總稱〈九歌〉爲篇，故謂之章。（按：若以〈九歌〉爲具有統一結構之舞曲則稱爲「章」較宜，以別於〈九章〉各篇之不相屬。）

〔註32〕見姜亮夫《楚辭書目五種》頁183、185引。

〔註33〕參見李嘉言〈九歌之來源及其篇數〉一文之結論（《國文月刊》第五十八期）。

3.〈九歌〉當為九篇

主張〈九歌〉九篇者頗多，此說雖非由王逸起，然其〈禮魂〉注有「祠祀九神」之說，則爲引起此說之濫觴。〔註 34〕其後則有由刪除或合併〈九歌〉中之若干章以湊成「九」篇之數者。其主刪除說者如：姚西寬、陸時雍、李光地、凌純聲主刪〈國殤〉、〈禮魂〉二章。劉永濟主刪〈國殤〉，以〈禮魂〉爲亂辭。錢澄之則主刪〈河伯〉、〈山鬼〉二章。其主合併說者如：黃文煥、林雲銘、朱冀主合併〈山鬼〉、〈國殤〉、〈禮魂〉爲一章。張詩主合併二〈司命〉而以〈禮魂〉爲亂辭。王邦采、蔣驥、顧天成、劉夢鵬、日人青木正兒則主併二〈湘〉、二〈司命〉爲一。〔註 35〕凡此諸家皆以〈九歌〉當爲九篇。

4.〈九歌〉當為十篇

王夫之《楚辭通釋》卷二〈禮魂〉題下云：「凡前十章，皆各以其所祀之神而歌之。此章乃前十祀之所通用，而言終古無絕，則送神之曲也。」馬其昶《屈賦微》承其說定〈九歌〉爲十篇。〔註 36〕梁啓超《要籍解題》云：「〈九歌〉十一篇，明載子目，更無問題。惟末篇〈禮魂〉，僅有五句，似不能獨立成篇。竊疑此爲前十篇之『亂辭』，每篇歌畢，皆殿以此五句。果爾，則〈九歌〉僅有十篇耳。」〔註 37〕蓋任公亦主〈九歌〉爲十篇矣。今人張正體先生亦以此說較爲合理。〔註 38〕

〔註 34〕見洪興祖《楚辭補註》卷二〈九歌・禮魂〉「成禮兮會鼓」下王逸注：「言祠祀九神，皆先齋戒，成其禮敬，乃傳歌作樂，急疾擊鼓，以稱神意也。」

〔註 35〕彭毅先生〈《楚辭・九歌》的名義問題〉一文於諸家之說援引既詳，評論中肯，故此不贅述。

〔註 36〕馬其昶《屈賦微》敘引王夫之說並謂：「然則〈禮魂〉各附前篇之末，不自爲篇數」，以是定屈子作品「自〈離騷〉至〈漁父〉二十四篇，入〈招魂〉一篇，凡二十五」。

〔註 37〕見梁啓超《要籍解題・楚辭》下（華正版頁 129、130）。

〔註 38〕見張正體先生〈《楚辭》篇第爭論之辨識〉一文（《古典文學》第二集）。

5.〈九歌〉當為十一篇

〈九歌〉十一篇，明載子目，乃爲事實。其有疑義者蓋因其以「九」名篇。以是有從「〈九歌〉首尾二章性質各別，不入九數」以爲說者，如聞一多、姜亮夫二氏。亦有「專從九之數名爲說」者，如王逸、張銑之以九爲陽數，姚寬、楊慎、馬其昶、陸侃如之以九爲虛數。至若洪興祖、游國恩、李嘉言諸氏則以「九歌」乃襲用舊名，故以九名篇正不妨章有十一。〔註39〕

從上引諸家之見，可知〈九歌〉篇數之異說實多。然以事實考之，〈九歌〉之十一篇，明載子目。王逸雖有「祠祀九神」之注，然未嘗論及〈九歌〉何以有十一篇，且考其〈九辯序〉所釋之九義，〔註40〕正足見其不以〈九歌〉十一篇爲疑。以是後人之以爲八篇、九篇、十篇者，蓋或因其以九名篇，而章分十一，名實不符；又或爲求合漢志著錄屈賦二十五篇之數。今既知〈九歌〉之「九」，非指篇章之數，則〈九歌〉十一篇，無可致疑。（參見本章第一節二、〈九歌〉之名義問題）至若漢志著錄屈賦二十五篇之數，若據《楚辭》舊次，則從〈離騷〉至〈漁父〉，其爲屈作者正二十五篇，〔註41〕亦無可疑。準此竊以〈九歌〉仍以十一篇爲是。

（二）〈九章〉之篇數、篇目問題

〔註39〕以上諸家之説，並見彭毅先生〈《楚辭・九歌》的名義問題〉一文。

〔註40〕王逸《楚辭章句》〈九辯序〉：「九者，陽之數，道之綱紀也。……亦承其九以立義焉。」

〔註41〕《楚辭》舊次自〈離騷〉、〈九辯〉、〈九歌〉、〈天問〉、〈九章〉、〈遠遊〉、〈卜居〉、〈漁父〉止，除去宋玉所作之〈九辯〉外，適爲二十五篇。而此二十五篇及〈九辯〉據湯炳正先生推測乃輯成於淮南王或其幕府之手，則班固或曾見此書，故據此以著錄屈賦之數。或班固所見爲劉向輯本，而劉向亦以〈招魂〉爲宋玉之作（此極可能，因王逸章句本與劉本關係密切），縱或劉向以〈招魂〉爲屈原之作，則班固亦有可能與王逸看法相同，因二人時代較近。故今人雖考定〈招魂〉爲屈作，然不能據後人之發現，而以爲班志所謂屈賦二十五篇包括〈招魂〉（或〈大招〉），而欲去〈九歌〉十一篇之一、二以求合之。

〈九章〉九篇乃不容置疑者，然其篇數、篇目所以有問題者在屈子所作究爲九篇、八篇、七篇或五篇，以及〈九章〉九篇究爲那幾篇？

劉向〈九歎·憂苦〉:「歎〈離騷〉以揚意兮，猶未殫於〈九章〉。」《漢書·揚雄傳》載雄「又旁〈惜誦〉以下至〈懷沙〉一卷，名曰〈畔牢愁〉。」後人因對「殫」字釋義有異，又見今本《楚辭》〈惜誦〉至〈懷沙〉止五篇，以是乃使〈九章〉篇數產生問題。劉永濟云:「〈九章〉九篇，叔師皆以爲屈子之所作。洪興祖已疑〈思美人〉以下四篇非屈子作，而不能定，但以『揚雄作〈伴牢愁〉，亦旁〈惜誦〉至〈懷沙〉』一語，著之〈漁父〉篇末注中以見意。……雄好擬古，而所擬獨此前五篇，則其所見屈賦無〈思美人〉以下可知，洪疑殊有理。」並引劉向「未殫於〈九章〉」以證前五篇眞屈子之文，而爲之箋，餘四篇則付闕如。〔註 42〕而許學夷《詩源辨體》、吳汝綸《古文辭類纂》評則據〈惜往日〉、〈悲回風〉之文意、風格謂二篇不類屈子之作。〔註 43〕曾國藩則疑〈惜往日〉爲後人僞託。〔註 44〕梁任公承其說，於其《要籍解題·楚辭》屈原賦二五篇下云:「今本〈九章〉凡九篇，有子目。惟其中〈惜往日〉一篇文氣拖沓靡弱，與他篇絕不類。疑屬漢人擬作；或弔屈原之作耳。「九章」之名，似亦非舊……或編集者見〈惜誦〉至〈悲回風〉等散篇，體格大類相類，遂仿辯歌例，賦予一總名。又見只有八篇，遂以晚出之〈惜往日〉足之爲九。……故吾疑〈九章〉名非古。藉曰古有之，則篇數亦不嫌僅八。而〈惜往日〉一篇，必當在料揀之列也。」

以上諸家對〈九章〉屬屈子所作者，有五篇、七篇、八篇之相左意見。然〈九章〉九篇爲既存之事實，縱或有後人僞託者，然就當初

〔註 42〕參見劉永濟《屈賦通箋》卷五〈九章解題〉。又劉氏云洪興祖已疑〈思美人〉以下非屈子所作，然觀洪氏〈漁父〉篇末注僅在評《文選》去取，似無疑〈思美人〉以下非屈作之意。

〔註 43〕許學源之說見劉永濟《屈賦通箋》頁 151 引。吳汝綸說見《古文辭類纂》卷六十一〈惜往日〉、〈悲回風〉後附諸家集評。

〔註 44〕曾國藩說見《古文辭類纂》卷六十一〈惜往日〉附諸家集評。

名定輯錄者言，其輯九篇爲〈九章〉則不容懷疑。再者，夏大霖《屈騷心印》以爲〈九章〉應合〈漁父〉、〈卜居〉爲十一篇，與〈九歌〉合，已爲姜亮夫先生所駁。〔註45〕故〈九章〉當以九篇爲是。至若是否全爲屈作，乃屬辨僞問題，與篇數無關。〔註46〕

再者，〈九章〉究爲那幾篇，向無問題，蓋今傳《楚辭》各本皆明著〈九章〉九篇爲：〈惜誦〉、〈涉江〉、〈哀郢〉、〈抽思〉、〈懷沙〉、〈思美人〉、〈惜往日〉、〈橘頌〉、〈悲回風〉。然日人兒島獻吉郎、今人王世昭則以私意以爲〈橘頌〉一篇應除外，而加入〈遠遊〉。蓋二氏之說或由陳本禮發之。陳本禮云：「〈橘頌〉乃三閭早年咏物之什，以橘自喻，且體涉於頌，與〈九章〉之文不類，應附於末。」〔註47〕兒島氏承此而云：

> 我却私以爲〈橘頌〉一篇應除外，而當加入〈遠遊〉一篇於〈九章〉之內的。這爲什麼呢？原來〈橘頌〉爲後世咏物之祖，不論其性質或句法，都與其他八篇不同。〔註48〕

王世昭先生則於《屈原》一書之自序中云：

> 〈橘頌〉是屈原成年之初的作品，我把它從〈九章〉裏分出來。……〈遠遊〉確是屈原作的，我把它列入〈九章〉之中；此爲王逸以還諸批評家所忽視，亦爲現代學人所不及料。證據確鑿，非我杜撰。

氏並於屈原本傳中批評劉向、王逸置〈橘頌〉於〈九章〉，乃因襲古人，不敢擅易次序；或以爲編輯批評時之錯覺，或不留心。〔註49〕

平心而論，〈橘頌〉之內容、形式、風格確乎與〈九章〉他篇不類，故兒島、王二氏之說或爲有見。然名定輯錄〈九章〉者，既以〈橘頌〉入〈九章〉，蓋亦有其意見。或斯時其所收錄之屈子作品根本無

〔註45〕見姜亮夫先生《楚辭書目五種》頁179。

〔註46〕〈九章〉各篇辨僞，將於第三節作者問題中討論。

〔註47〕見陳本禮《屈辭精義》略例。

〔註48〕見兒島獻吉郎〈《楚辭》考〉一文（胡行之譯，新文豐版《中國文學研究》頁115）。

〔註49〕見王世昭先生《屈原》一書頁39。

〈遠遊〉一篇，〔註50〕而輯錄者受〈九歌〉、〈九辯〉之暗示，又受漢人尚九之影響，故收〈橘頌〉入〈九章〉。以是竊以爲不宜以今非古，〈九章〉當仍爲〈惜誦〉、〈涉江〉、〈哀郢〉、〈抽思〉、〈懷沙〉、〈思美人〉、〈惜往日〉、〈橘頌〉、〈悲回風〉九篇。至若王氏謂劉王二人置〈橘頌〉於〈九章〉或以編輯批評之錯覺或不留心，此則不敢苟同。蓋觀劉向〈九歎〉、王逸〈九思〉，可知爲模擬〈九章〉之作，然皆未擬〈橘頌〉，而却有仿〈遠遊〉，則劉向、王逸亦知〈橘頌〉與其他八篇不類矣！〔註51〕然其仍以〈橘頌〉入九章，蓋尊重古人之見也。

（三）〈九辯〉之章數問題

〈九辯〉不若〈九歌〉、〈九章〉之皆有分題，以是各家於〈九辯〉之應否分章及章分若干，有不同看法。如梁啓超、陸侃如、劉大杰皆以爲不宜分章。〔註52〕其他各家則或分爲八章、九章，或離爲十章、十一章。如洪興祖《楚辭補註》所引舊本分八章，晁補之《重編楚辭》、朱熹《楚辭集註》、王夫之《楚辭通釋》、姚鼐《古文辭類纂》分九章，洪興祖《楚辭補註》（四部叢刊本）、王闓運《楚辭釋》、劉永濟《屈賦通箋》分十章，張惠言《七十家賦鈔》分十一章。且各家於每章之起迄，亦有歧見。〔註53〕竊以爲〈九辯〉既不似〈九章〉之各篇獨立，

〔註50〕舊本之次〈遠遊〉在〈九章〉後，則輯錄名定〈九章〉者或未見〈遠遊〉。又，若據湯炳正先生之見，《楚辭》舊次乃依纂輯先後爲次，則〈九章〉之名定輯錄更在司馬相如之前，若然則〈九章〉名定輯錄者極可能爲淮南王劉安，而〈遠遊〉、〈卜居〉、〈漁父〉諸篇之編入《楚辭》則在〈九章〉名定後。

〔註51〕據本文下編之研探，凡以九名篇，有擬〈九章〉之作，自王褒〈九懷〉、劉向〈九歎〉、王逸〈九思〉、陸雲〈九愍〉、皮日休〈九諷〉至王夫之〈九昭〉，皆有擬〈遠游〉而無仿〈橘頌〉，蓋前人已知〈橘頌〉與其他八篇不類。

〔註52〕梁啓超〈《楚辭》解題〉自注：「〈九辯〉原只一篇，故無子目。王逸本釐爲十一篇，朱熹本釐爲九篇，皆以意割裂耳。」（華正版《要籍解題及其讀法》頁129）陸侃如說見《中國詩史》頁139，劉大杰說見《中國文學發達史》頁99。

〔註53〕參見劉永濟《屈賦通箋》卷二〈九辯評文〉，並王家歆《九辯研究》

亦不類〈九歌〉之各章皆有分題，且自爲起迄。又況諸家對其分章，異說頗多，足見其不易分，此亦可證其與〈離騷〉同爲長篇抒情詩，有完整之結構，不宜分篇分章。然若爲閱讀方便，自可據其文意，略分章節，若然則各人之了解有異，其所分自可不同，然此之分章節，既不同〈九章〉之分篇，亦不類〈九歌〉之分章，故以今日之語名之，當曰分段。而分段則屬文章之結構，擬於第三章再論。

三、〈九歌〉章次與〈九章〉篇次問題

（一）〈九歌〉章次問題

今本〈九歌〉章次依序爲：〈東皇太一〉、〈雲中君〉、〈湘君〉、〈湘夫人〉、〈大司命〉、〈少司命〉、〈東君〉、〈河伯〉、〈山鬼〉、〈國殤〉、〈禮魂〉。而今人以〈九歌〉爲有完整統一結構者，故對此章次產生懷疑，首先發現者乃聞一多先生。聞氏於《楚辭校補・九歌・東君》云：

> 〈九歌〉十一章皆祀東皇太一之樂章，就中「吉日兮辰良」章爲迎神曲，「成禮兮會鼓」章爲送神曲，其餘各章皆爲娛神之曲也。諸娛神之曲，又各以一小神主之，而此諸小神又皆兩兩相偶，共爲一類。今驗諸篇第，〈湘君〉與〈湘夫人〉相次，〈大司命〉與〈少司命〉相次，〈河伯〉與〈山鬼〉相次，〈國殤〉與〈禮魂〉相次，都凡四類，各成一組。此其義例，皆較然易知。惟東君與雲中君，皆天神之屬，宜同隸一組，其歌詞宜亦相次。顧今本二章部居縣絕，無義可尋。其爲錯簡，殆無可疑。余謂古本〈東君〉次在〈雲中君〉前。《史記・封禪書》，《漢書・郊祀志》並云「晉巫祠五帝、東君、雲中君」，索隱引王逸亦云「東君、雲中君見《歸藏易》」（今本注無此文），咸以二神連稱，明楚俗致祭，詩人造歌，亦當以二神相將。且惟〈東君〉在〈雲中君〉前，〈少司命〉乃得與〈河伯〉首尾相銜，而〈河伯〉首二句乃得闌入〈少司命〉中耳。

總論第三章——分章問題研究。

聞氏從〈九歌〉章次義例及東君與雲中君皆天神之屬，並引《史記・封禪書》、《漢書・郊祀志》及〈少司命〉錯簡等，證明〈東君〉之次當在〈雲中君〉前。姜亮夫先生承其說，亦舉四證，證明〈東君〉當前於〈雲中君〉，除第四證與聞氏同外，其前三證爲：「《禮記》大報天而主日，則祀日爲祭祀至重之典。東君日神也，不宜遠距東皇太一，而以他篇間之，此一也。古祭祀有等差，天地日月，其等相近，而以類相屬，則東君不能獨懸絕於四等之司命以後，此二證也。雲中君乃月神，當以月神爲次，亦如湘君湘夫人之相次，大司命少司命之相次，何得分置兩章，於絕不相連屬之所？則〈東君〉必在〈雲中君〉前無疑，此三證也。」〔註54〕經聞、姜二氏之舉證，〈九歌〉之次，〈東君〉在〈雲中君〉前，已爲後之學者承認，故〈九歌〉依其秩然之組織言，其章次當爲：〈東皇太一〉、〈東君〉、〈雲中君〉、〈湘君〉、〈湘夫人〉、〈大司命〉、〈少司命〉、〈河伯〉、〈山鬼〉、〈國殤〉、〈禮魂〉。

（二）〈九章〉篇次問題

〈九歌〉之章次問題乃緣其有統一結構而生。〈九章〉則輯不相屬之九篇而成，故其篇次若何，並不影響吾人之欣賞了解。然其所以有篇次問題，係在今本〈九章〉之次，似未依寫作時間爲序。而《漢書・揚雄傳》復載：「又旁〈惜誦〉以下至〈懷沙〉一卷，名曰〈畔牢愁〉」，學者或以雄所擬爲九篇，第以篇次與今本不同爾。〔註55〕以是自黃文煥《楚辭聽直》更改〈九章〉各篇之次後，各家於〈九章〉篇次異說紛紜。今先臚列各家之說於後：

1. 王逸《楚辭章句》、洪興祖《楚辭補註》、朱熹《楚辭集注》：

（1）〈惜誦〉（2）〈涉江〉（3）〈哀郢〉（4）〈抽思〉（5）〈懷

〔註54〕姜氏說見《屈原賦校注》頁 194。又，雲中君是否爲月神，尚無定論。蓋今人有謂之雲神、月神，亦有云雷神者，此將於第四節再行探討。然或爲雲神，或爲月神、雷神，皆天神之屬，故宜與東君相次。

〔註55〕見游國恩先生《楚辭論文集》頁 111 及湯炳正先生〈關於九章後四篇眞僞的幾個問題〉（見《屈賦新探》）。

沙〉（6）〈思美人〉（7）〈惜往日〉（8）〈橘頌〉（9）〈悲回風〉。

2. 黃文煥《楚辭聽直》：

（1）〈惜誦〉（2）〈思美人〉（3）〈抽思〉（4）〈涉江〉（5）〈橘頌〉（6）〈悲回風〉（7）〈哀郢〉（8）〈惜往日〉（9）〈懷沙〉。

3. 林雲銘《楚辭燈》：

（1）〈惜誦〉（2）〈思美人〉（3）〈抽思〉（4）〈涉江〉（5）〈橘頌〉（6）〈悲回風〉（7）〈惜往日〉（8）〈哀郢〉（9）〈懷沙〉。

4. 蔣驥《山帶閣注楚辭・餘論》：

（1）〈惜誦〉（2）〈抽思〉（3）〈思美人〉（4）〈哀郢〉（5）〈涉江〉（6）〈懷沙〉（7）〈橘頌〉（8）〈悲回風〉（9）〈惜往日〉。〔註 56〕

5. 陳本禮《屈辭精義》：

（1）〈惜誦〉（2）〈抽思〉（3）〈思美人〉（4）〈涉江〉（5）〈哀郢〉（6）〈悲回風〉（7）〈惜往日〉（8）〈懷沙〉（9）〈橘頌〉。〔註 57〕

6. 陸侃如《屈原評傳》：

（1）〈橘頌〉（2）〈抽思〉（3）〈悲回風〉（4）〈惜誦〉（5）〈思美人〉（6）〈哀郢〉（7）〈涉江〉（8）〈懷沙〉（9）〈惜往日〉。〔註 58〕

7. 游國恩《楚辭概論》：

（1）〈惜誦〉（2）〈抽思〉（3）〈悲回風〉（4）〈思美人〉（5）

〔註 56〕蔣氏《山帶閣注楚辭》之〈九章〉篇次仍依補註本，然其於《楚辭餘論》卷下〈九章〉有云：「〈九章〉當首〈惜誦〉，次〈抽思〉，次〈思美人〉，次〈哀郢〉，次〈涉江〉，次〈懷沙〉，次〈悲回風〉，終〈惜往日〉。惟〈橘頌〉無可附，然約略其時，當在〈懷沙〉之後，以死計已決也。」

〔註 57〕陳本禮以〈橘頌〉置末，乃以其爲附錄也。參見本節二之（二）〈九章〉之篇數、篇目問題。

〔註 58〕蘇雪林先生《楚騷新詁》頁 230 引。

〈哀郢〉（6）〈涉江〉（7）〈橘頌〉（8）〈懷沙〉（9）〈惜往日〉。

8. 游國恩《楚辭論文集》：

（甲）〈惜誦〉（乙）〈抽思〉（丙）〈思美人〉、〈哀郢〉、〈悲回風〉（丁）〈涉江〉、〈橘頌〉（戊）〈懷沙〉、〈惜往日〉。

9. 郭沫若《屈原研究》：

（1）〈橘頌〉（2）〈悲回風〉（3）〈惜誦〉（4）〈抽思〉（5）〈思美人〉（6）〈哀郢〉（7）〈涉江〉（8）〈懷沙〉（9）〈惜往日〉。〔註59〕

10. 詹安泰《屈原》：

（1）〈橘頌〉（2）〈惜誦〉（3）〈抽思〉（4）〈思美人〉（5）〈悲回風〉（6）〈涉江〉（7）〈哀郢〉（8）〈懷沙〉（9）〈惜往日〉。〔註60〕

11. 蘇雪林《楚騷新詁》：

（1）〈惜誦〉（2）〈抽思〉（3）〈思美人〉（4）〈涉江〉（5）〈橘頌〉（6）〈哀郢〉（7）〈惜往日〉（8）〈悲回風〉（9）〈懷沙〉。

12. 繆師天華《離騷九歌九章淺釋》：

（1）〈橘頌〉（2）〈惜誦〉（3）〈抽思〉（4）〈思美人〉（5）〈悲回風〉（6）〈哀郢〉（7）〈涉江〉（8）〈懷沙〉（9）〈惜往日〉。

13. 傅錫壬《新譯楚辭讀本》：

（1）〈橘頌〉（2）〈惜誦〉（3）〈抽思〉（4）〈哀郢〉（5）〈涉江〉（6）〈思美人〉（7）〈悲回風〉（8）〈惜往日〉（9）〈懷沙〉。

從上列諸說可知各家對〈九章〉篇次意見頗爲紛歧，且同一家於不同時期亦有相左之見，由是可知〈九章〉篇次之不易論定。若然則遵從舊次，無乃最佳之辦法！然若必欲依其寫作時間以定其次，竊以

〔註59〕見《楚辭彙編》第九冊《屈原作品分論（之一）》，黃志高《六十年來之楚辭學》頁60引作《屈原研究》（《師大國文研究所集刊》第二十二號）。

〔註60〕蘇雪林先生《楚騷新詁》頁231引。

爲繆師天華之說或較近實。蓋〈橘頌〉一篇毫無悲憤憂鬱之思，且句式沿用四字，猶存詩體痕跡。〔註 61〕陳本禮《屈辭精義》，雖列〈橘頌〉於後，蓋以體不類他篇而列爲附錄，其於是書略例云：「〈橘頌〉乃三閭早年咏物之什，以橘自喻。」以是則〈橘頌〉爲早期之作，當列於首。〈惜誦〉一篇似作於懷王見疏未放之前，故篇中反覆以王之莫己知爲怨，其質諸神明，以示忠誠，蓋有待懷王之復用己也。故宜列第二。〈抽思〉、〈思美人〉皆居漢北時作。故〈抽思〉云：「有鳥自南兮，來集漢北。」〈思美人〉則曰：「獨煢煢而南行兮，思彭咸之故也。」然〈抽思〉首序立朝見疏之由，次紀自南來北之跡，其爲初遷可知。〈思美人〉則曰：「獨歷年而離愍」，則非遷年所作，且其首章與〈抽思〉亂詞，意若相承。〔註 62〕準此觀之，〈抽思〉當列第三，〈思美人〉則居第四。〈悲回風〉一篇，頗難定其次，然以〈思美人〉篇尚有媒絕路阻之歎，且猶以思君爲念，尚有「聊假日以須時」，「與纁黃以爲期」之希冀；而〈悲回風〉則「以思理迴惑，不知所釋爲主；而最爲縈惑者，則是非善惡，本不相容，而又實不能顯別。」全文「情辭悽苦，惶惑不安」，〔註 63〕或如陳本禮所云「傷懷王入秦不返，欲以身殉，而自明其志」，〔註 64〕且其篇中三言彭咸，蓋承〈思美人〉「獨煢煢而南行兮，思彭咸之故也」來，故擬置第五。其後則〈哀郢〉、〈涉江〉兩篇，皆頃襄時放於江南所作。〈哀郢〉追敘離開郢都，經夏首、洞庭而至夏浦情景，乃自西徂東。〈涉江〉則自鄂渚入溆浦，乃自東北往西南。二篇敘事相銜接，寫作時間接近。〔註 65〕且〈涉江〉「命意浩然一往，與〈哀郢〉之嗚咽徘徊，欲行又止，亦絕不相侔。

〔註 61〕參見黃志高《六十年來之楚辭學》頁 60（《師大國文研究所集刊》第二十二號）。

〔註 62〕參見蔣驥《山帶閣注楚辭》附餘論卷下〈九章〉（頁 12）。

〔註 63〕參見姜亮夫先生《屈原賦校注》卷四〈悲回風〉題下注（華正版頁 518）。

〔註 64〕見陳本禮《屈辭精義》卷四〈九章・悲回風〉發明。

〔註 65〕參見繆師天華《離騷九歌九章淺釋》頁 5。

蓋彼迫於嚴譴而有去國之悲，此激於憤懷而有絕人之志。」〔註 66〕以是〈哀郢〉當列第六，〈涉江〉宜居第七。至若〈懷沙〉、〈惜往日〉二篇，皆有死志，而〈懷沙〉云：「知死不可讓，願勿愛兮。明告君子，吾將以爲類兮。」〈惜往日〉則曰：「不畢辭而赴淵兮，惜壅君之不識。」再者，就文意言，〈懷沙〉「紆而未鬱，直而未激」，〈惜往日〉則「大聲疾呼，直指讒臣蔽君之罪，深著背法敗亡之禍」，〔註 67〕且「合懷襄兩朝，敘遷放無辜，讒諛得志，貞臣枉死」，〔註 68〕若此篇果爲屈子所爲，則將沈汨羅時作也。其文詞淺易，蓋垂死之言，不暇雕飾，亦欲庸君入目而易曉也。〔註 69〕以是〈懷沙〉當列第八，〈惜往日〉則居其末矣！

第三節　作者問題

一、〈九歌〉作者問題

歷來論〈九歌〉作者者，大抵可別爲三說：其一，以〈九歌〉爲屈子創作；其二，以〈九歌〉爲屈子據民歌改創；其三，以〈九歌〉與屈子全無關係。茲略論於下，以見何者爲然。

以〈九歌〉爲屈子創作，蓋出於王逸。其〈九歌章句序〉云：「〈九歌〉者，屈原之所作也。昔楚國南郢之邑，沅湘之間，其俗信鬼而好祠，其祠必作歌樂鼓舞以樂諸神。屈原放逐，竄伏其域，懷憂苦毒，愁思怫鬱，出見俗人祭祀之禮，歌舞之樂，其辭鄙陋，因爲作〈九歌〉之曲。」陳本禮亦云：「楚以巫祀神，亦從周舊典，特其詞句鄙俚，故屈子另撰新曲，然義多感諷。」〔註 70〕則二氏蓋以〈九歌〉爲屈原所創矣。以〈九歌〉爲屈子據民歌改創，蓋出於朱熹。

〔註 66〕見蔣驥《山帶閣註楚辭》卷四〈涉江〉後序。
〔註 67〕同註 66〈懷沙〉、〈惜往日〉後序。
〔註 68〕見屈復《楚辭新註》卷四〈九章〉題後（《青照堂叢書》次編）。
〔註 69〕同註 66〈惜往日〉後序。
〔註 70〕見陳本禮《屈辭精義》卷五〈九歌發明〉。

朱子《楚辭集注・九歌序》云:「〈九歌〉者,屈原之所作也。昔楚南郢之邑,沅湘之間,其俗信鬼而好祀。其祀必使巫覡作樂歌舞以娛神。蠻荊陋俗,詞既鄙俚,而其陰陽人鬼之間又或不能無褻慢淫荒之雜。原既放逐,見而感之,故頗爲更定其詞,去其泰甚。」以上二說雖異,然皆以〈九歌〉成於屈子之手。時至近世,疑古風盛,乃有〈九歌〉與屈子全無關係之說。此則胡適首倡之。胡適〈讀《楚辭》〉云:「〈九歌〉與屈原的傳說絕無關係。細看內容,這九篇大概是最古之作;是當時湘江民族的宗教舞歌。」〔註 71〕此說一出,陸侃如、游國恩、劉大杰均先後附和之。〔註 72〕以是〈九歌〉不僅非屈子所作,且成《楚辭》先驅。再者,何天行、孫楷第則以〈九歌〉爲漢之歌辭,〔註 73〕則亦以〈九歌〉與屈子無關。

以上諸說,〈九歌〉爲漢歌辭說及〈九歌〉爲《楚辭》先驅說,已爲張壽平先生所駁,〔註 74〕且若陸侃如、游國恩、劉大杰諸氏亦已放棄昔日之說,而承認屈原爲〈九歌〉之加工者。〔註 75〕則此二說可不辨矣!至若〈九歌〉究爲屈子之創作,如王逸、陳本禮所云,抑或

〔註 71〕見《胡適文存》第二集頁 94。

〔註 72〕陸侃如《屈原評傳》云:「若〈九歌〉也是屈原作的,則楚辭的來源便找不出。〈九歌〉顯然是〈離騷〉等篇的前驅。」(張壽平《九歌研究》頁 29 引)游國恩說見《楚辭概論》第二篇第二章〈九歌〉的作者與時代。劉大杰說見《中國文學發達史》第四章二、〈九歌〉(中華版頁 82)。

〔註 73〕何天行說見《楚辭作於漢代考》五、〈九歌〉作於漢代諸證。孫楷第說見〈九歌爲漢歌辭考〉一文(載上海《大公報》文史週刊、此據張壽平先生《九歌研究》頁 35 引)。

〔註 74〕見張壽平先生《九歌研究》頁 28 至 39。

〔註 75〕陸侃如〈甚麼是楚辭〉云:「〈九歌〉本來是春秋末年或戰國初年的楚國各地民間祭歌……後來可能經過屈原加工。」(見余崇生編《楚辭研究論文集》頁 185)游國恩以爲屈原是最可能最恰當的〈九歌〉加工者。(見《屈原》一書〈屈原作品分論〉之二)(《楚辭彙編》第九冊頁 414)。劉大杰云:「〈九歌〉可能是屈原放逐以前在楚國宮廷供職時期的作品。」「屈原對於這些材料,曾給它們以創造性的加工和提鍊……變爲他自己的藝術品。」(見華正版《中國文學發展史》頁 96)。

爲屈子據民歌改創，如朱熹及大多數楚辭學者所云？〔註 76〕此則可據作品本身加以探討。姜亮夫先生於《屈原賦校注・九歌解題》云：「按〈九歌〉句法、章法、用字、用韻，顯與〈離騷〉、〈九章〉、〈天問〉有其同，亦有其不同。自其不同以證〈九歌〉不爲屈子創作，而別有所本；自其同以證〈九歌〉確爲屈子所修飾潤色。」氏更從〈九歌〉之本質及與屈原其他作品之比較，分別從形式、音樂、祠神、表情四端論證〈九歌〉必爲屈子之修潤。〔註 77〕而其足以證〈九歌〉爲屈子之修潤者，要在：(一)〈九歌〉之習語與名物十九與十四篇〔註 78〕相同。(二)〈九歌〉之用韻特點，與屈原其他作品一致。(三)〈九歌〉內在之情感韻律統一，見其必成於一藝術修養極高者之手。以是「舍偉大如屈原，愛民如屈原，愛國如屈原，文學技術之修養如屈原，有宗教情感如屈原，而又職司之近如屈原，更有誰者？」據姜氏之論證，可知〈九歌〉必是屈子依楚國民歌修飾潤色而成。再者，彭毅先生於〈析論《楚辭・九歌》的特質〉一文，亦從〈九歌〉之藝術性推論其作者。據其分析，《楚辭・九歌》之藝術性不屬於民歌，且其作者擅場塑造動態意象。氏並通過漢〈郊祀歌〉之出於司馬相如等文人之手，以明〈九歌〉亦屬知識階層之作品，且據〈湘夫人〉「築室兮水中」一段之鋪陳，亦屬貴族風貌。再者，〈九歌〉於內容取材及感情之基調有其統整性，極似出自一人筆墨。由是可知〈九歌〉之作者爲知識階層、貴族身分之某一人。然後循此指向復進而從〈九歌〉所祀對象，類別爲天神、地祇、人鬼，且人鬼之國殤，又以「國」繫之，故知〈九歌〉之祀典非朝廷莫屬，而後據相關之史料，從時間性之關鍵，迫出

〔註 76〕如姜亮夫、詹安泰、馬茂元、文懷沙諸氏。姜氏説見後文，詹氏説見《屈原》一書頁 92，馬茂元説見《楚辭選註》頁 63 至 65，文懷沙説見《屈原九歌今譯》序（此並見薛承明〈略談九歌的來源篇章和作者問題〉一文引）（薛氏之文見新加坡大學《中文學會學報》第七期）。

〔註 77〕詳見姜亮夫先生《屈原賦校注》頁 144～192。

〔註 78〕十四篇指除〈九歌〉外之其他屈原作品。

〈九歌〉之作者爲屈原。最末復以〈九歌〉與〈離騷〉對照，見出〈九歌〉之作者即爲〈離騷〉之作者，此實爲最具可能性之推測。以是彭先生之結論爲：

> 無論〈九歌〉是受民間祀歌的影響或啓示而作；或是僅僅更改了既有的歌辭；甚至我們也可以去認爲：〈九歌〉是改寫和美化了原有神話的新製品，都不能排除屈原的介入。〔註 79〕

通過姜亮夫、彭毅二先生之論證，〈九歌〉乃屈子據楚民歌改創之作，當無疑義。又，據彭先生此文之析論，吾人可得一啓示，即〈九歌〉之前九章乃前有所承，爲屈子據民歌改創之作，而〈國殤〉、〈禮魂〉二章則或爲屈子之創作。

二、〈九章〉作者問題

王逸《楚辭章句・九章序》云：「〈九章〉者，屈原之所作也。」自洪興祖、朱熹而下，未有疑之者。迨及有明許學夷《詩源辨體》始云：「〈惜往日〉有『不畢辭而赴淵兮，惜壅君之不識。』〈悲回風〉有『驟諫君而不聽兮，任重石之何益。』非屈子口語，疑唐勒、景差之徒爲原而作，一時失名，遂附入屈原賦中。」〔註 80〕其後曾國藩、梁啓超亦疑〈惜往日〉非屈子之辭，吳汝綸復推助曾國藩說，亦以〈惜往日〉、〈悲回風〉非屈所作，更云：「〈九章〉自〈懷沙〉以下，不似屈子之辭。子雲〈畔牢愁〉所仿，自〈惜誦〉至〈懷沙〉而止。蓋〈懷沙〉乃投汨羅時絕筆，以後不得有作。」〔註 81〕其後劉永濟承此說而謂〈九章〉僅有自〈惜誦〉至〈懷沙〉五篇爲屈作，〈思美人〉以下四篇非屈作。（參見本章第二節二之（二）〈九章〉之篇數、篇目問題）

〔註 79〕參見彭毅先生〈析論《楚辭・九歌》的特質〉一文（《臺靜農先生八十壽慶論文集》頁 314～324）。

〔註 80〕見許學源《詩源辨體》（此據劉永濟《屈賦通箋》頁 151 引）。

〔註 81〕見《古文辭類纂》卷六十一〈九章〉之〈惜往日〉、〈悲回風〉後附諸家集評。

而陸侃如《中國詩史》則從〈九章〉九篇之形式分成三類：其一，有標題且有亂辭：〈涉江〉、〈哀郢〉、〈抽思〉、〈懷沙〉四篇；其二，有標題而無亂辭：〈橘頌〉一篇；其三，無標題且無亂辭：〈惜誦〉、〈思美人〉、〈惜往日〉、〈悲回風〉四篇。而以第三類無標題無亂辭者爲僞託。〔註 82〕林庚亦承其說。〔註 83〕而錢穆先生因〈哀郢〉篇中有「當陵陽之焉至兮，淼南渡之焉如」，謂〈哀郢〉乃莊辛所作，或宋玉、景差之徒所爲。〔註 84〕綜上所述，則〈九章〉九篇作者爲屈子而無疑問者，止〈涉江〉、〈抽思〉、〈懷沙〉三篇，其餘之〈惜誦〉、〈哀郢〉、〈思美人〉、〈惜往日〉、〈橘頌〉、〈悲回風〉六篇皆有疑之者。以下即對此六篇之作者問題略作探討。

錢穆先生獨以〈哀郢〉非屈所作，其說已爲游國恩先生所駁。〔註 85〕且〈哀郢〉一文據其形式、內容、篇次皆無僞託之嫌疑。又況其文字已爲〈九辯〉所襲，則宋玉固已見之矣！〔註 86〕則〈哀郢〉爲屈子所作當無可疑。又，〈惜誦〉一篇，陸侃如以其無標題無亂詞而疑之，林庚則又申之以屈子少年得志，而〈惜誦〉有云「思君其莫我忠兮，忽忘身之賤貧」，且本篇之「欲儃佪以干傺兮，恐重患而離尤」，亦與〈離騷〉「雖九死其猶未悔」之精神不同。然屈子與楚懷王比，其自謂「賤貧」，並無不當。而「欲儃佪以干傺兮，恐重患而離尤」，乃寫其於去留間掙扎之心路歷程，與〈離騷〉之命靈氛占及託意遠遊，蓋文異而旨同也。至若其無標題、無亂辭則亦有說焉！蓋〈九章〉既非一時之作，而屈賦二十五篇亦無形式必求其同之趨勢，則屈子創作時或有亂辭，或無亂辭，甚或一篇中既有亂，復有

〔註 82〕見陸侃如《中國詩史》頁 117。

〔註 83〕林庚說見〈說橘頌〉一文附說〈九章〉（《詩人屈原及其作品研究》頁 144）。

〔註 84〕見錢穆先生《先秦諸子繫年》八七〈屈原生卒考〉。

〔註 85〕參見游國恩《楚辭論文集》收〈論屈原之放死及《楚辭》地理〉一文餘論己、〈哀郢〉辯疑，辛、釋故都。

〔註 86〕〈哀郢〉：「堯舜之抗行兮……美超遠而逾邁。」爲〈九辯〉所襲。

少歌、倡曰，蓋隨其行文而定也。陸氏既不以〈橘頌〉無亂辭爲疑，則〈惜誦〉無亂辭亦無可疑。再者，就其無標題論之，竊以爲「惜誦」雖與篇首二字同，然亦其標題也。蓋惜，貪也；誦，諫也。〔註87〕全文乃屈子反覆言己因貪諫而爲讒邪妒害也。又況本篇不僅揚雄已擬之，且早於揚雄之東方朔、劉向亦已擬之，〔註88〕足證爲漢初以前已有。而其文中之強烈自我意識及其遣詞造句用韻習慣，亦與〈離騷〉、〈涉江〉、〈抽思〉等作同，故〈惜誦〉爲屈子所作當無問題。〔註89〕

綜上所述，可知〈惜誦〉、〈涉江〉、〈哀郢〉、〈抽思〉、〈懷沙〉五篇之作者爲屈子，已無可疑。然〈思美人〉以下四篇是否亦爲屈子所作，則尚須探討。蓋〈思美人〉以下所以有作者問題，一者乃以《漢書・揚雄傳》載雄:「又旁〈惜誦〉以下至〈懷沙〉一卷，名曰〈畔牢愁〉」；再者係劉向〈九歎・憂苦〉章有「歎〈離騷〉以揚意兮，猶未殫於〈九章〉」二句。然劉向「未殫於〈九章〉」之意，並非未盡〈九章〉之篇。而揚雄所傍〈惜誦〉以下至〈懷沙〉，未必止五篇，蓋揚雄所見之〈九章〉或篇次與今本異。以是劉永濟據此二理由以言〈思美人〉以下四篇非屈子所作，實不能成立。此蘇雪林、湯炳正二氏駁之已詳。〔註90〕然劉氏之說不能成立，是否此四篇必爲屈作，斯則吾人尚須探討者。林庚〈說橘頌〉一文，以〈橘頌〉體裁、命名之獨特，及〈橘頌〉所狀正爲屈子一己之性格，故

〔註87〕〈惜誦〉二字各家釋義有別，然考之文意當以「貪諫」爲得（參見傅錫壬先生〈楚辭篇題探釋〉一文）（《淡江學報》第十期）。

〔註88〕東方朔〈七諫・自悲〉:「悲虛言之無實兮，苦眾口之鑠金。」劉向〈九歎・離世〉:「指日月使延照兮，撫招搖以質正。立師曠俾端辭兮，命咎繇使並聽。」顯係擬〈惜誦〉（〈惜誦〉文句屢爲後人所襲，游國恩〈九章辯疑〉已標舉五例）。

〔註89〕〈惜誦〉一篇使用之第一身指稱詞甚多，而其多用楚語及造句、用韻之習慣皆與其他屈作同。此於第三章將詳論之。

〔註90〕參見蘇雪林先生《楚騷新詁》頁226～228，並湯炳正先生〈關於九章後四篇眞僞的幾個問題〉一文（《屈賦新探》頁124～138）。

確認此篇乃屈子所作。〔註91〕竊以爲其說良是。蓋〈橘頌〉之內容、形式、風格既與〈九章〉他篇大異，若無確證，則名定輯錄〈九章〉者，將不致於將此篇輯入。以是〈橘頌〉爲屈子所作，當無可疑。又，游國恩先生〈九章辯疑〉指出〈思美人〉「惜吾不及古人兮，吾誰與玩此芳草」，爲〈哀時命〉「廓落寂而無友兮，明法度之嫌疑」所襲。〔註92〕湯炳正先生則云宋玉〈九辯〉之「願寄言夫流星兮，羌倏忽而難當」乃概括〈思美人〉「願寄言於浮雲兮，遇豐隆而不將。因歸鳥而致辭兮，羌迅高而難當。」〔註93〕至若蔣天樞先生則從〈思美人〉之興託與其實際經歷相關，且語意間亦無僞託痕跡，證明〈思美人〉非僞作。〔註94〕又，〈悲回風〉一篇，湯炳正先生據洪興祖補注於「心絓結而不解兮，思蹇產而不釋」二句下云:「一本無此二句」，並據《楚辭章句》已注之文句，皆不再注例，而斷此係錯簡所致。而造成錯簡之因，蓋〈悲回風〉原來篇次在〈哀郢〉之後，〈抽思〉之前。〔註95〕若然，則其爲屈子所作之可能性即增大。

根據以上之探討，則自〈惜誦〉至〈懷沙〉五篇爲屈子所作外，〈橘頌〉、〈思美人〉亦爲屈子之作。〈悲回風〉則可能爲屈子所作。至若〈惜往日〉則游氏〈九章辯疑〉雖舉二例以明〈七諫〉之有擬〈惜往日〉，然僅此證據，或難證明〈惜往日〉必爲屈作。若然，則當從其作品本身與其他篇之比較，方能得出較客觀之答案。〔註96〕然縱或〈惜往日〉、〈悲回風〉並非屈子所作，則仍不妨暫隸之爲屈子作品。蓋先秦典籍之例，一家之說，皆可納之宗主堂廡之中。「〈九章〉即不

〔註91〕參見林庚〈說橘頌〉一文（《詩人屈原及其作品》頁139～144）。
〔註92〕見游國恩先生《楚辭論文集》頁116。
〔註93〕參見湯炳正先生〈關於九章後四篇眞僞的幾個問題〉一文（《屈賦新探》頁124～138）。
〔註94〕參見蔣天樞《楚辭論文集》頁21～23。
〔註95〕同註93。
〔註96〕本文第三章擬據內容、形式二端比較〈九歌〉、〈九章〉、〈九辯〉。通過分析式之比較，或可解決〈惜往日〉是否屈作之問題。

盡爲屈子之作，亦嫡庶眾子之從其宗者，其去屈子必不遠。考古之事，既不能有積極顯證以確定其時代主人，但當存故說，以待眞智，固無取於多所更張也。」〔註 97〕

三、〈九辯〉作者問題

〈九辯〉作者爲宋玉，本無疑義。王逸〈九辯章句序〉云：「〈九辯〉者，楚大夫宋玉之所作也。」然至有明焦竑始倡〈九辯〉爲屈子自作，其友陳第然其說。自茲而後如吳汝綸、張裕釗、梁啓超、劉永濟、蔣天樞、譚戒甫皆主〈九辯〉爲屈原所作。〔註 98〕綜合諸家之說，其以〈九辯〉爲屈原所作之理由有六：其一，〈九辯〉、〈九歌〉兩見於〈離騷〉、〈天問〉，〈九歌〉既爲屈原作，〈九辯〉亦與爲類，皆用古樂章名而爲之辭。其二，〈九辯〉辭義不類悲他人者。其三，《楚辭釋文》，〈九辯〉居第二，宋玉之作不當攙入屈作中。其四，曹植〈陳審舉表〉引用〈九辯〉文句，題爲屈平曰。其五，〈九辯〉時序與屈子南遷所作之〈涉江〉、〈抽思〉所賦大略相似。其六，王逸章句有後人妄改之處，故題爲宋玉作，疑後人妄改。〔註 99〕然此六論據實皆可

〔註 97〕見姜亮夫先生《屈原賦校注》卷四〈九章〉解題（華正版頁 371、372）。

〔註 98〕參見王家歆《九辯研究》頁 21。然王氏謂蘇雪林亦主〈九辯〉爲屈作，實應加以說明。蓋蘇氏乃以屈原有〈九辯〉之作，然已佚，而今傳〈九辯〉則宋玉或他人作。（見《屈賦論叢》頁 446）又，焦、陳、張、梁等諸家說見王氏《九辯研究》頁 4～11 引。

〔註 99〕此據傅錫壬先生《新譯楚辭讀本》頁 155 之歸納，然據首倡者之先後而略更其序。蓋一至三點爲焦竑首發。其《筆乘》卷三「〈九辯〉、〈九歌〉皆屈原自作」云：「〈離騷經〉『啓〈九辯〉與〈九歌〉兮』，即後之〈九歌〉、〈九辯〉，皆原自作無疑。……〈九辯〉謂宋玉哀其師而作。熟讀之，皆原自爲悲憤之言，絕不類哀悼他人之意。」續集卷四〈九辯〉又云：「近覽《直齋書錄解題》，載《離騷釋文》一卷，其篇次與今本不同。首〈騷經〉，次〈九辯〉，……以此觀之，決無宋玉所作攙入原文之理。」第四點爲吳汝綸首見之，吳氏評《古文辭類纂》卷六十三云：「曹子建〈陳審舉表〉引屈平曰：國有驥云云。……則子建固以〈九辯〉爲屈子作。」五、六兩點乃劉永濟先生提出，見氏所著《屈賦通箋》頁 47、48。

議，以下即依序辯駁之。

其一，九辯、九歌皆古樂章名，則屈原可用，何獨宋玉不可用。以〈九歌〉爲屈子作，定〈九辯〉亦與爲類，斯不合邏輯也。其二，〈九辯〉辭義正爲宋玉自悲，故不類悲他人。蓋王逸「閔其師」之說本有問題。篇中有「坎廩兮貧士失職而志不平」，正宋玉自悲也。其三，《楚辭釋文》之次，蓋依其纂輯之先後爲次，本不以作者先後爲次。蓋〈九歌〉以下各篇乃宋玉之後方輯入。（參見本章第二節一、三九於《楚辭》一書中之篇次問題）以是〈九歌〉、〈九章〉在〈九辯〉後，〈招魂〉亦列〈招隱士〉後。〔註 100〕故不可以其在〈離騷〉後，〈九歌〉前，則據以爲屈原所作。其四，曹植以爲屈原所云者，或爲其誤記。蓋古人引書，時有誤記，不可以此爲據而言〈九辯〉係屈子所作。其五，〈九辯〉通篇以悲秋起興，與〈涉江〉、〈抽思〉之言秋實爲取材之相同，不能以此斷爲同出一人之手。況〈哀郢〉、〈招魂〉亦有以春爲時序之作，則〈九辯〉與之時序又不合矣。其六，劉氏以王逸章句有後人妄改之處，而其所舉〈九思〉「思丁文兮聖明哲」句注「丁」爲「當」，實可證〈九思〉非王逸自注（俞樾〈讀《楚辭》〉已說之甚詳），而不

〔註 100〕孫志祖《讀書脞錄》卷七云：「王逸敘明云〈九辯〉者楚大夫宋玉之所作。《文選》亦以宋玉〈九辯〉列於屈子〈卜居〉、〈漁父〉之後，釋文舊本自誤爾。」其後游國恩、傅錫壬二氏亦皆據此駁斥焦竑之說。王家歆《九辯研究》更據聞一多所云王逸注例有二，而云：「今考〈離騷〉、〈九歌〉、〈天問〉、〈九章〉前半，皆傳注之體也。而自〈抽思〉以下，〈思美人〉、〈惜往日〉、〈悲回風〉、〈遠遊〉、〈卜居〉、〈漁父〉、〈九辯〉，皆用四言韻語，自創之變體也。……若以〈九辯〉爲第二，列諸〈離騷〉、〈九歌〉之間，則與注解體例不合。故余謂王逸所見之本，〈九辯〉決非在第二矣。」（見《九辯研究》頁 13）然考〈九章〉九篇〈懷沙〉在〈抽思〉、〈思美人〉間，〈橘頌〉在〈惜往日〉、〈悲回風〉間，而二篇注亦用傳注體。且其後諸篇亦或用傳注體，或用自創變體，如〈九懷〉用自創體，〈九歎〉用傳注體也。蓋王逸或以行文方便，或作注時，未依篇次爲序，故有前用傳注體，後用自創體，而非如王家歆氏所言〈抽思〉以下皆用自創體，故王氏據此謂〈九辯〉不在第二，頗值商榷。

能證後人妄改王逸章句。〔註 101〕

以上乃針對前人以〈九辯〉爲屈子所作之六理由加以駁斥。除此之外，游國恩先生嘗就〈九辯〉之抄襲〈離騷〉、〈九章〉，及〈九辯〉句法之自由變化，如「兮」字位置之改變，證明〈九辯〉作者非屈原。〔註 102〕姜亮夫先生亦云：「〈九辯〉文弱，不類屈作，王已明標宋玉之作，無用更生籐葛。」〔註 103〕王家歆則復據〈九辯〉之句法、用韻、用字、文義諸端證〈九辯〉不類屈作。〔註 104〕蓋據〈九辯〉之內容、形式言，皆與屈作有異，而前人考證亦詳，以是〈九辯〉爲宋玉所作，當可成定案矣！

第四節　〈九歌〉之性質及所祀諸神考

一、〈九歌〉之性質

〈九歌〉性質何屬，歷來學者論說紛紜，迄今仍難有定論。綜合各家說法，大抵可歸納爲下列數說：

（一）託諷說（或謂屈原私祭之辭）

王逸、朱熹皆視〈九歌〉爲屈原託以諷諫，表現忠愛眷戀之作。〔註 105〕林雲銘《楚辭燈》則曰：「迎神則原自迎，祭神則原自祭，歌舞或召巫歌舞，其詞其意，乃〈九章〉之變調。」〔註 106〕至若何敬群則以〈九歌〉乃屈子自寫勞愁。〔註 107〕以上諸家皆以〈九歌〉與屈子

〔註 101〕本段六點，其一、四點見游國恩《屈原》一書頁 137～140。第三點承湯炳正說，其二、五、六點及據傅錫壬先生之說（見《新譯楚辭讀本》頁 155）。

〔註 102〕參見游國恩先生《楚辭論文集》頁 246、247。

〔註 103〕見姜亮夫先生《屈原賦校注》目錄。

〔註 104〕見王家歆《九辯研究》頁 22～24。

〔註 105〕王逸說見《楚辭補註》卷二〈九歌章句序〉（藝文本頁 98），朱熹說見《楚辭集注》〈九歌序〉（華正本頁 59）。

〔註 106〕見林雲銘《楚辭燈》卷二〈九歌總論〉（廣文本頁 89）。

〔註 107〕何敬群說見〈楚辭屈宋文研究導論〉（《珠海學報》第五期）。

遭際關係密切。

（二）記事說

戴震《屈原賦注》則主〈九歌〉非祀神所歌，乃爲記述祀典之作。〔註 108〕劉永濟承其說云：「〈九歌〉爲賦巫迎神之事，殆爲可信。……足證〈九歌〉中所言歌舞之事，皆述巫迎神之狀，而絕非祠祀所用之文。」〔註 109〕今人凌純聲亦從此說。〔註 110〕

（三）民歌說

此說亦出於王逸、朱熹。蓋王逸以屈子見沅湘民間祭歌，其辭鄙陋，因爲作〈九歌〉。朱熹則謂屈子見沅湘祭歌「詞既鄙俚，而其陰陽人鬼之間又或不能無褻慢淫荒之雜」，以是「頗爲更定其詞，去其泰甚。」〔註 111〕然王、朱二氏又皆以託諷說〈九歌〉，以是輓近學者多去其託諷之意，而取「沅湘民間祭歌說」，然中亦有微殊，略可分爲四類：

1. 湘江民族之宗教舞歌

胡適云：「〈九歌〉與屈原的傳說絕無關係。細看內容，這九篇大概是最古之作，是當時湘江民族的宗教舞歌。」〔註 112〕

2. 楚國各地之民間祭歌

陸侃如云：「這幾篇乃是楚國各地的民間祭歌。」〔註 113〕

3. 湘江民族之民歌，包含戀歌與祭歌

容肇祖云：「〈九歌〉便是當日湘江民族的民間歌謠……一部分是民間戀歌，如〈湘君〉、〈湘夫人〉、〈大司命〉、〈少司命〉、〈河伯〉、〈山

〔註 108〕見戴震《屈原賦注》卷二〈九歌〉各篇題下所釋。

〔註 109〕見劉永濟《屈賦通箋》卷三〈九歌解題〉。

〔註 110〕凌純聲氏〈銅鼓圖文與《楚辭・九歌》〉一文曰：「著者的假設，〈九歌〉是屈原記事之賦。」（《中研院院刊》第一輯頁 411）。

〔註 111〕同註 105。

〔註 112〕見《胡適文存》第二集〈讀《楚辭》〉。

〔註 113〕見《中國詩史》頁 106。

鬼〉六篇；一部分是民間祭歌，如〈雲中君〉、〈國殤〉、〈東君〉、〈東皇太一〉、〈禮魂〉五篇。」〔註 114〕

4. 濮獠民族祀神之歌

此說由凌純聲先生首倡，氏於〈銅鼓圖文與《楚辭‧九歌》〉、〈國殤禮魂與馘首祭梟〉二文，以爲〈九歌〉乃濮獠民族祀神歌，而〈國殤〉則較爲原始之濮獠民族之馘首祭梟。〔註 115〕此說爲張壽平、鄭坦二氏所承。〔註 116〕

（四）國家祀典樂章說

1. 楚國國家祀典樂章

此說或出馬其昶。馬氏於《屈賦微》卷上〈九歌〉題下引何焯之言，並加案語：「懷王既隆祭祀，事鬼神，則〈九歌〉之作，必原承懷王命而作也。」嗣後孫作雲於〈九歌非民歌說〉一文，列舉三證，以明〈九歌〉爲楚國國家祀典樂章。聞一多先生亦同意其說，於〈什麼是九歌〉一文謂〈九歌〉十一章應改稱楚郊祀歌，或楚郊祀東皇太一樂歌。〔註 117〕

2. 漢宮廷樂章（或漢甘泉壽宮歌詩）

何天行《楚辭作於漢代考》一書謂〈九歌〉乃西漢武帝時之宮廷樂章。〔註 118〕孫楷第於〈九歌爲漢歌辭考〉、〈再論九歌爲漢歌辭考〉二文，皆言〈九歌〉爲漢武帝之甘泉壽宮歌詩。〔註 119〕

〔註 114〕見容肇祖《中國文學史大綱》頁 56。

〔註 115〕凌純聲〈銅鼓圖文與《楚辭‧九歌》〉載《中央研究院院刊》第一輯，〈國殤禮魂與馘首祭梟〉載《民族學研究所集刊》第九期（頁 412）。

〔註 116〕張壽平說見《九歌研究》第二編第一章第一節，鄭坦說見《申論楚辭九歌二招之存疑》中卷〈九歌總論〉三、〈九歌〉確係南楚土俗祀神之歌。

〔註 117〕見聞一多〈什麼是九歌〉一文第六節（《神話與詩》頁 269）。

〔註 118〕見何天行《楚辭作於漢代考》頁 75～79。

〔註 119〕孫楷第〈九歌爲漢歌辭考〉載上海《大公報》文史週刊，〈再論九歌爲漢歌辭考〉載《學原》二卷四期。

上舉諸說，王逸、朱熹之託諷說早爲多數學者否認。王夫之云：「逸所言託以諷諫者，不謂必無此情。……未有方言此而忽及彼，乖錯瞀亂，可以成章者。孰繹篇中之旨，但以頌其所祠之神，而婉娩纏綿，盡巫與主人之敬慕，舉無叛棄本旨，闌及己冤。」〔註120〕彭毅先生亦謂王、朱之說迂曲附會，推論過當。〔註121〕林雲銘自祭說，則劉永濟亦評之曰：「專就屈子言外之旨說其辭事，失之太泥。」〔註122〕何敬群自寫勞愁說，證諸本文之多爾我之詞，亦非是。若戴震記事說，彭毅先生亦從對話形式駁斥之。〔註123〕至若胡適、陸侃如、容肇祖之說，彭毅先生亦予駁正。而凌純聲先生濮獠民族祀神歌說，雖近人多有從其說者，然誠如彭先生所云〈國殤〉之稱美爲國犧牲之勇士，與詩中出現之兵器和車戰場面，亦非早期之部落所能及。而漢宮廷樂章之說，附會之處頗多，蘇雪林、張壽平二氏已有駁正。〔註124〕至若孫作雲先生之楚國國家祀典樂章說，雖舉證詳確，然仍有疑問。其一，縱或如孫氏所云，〈九歌〉爲國家祀典樂章，諸神非民間所能祭。然對自然神之崇拜及關於諸神之想像、神話和傳說，却非宮廷所能獨佔，其原始仍應源於民間。其二，有關〈九歌〉諸神之神話，如於民間流傳，則〈九歌〉之歌辭亦有發自民間之可能。蓋若漢代樂府之採自趙代齊楚之謳，而經李延年等人整理潤色。〔註125〕〈九歌〉豈無可能採自民間，

〔註120〕見王夫之《楚辭通釋》卷二〈九歌序〉。

〔註121〕見彭毅先生〈析論《楚辭・九歌》的特質〉一文（《臺靜農先生八十壽慶論文集》）。

〔註122〕見劉永濟《屈賦通箋》卷三〈九歌解題〉（頁65）。

〔註123〕同註121。

〔註124〕詳見蘇雪林先生《屈原與九歌》頁150、151，及張壽平先生《九歌研究》頁35～39。

〔註125〕《漢書・禮樂志》第二謂武帝：乃立樂府，采詩夜誦，有趙代秦楚之謳；多舉司馬相如數十人造爲詩賦，略論律呂，以合八音之調。《文心雕龍・樂府》亦云：「既武帝崇禮，始立樂府，總趙代之音，撮齊楚之氣。延年以曼聲協律，朱馬以騷體製歌。」又：「故陳思稱李延年閑於增損古辭，多者則宜減之，明貴約也。」據上所述，以是彭先生云：「李延年於度曲協律之際，於所採之詩或增或損以

而經屈原或其他宮廷文人改定？以是欲解決〈九歌〉性質問題，唯有自〈九歌〉歌辭本身探討。此彭毅先生於〈析論《楚辭・九歌》的特質〉一文，曾有精到之論說。據其所論，吾人或可謂〈九歌〉係屈原於楚懷王十七年、二十八年至三十年間，爲「隆祭祀，事鬼神，欲以獲福助，却秦軍」〔註 126〕而爲國殤設祀，而於祭國殤前，先祀天神、地祇，以是而改創修潤原有之民歌，以爲國家祀典樂章。又據〈國殤〉一詩之大異他篇，或可謂〈山鬼〉以上諸篇乃據原有民歌改創，〔註 127〕而〈國殤〉、〈禮魂〉二篇則屈子自創也。以是言〈九歌〉之性質，當爲楚宮廷祀神曲，然又與民間祭歌關係密切矣！簡言之，〈九歌〉乃據民歌改創修潤之宮廷祀神曲。〔註 128〕

二、〈九歌〉所祀諸神考

〈九歌〉所祀諸神何指，歷來學者多有論述。輓近學者如陸侃如、聞一多、游國恩、蘇雪林、文崇一、張壽平、馬承驌諸氏，皆曾撰文考辨。〔註 129〕然以文獻不足，而楚文化又有其特殊性，以是異說紛紜，莫衷一是。本文以重點不在考據，且此問題亦非一己目前學力所能解決，故而僅能根據〈九歌〉歌辭，於諸家異說，擇其個人以爲較近實者，略加論述。

合音調，是難免的事了。」（同註 121）

〔註 126〕《漢書》卷二十五下〈郊祀志〉載谷永說上曰：「楚懷王隆祭祀，事鬼神，欲以獲福助，卻秦師……。」

〔註 127〕蓋〈雲中君〉至〈山鬼〉八篇，神話意味極濃，且較富民歌情調。而〈山鬼〉又云：「路險難兮獨後來」，疑扮演神之故事僅至此篇止，〈國殤〉、〈禮魂〉則神巫不再出現，僅爲祭巫或眾陪祭巫合唱。

〔註 128〕本小節多參考彭毅先生〈析論《楚辭・九歌》的特質〉一文。

〔註 129〕陸侃如說見《中國詩史》頁 100～104，聞一多說見《神話與詩》書中〈司命考〉及〈什麼是九歌〉二文，游國恩說見《楚辭論文集》〈論九歌山川之神〉一文，蘇雪林先生說見《屈原與九歌》一書，文崇一先生說見〈九歌中的上帝與自然神〉一文（《中央研究院民族學研究所集刊》第十七期），張壽平先生說見《九歌研究》第三章〈九歌〉所祀之神，馬承驌說見《九歌證辨》第四章〈九歌〉所祀神鬼考辨。

（一）東皇太一

東皇太一於〈九歌〉所祀諸神中最爲尊貴，此可由其章列第一，且通篇莊嚴肅穆得知。《史記・封禪書》：「天神貴者太一……古者天子以春秋祭太一東南郊。」《文選》五臣注云：「祠在楚東，以配東帝，故云東皇。」〔註 130〕據此可知東皇太一爲楚國尊神，或即楚人之上帝。〔註 131〕

（二）東　君

洪興祖《楚辭補註》云：「《博雅》曰：『朱明、耀靈、東君，日也。《漢書・郊祀志》有東君。』朱熹《楚辭集注》云：「今按此日神也。」〔註 132〕然王闓運以文中有「靈之來兮蔽日」句犯題，故謂東君乃句芒之神。〔註 133〕然「靈之來兮蔽日」句，王逸注：「言日神悅喜，於是來下，從其官屬，蔽日而至也。」據此則並無犯題。又文中曰：「暾將出兮東方……夜皎皎兮既明」，顯然描寫日出景象。故東君爲日神，當無疑問。

（三）雲中君

雲中君歷代注家均以爲雲神，而王闓運則以爲澤神，〔註 134〕姜亮夫先生則以爲月神，〔註 135〕張壽平先生則以前半篇繫雲神，後半篇繫月神，〔註 136〕傅錫壬先生則以爲是雷神。傅氏並列舉四證，以明雲中君爲雷神。〔註 137〕竊以爲傅氏之說頗能解前人以之爲雲神、

〔註 130〕見《六臣注文選》卷三十三向曰：「太一，星名，天之尊神。祠在楚東以配東帝，故云東皇。」

〔註 131〕參見文崇一先生〈九歌中的上帝與自然神〉一文（《中央研究院民族研究所集刊》第十七期頁 49～59）。

〔註 132〕見洪興祖《楚辭補註》卷二〈九歌・東君〉題下注及朱熹《楚辭集注》卷二〈九歌・東君〉題下注。

〔註 133〕見王闓運《楚辭釋》卷二〈九歌・東君〉題下注（廣文版頁 104）。

〔註 134〕同註 133〈雲中君〉題下注（廣文版頁 79）。

〔註 135〕見姜亮夫先生《屈原賦校注》頁 208。

〔註 136〕見張壽平先生《九歌研究》頁 45～48。

〔註 137〕見傅錫壬先生《新譯楚辭讀本》頁 59。

月神之疑。然傅氏所舉第二證，謂「靈連蜷兮既留」指神之服飾，非狀雲。而「猋遠舉兮雲中」，乃指神靈往來快速，與雲之飄忽不定無關。個人以爲此證或可做如下解釋：「靈連蜷兮既留」，「猋遠舉兮雲中」皆狀閃電之詞。蓋先人所了解之雷神，一則爲耳聞之轟然巨響，一則爲眼見之閃電光芒。而閃電之狀蓋長曲之貌也，而其光芒之倏然而下，忽焉而滅，亦若「猋遠舉兮雲中」。

（四）湘君、湘夫人

湘君、湘夫人二神之解釋，異說最多，據陸侃如先生之歸納，計有九種不同說法。〔註 138〕若再加上張壽平、蘇雪林二氏之說，則有十一說之多。〔註 139〕今考湘君、湘夫人二篇，皆與沅湘之水相關，而篇題又均冠以「湘」字，則二者同爲湘水之神，殆無疑義。且由篇中之稱謂及飾物觀之，湘君爲男性，湘夫人爲女性。則二湘本爲楚先民所奉之湘水配偶神，其後舜崩蒼梧而葬九疑，及二妃從死湘江之說起，乃與民俗附益，遂使二湘與舜二妃事結合，至屈子改創〈九歌〉時，或已附諸舜事，故湘夫人亦謂之「帝子」也。〔註 140〕

（五）大司命、少司命

朱熹《楚辭集註》於〈大司命〉題下曰：「《周禮》大宗伯以槱燎祀司中、司命，疏引星傳云：三台，上台曰司命，又文昌宮第四亦曰司命，故有兩司命也。」〈少司命〉題下則注曰：「按前篇注說有兩司命，則彼固爲上台，而此則文昌第四星歟！」戴震《屈原賦注》承朱子說而云：「三台，上台曰司命，主壽夭，即〈九歌〉之大司命也。文昌宮，四曰司命，主災祥，即〈九歌〉之少司命也。」〔註 141〕今

〔註 138〕見陸侃如《中國詩史》頁 101。

〔註 139〕張壽平先生以湘君爲沅湘之土地神、湘夫人爲沅湘之水神（見《九歌研究》頁 54），蘇雪林先生則以湘君爲土星之神，湘夫人爲金星之神（見《屈原與九歌》頁 300）。

〔註 140〕參見馬承驌先生《九歌證辨》頁 33。

〔註 141〕見戴震《屈原賦注・九歌・大司命》題下注。

觀〈大司命〉篇有：「紛總總兮九州，何壽夭兮在予。」則大司命確爲主壽夭。然少司命據其文意則無主災祥之意，蓋其文曰「夫人自有兮美子，蓀何以兮愁苦」，「竦長劍兮擁幼艾，蓀獨宜兮爲民正」，則少司命當如王夫之所謂「司人子嗣之有無」。而二司命並有誅惡護善之職，皆爲天帝之從屬。〔註142〕

（六）河　伯

河伯爲河神，當無疑義，然其究爲泛指，抑或專稱，則後人看法不同。朱熹以爲「大率黃河之神耳」，〔註143〕文崇一先生則以此說爲毫無根據之臆測，河伯僅爲一河神之名耳。〔註144〕或謂先秦之「河」字皆指黃河，〔註145〕然楚文化既有其特殊性，且其又承殷商文化來，而殷人之祭河則不一定祭黃河。再者，從其與山鬼並列言，則山鬼若非專指，則河伯亦應爲泛稱。故竊以爲河伯者，或即屈原時代，南楚民間別於二湘，而爲一般河神之通稱。〔註146〕

（七）山　鬼

山鬼舊注以爲山中鬼怪，然顧成天則以爲是巫山神女。〔註147〕顧說爲孫作雲、聞一多所承。〔註148〕然文崇一先生以爲此說不可信。〔註149〕蓋楚人好祀，而楚又多山，則此山鬼或爲泛指，若其爲專稱，

〔註142〕同註140頁35、36。

〔註143〕見朱熹《楚辭集注》卷二〈九歌・河伯〉題下注。

〔註144〕見文崇一先生〈九歌中河伯之研究〉一文（《中央研究院民族學研究所集刊》第九期）。

〔註145〕見屈萬里先生〈河字意義的演變〉一文（《中央研究院歷史語言研究所集刊》第三十本上冊頁143）。

〔註146〕同註140頁39。

〔註147〕顧成天說見《四庫全書總目提要》卷一四八《楚辭九歌解》提要：「〈山鬼〉篇云：『楚襄王遊雲夢，夢一婦人，名曰瑤姬，通篇詞意似指此事』，則又歸之於巫山神女，屈原本旨，豈其然乎？」

〔註148〕孫作雲說見〈九歌山鬼考〉一文（《清華學報》十一卷四期），聞一多說見〈什麼是九歌〉一文（《神話與詩》頁274）。

〔註149〕同註131。

當亦如湘水神之稱湘君、湘夫人，而今謂「山鬼」明其泛指也。至若孫氏〈九歌山鬼考〉之以〈高唐賦〉與〈山鬼〉比較，而謂山鬼爲巫山神女，則或倒果爲因，蓋〈高唐賦〉或受〈山鬼〉啓示而作，故內容難免有雷同之處。

（八）國　殤

《楚辭補註》卷二〈九歌・國殤〉題下注：「謂死於國事者。無主之鬼謂之殤。」朱熹、林雲銘、戴震均然其說。今觀篇中之詞，實歌詠將士壯烈殉國事，故補註之說可從。至若其所歌詠之將士，究指何國戰士，屈復《楚辭新注》云：「懷王時秦敗屈匄，敗唐昧、又殺景缺，楚人多死於秦，此三閭所以深痛之也。」〔註 150〕馬其昶《屈賦微》則引姚永樸曰：「〈九歌〉終於〈國殤〉，亦因兵挫於秦，死者眾也。」馬氏並加案語，以爲懷王時丹陽、藍田之敗，「茲祀國殤，且祝其魂魄爲鬼雄，亦欲其助卻秦軍也。原因敘其戰鬥之苦，死亡之慘，聆其音者，其亦有惻然動念者乎？」〔註 151〕則國殤蓋禮贊楚國戰士也。然近人自徐嘉瑞以「秦弓」一語致疑，謂秦爲楚之國仇，葬戰士不應以秦弓爲殉。〔註 152〕其後又有以國殤爲異族之敵人，〔註 153〕然「秦弓」一語，補註引《漢書・地理志》云：秦地迫近戎狄，以射獵爲先，又秦南山檀柘可爲弓幹。蓋秦弓實與吳戈同也。因秦弓善，故楚軍以之爲兵器，及其爲國犧牲也，「猶帶劍持弓，示不舍武也。」（王逸注）以是〈國殤〉爲屈子禮贊本國戰士當無疑義。至若如屈復、馬其昶二氏之以爲乃死於秦者，則或未必然，蓋戰國之時，楚不止與秦戰也，則此詩所歌當即楚國歷年戰役之爲國捐軀者。〔註 154〕

〔註 150〕見屈復《楚辭新註》〈九歌・國殤〉後序（《青照堂叢書》次編）。
〔註 151〕見馬其昶《屈賦微》卷上〈九歌・國殤〉題下註。
〔註 152〕見徐嘉瑞〈九歌的組織〉一文（《文學遺產增刊》六輯）。
〔註 153〕見凌純聲〈國殤禮魂與馘首祭梟〉一文（《中央研究院民族學研究所集刊》第九期）。
〔註 154〕同註 140 頁 45。

（九）禮　魂

〈禮魂〉《楚辭補註》云：「禮一作祀，魂一作䰟。或曰『禮魂，謂以禮善終者。』」蔣驥則云：「有禮法之士，如先賢之類，故備禮樂歌舞以享之，又期之千秋萬世而不祧也。」〔註 155〕戴震則謂：「泛言人鬼之有常祀者。」〔註 156〕然觀其全文僅五句，又無專祀；再者，據洪氏補註卷二〈九歌〉目錄〈東皇太一〉下註：「一本自〈東皇太一〉至〈國殤〉上皆有祠字。」若然，則〈禮魂〉一篇不若前十篇之有祠祀對象。以是後人有以其爲送神曲者，有以其爲〈九歌〉之亂辭者。〔註 157〕竊以爲或如彭毅先生所云，係爲祀典結束儀式之禱辭，乃緊承「子魂魄兮爲鬼雄」而來，其所禮之魂乃國殤耳。今觀禮魂「春蘭兮秋菊，長無絕兮終古」，頗有英烈千秋之意味。〔註 158〕蓋今日之春秋二祠國殤，或亦有承於〈九歌〉之〈國殤〉、〈禮魂〉也！

〔註 155〕見蔣驥《山帶閣注楚辭》卷二〈禮魂〉後序。

〔註 156〕見戴震《屈原賦注》〈九歌．禮魂〉題下注。

〔註 157〕如王夫之《楚辭通釋》卷二〈禮魂〉題下云：「此章乃前十祀之所通用，而言終古無絕，則送神之曲也。」劉永濟《屈賦通箋》卷三〈九歌解題〉：「此篇（〈禮魂〉）則總攝其意而終之，即前九篇之亂也。」

〔註 158〕同註 121。

第二章　三九之創作因緣

夫大凡文學作品之創發必有其內因外緣也。蓋時運交移，質文代變，一代有一代之文學，此文學作品必與時代息息相關焉！又，山林皐壤，文思之奧府，而一地有一地之山水風物，其關乎文學創作亦甚矣！此則文學作品與地理之相涉也。再者，文學作品之完成，除時代、地理之外緣因素外，作者之性格、際遇，與夫創作才能，尤爲文學作品創發之重要成因。而何時、何地、何人始能有何種文學作品之產生，則除時代、地理、作者三因素外，其文體自身之遞變、沿革，亦有以致之；此則作品產生之文學因素也。以是言〈九歌〉、〈九章〉、〈九辯〉之何爲而作，可依時代、地理、作者、文學四因緣究論之。

第一節　三九創作之時代因素

何景明云：「經亡而騷作，騷亡而賦作，賦亡而詩作。秦無經，漢無騷，唐無賦，宋無詩。」〔註1〕蓋三九所以必「軒翥詩人之後，奮飛辭家之前」（《文心・辨騷》語），而並見於戰國之世，有其時代背景使然也。此可自傳統之承襲與夫時勢之育成二端略論之。

〔註1〕見《何子雜言》（《續說郛》卷二）。

一、傳統之承襲

三九並見於戰國之世，雖與時勢之育成關係密切，然與其傳承之文化亦相涉矣！蓋文學作品之創發，既受時代風尚之影響，而其所前承之文化傳統亦不可輕忽，蓋一爲直接之近因，一爲間接之遠因，皆屬時代之背景也。而三九所得於傳統者，除隸於文學因素之《詩經》將於後文論述外，可得言者尙有宗教信仰、神話傳說二端：

（一）宗教信仰

楚人之「信巫鬼而重淫祀」似承殷商之尙鬼神、重祭祀、多占卜。據陳夢家歸納一般學者之意見，以爲殷商卜辭之祭祀對象可分三類：其一，天神：上帝；日、東母、西母、雲、風、雨。其二，地示：社；四方、四弋、四巫；山、川。其三，人鬼：先王、先公、先妣、諸子、諸母、舊臣。〔註 2〕今觀〈九歌〉所祠諸神，如東皇太一爲天神、東君爲日神、雲中君爲雷神（亦與祈雨有關）、湘君、湘夫人、河伯爲川神，山鬼爲山神，國殤爲人鬼，與殷商卜辭所見之祭祀對象或有雷同，此或楚人承襲殷商之宗教信仰也。又殷人多占卜，且除卜筮外，尙於求雨時舉行「烄」與「舞」等習俗，〔註 3〕而〈九歌〉之祭祀亦伴隨歌舞，或亦承襲殷人之俗。陳夢家先生更以爲「〈九辯〉與〈九歌〉乃樂舞與歌舞之別，〈九辯〉者九代也」，故〈禮魂〉有「傳芭兮代舞」，而此九代即由商代之隶舞衍變而來。〔註 4〕據此則〈九歌〉、〈九辯〉亦與殷商巫術關係密切。葉師慶炳亦云：「由卜辭得知，殷商民族最爲迷信。除天帝祖先外，日月風雲山水均視爲神靈。周民族則不如商人迷信。楚民族與西周時代直接保存殷商文化之宋國鄰近，自宋國承受殷商文化以開化。殷商迷信

〔註 2〕見陳夢家《殷虛卜辭綜述》頁 562（此據張秉權〈殷代的祭祀與巫術〉一文引）。

〔註 3〕參見張秉權〈殷代的祭祀與巫術〉一文（《史語所集刊》四十九本四分）。

〔註 4〕見陳夢家〈商代的神話與巫術〉一文（《燕京學報》第二十期），陳氏於此文並繪有商代隶舞舞名、舞容之衍變圖（見頁 543）。

習俗，亦為楚人所接受。殷商鬼神信仰一旦與楚地自然環境相結合，乃孕育出不少神話，成為南方浪漫文學之基礎。」〔註5〕此則從地緣關係說明楚人受殷商宗教信仰之影響。據上所述，可知三九之多神話，且帶浪漫風格，蓋亦與殷商之宗教信仰相涉矣！

（二）神話傳說

〈離騷〉:「啓〈九辯〉與〈九歌〉兮，夏康娛以自縱。」〈天問〉:「啓棘賓商，〈九辯〉、〈九歌〉。」則〈九歌〉、〈九辯〉之作或與夏之神話傳說有關也。據前引葉師之說，亦可知殷商之鬼神信仰亦與《楚辭》神話之育成相關。又，文崇一於《楚文化研究》一文附楚神話分類表，將神話分為天地、自然、神怪、英雄四類，而每類之下再分「楚」與「非楚」。其屬非楚之神話，如天地神話之「九天」，自然神話之「崑崙懸圃」、「飛廉」、「豐隆」，神怪神話之「龍」，英雄神話之「重華」，皆為〈九歌〉、〈九章〉、〈九辯〉中所提及者。〔註6〕〈少司命〉:「登九天兮撫彗星」，〈涉江〉:「吾與重華遊兮瑤之圃，登崑崙兮食玉英。」〈九辯〉:「右蒼龍之躍躍」，「通飛廉之衙衙」。據此，則三九出現之非楚神話，當為承襲夏、商、周三代，甚至於更早之先民神話傳說。至若其屬楚國神話者，如〈九歌〉諸神或亦有接受前代之影響者，如前小節所述。故而就三九之神話傳說言，亦多有承襲自傳統者。

綜上所述，可知三九雖產生於戰國之世，然其宗教信仰、神話傳說亦與前代相涉。若然則三九之育成，亦有賴於傳統之承襲也。

二、時勢之育成

文學作品產生之時代因素，除與該時代所承襲之傳統關係密切外，其當代時勢之育成，尤為重要，三九自亦不例外。此可從政治局勢、社會狀況、學術風氣三端申論之。

〔註5〕見葉師慶炳《中國文學史》上冊頁24。

〔註6〕參見文崇一先生《楚文化研究》頁120（《中央研究院民族學研究所專刊》之十二）。

（一）政治局勢

劉永濟《屈賦通箋》云：

> 王應麟曰：『秦之爭天下在韓魏。』蓋六國惟韓魏最近秦，韓魏不服，則秦兵不能遠略。今觀右表，〔註7〕張儀欲連衡，必說韓魏事秦。齊楚欲伐秦，必連韓魏與共。秦齊爭長，皆在勝韓魏之後。秦楚交絕，則秦還韓魏侵地。秦并天下，則韓魏先亡。此戰國時一局勢也。楚以大國，介齊秦之間，與秦則齊恐，與齊則秦懼。秦欲并天下，必先弱楚。故齊助楚戰，則張儀以地詐楚而敗齊楚之交。楚與秦親，則湣王遺書激楚，而解秦楚之約。此又戰國時一局勢也。齊秦之地，東西遠隔，而國勢相敵，固皆欲得楚以相劫持。然使齊秦二國，強弱一失其衡，則劫持之局壞。劫持之局壞，則楚亦不能無患。故齊破於燕，廑免於亡，秦遂連年用兵於楚，至於焚陵滅都，而楚因以不振。此又戰國時一局勢也。故爲秦計者，必使韓魏聽命而後兵出無後憂，必敗齊楚之交，而後近攻無遠患。韓魏皆制於秦，齊楚之交既敗，於是齊亂則伐楚，楚弊則攻齊，使二國不能相救，而後得肆其志。爲楚謀者，必北連韓魏以扼秦吭，東講齊交以樹強援，而後可安枕而無患。劉向《新序》曰：『秦欲吞滅諸侯，屈原爲楚東使齊，以結強黨。秦患之。』〈楚世家〉載昭睢諫懷王，亦有深善齊韓，以求復侵地之議。武關之會，昭睢曾與屈子同諫。及懷王入秦不返，又獨排羣議而奠嗣君，則亦屈子儔也。然則楚之賢者，固皆主交齊連韓矣。惟子蘭之徒，惑於張儀之言，又畏秦苟安，始與屈子異議。此屈子所以由疏絀而放逐而自沈也歟？

此於屈子當時之政治局勢論述頗詳。據此可知以當時之政局言，楚蓋處危急存亡之秋，既須結外援，尤應脩內政。故〈九章〉之作反覆於舉賢授能，〈九辯〉亦深慨於騏驥之不乘。〔註8〕而於己之遭讒被障，

〔註 7〕劉永濟先生所作屈子時事年歷表，見《屈賦通箋》頁 13～18。

〔註 8〕參見劉永濟《屈賦通箋》卷首敘論屈子時事第四。

不見重用，亦多感歎。至若〈國殤〉之禮贊爲國捐軀之將士，〈惜往日〉之「惜壅君之不昭」，〈九辯〉之歎「城郭之不足恃，雖重介之何益」，蓋皆緣於斯時之政治局勢而發也。以是劉永濟云：「證以騷辯之文，知屈子所以留歎於成言，勞魂於厚德，傷美政之莫爲，悲豐功之不就，非無故矣！」〔註9〕再者，〈九章〉、〈九辯〉中表露之強烈愛國思想及忠君熱忱，蓋亦時勢使然。而章辯洋溢之悲憤感傷情調，或亦與楚政局之由盛而衰攸關乎！〔註10〕

綜上所述，固知政治局勢亦與三九之創作相涉焉！

（二）社會狀況

劉向《戰國策》序云：「仲尼既沒之後，田氏取齊，六卿分晉，道德大廢，上下失序。至秦孝公損禮讓而貴戰爭，棄仁義而用詐譎，苟以取強而已矣。夫篡盜之人，列爲侯王；詐譎之國，興立爲強，是以轉相放效，後生師之，遂相吞滅。并大兼小，暴師經歲，流血滿野，父子不相親，兄弟不相安，夫婦離散，莫保其命，湣然道德絕矣！晚世益甚，萬乘之國七，千乘之國五，敵侔爭權，盡爲戰國，貪饕無恥，競進無厭，國異政教，各自制斷。上無天子，下無方伯。力功爭強，勝者爲右。兵革不休，詐僞並起。當此之時，雖有道德，不得施設。有謀之強，負阻而恃固，連與交質，重約結誓，以守其國。故孟子、孫卿，儒術之士，棄捐於世，而游說權謀之徒，見貴於俗。」據上所述，可知當時之社會狀況。而此棄仁義，用詐譎，倒上爲下，以白爲黑之世態，於章、辯中屢有反映。如〈涉江〉：「腥臊並御，芳不得薄兮。陰陽易位，時不當兮。」〈懷沙〉：「變白以爲黑兮，倒上以爲下。鳳皇在笯兮，雞鶩翔舞。」〈九辯〉：「何時俗之工巧兮，背繩墨而改錯。」「世雷同而炫曜兮，何毀譽之昧昧。」至若因征戰而導致民生亂離，因社會動盪而有懼亡之慨，亦可於章、辯中窺知。如〈抽思〉：

〔註9〕同註8。
〔註10〕參見《中國文藝思潮史略》頁38。

「願搖起而橫奔兮，覽民尤以自鎮。」〈哀郢〉：「皇天之不純命兮，何百姓之震愆。民離散而相失兮，方仲春而東遷。」〈九辯〉：「霰雪雰糅其增加兮，乃知遭命之將至。」「無衣裘以御冬兮，恐溘死不得見乎陽春。」而〈九章〉各篇及〈九辯〉全文充斥之「傷懷永哀」「離慜長鞠」（〈懷沙〉語）之悲憤感傷情調，蓋亦亂世之哀音也。至若〈九歌・國殤〉之描繪戰況慘烈，則亦於隱約中透露其反戰之心理。凡此皆緣斯時之社會狀況而吐露之時代心聲也。以是可知社會狀況亦與三九之所為作相關也。

（三）學術風氣

政治局勢、社會狀況固然影響文學之創作，而當時之學術風氣則影響尤鉅，蓋文學亦學術之一環也。楚國於春秋時代，開始向北方發展，由於其版圖日益向北擴張，且以楚莊王之爭霸諸侯，遠交近攻，故促成南北文化交流。至戰國之世，其交流更為頻繁，對當時學術風氣影響頗巨，且連帶亦使文學作品受到感染。〔註11〕三九之作亦不例外。而影響三九最著者，則縱橫之風、稷下之學也。

《文心・時序》云：「春秋以後，角戰英雄，六經泥蟠，百家飆駭。方是時也，韓魏力政，燕趙任權，五蠹六蝨，嚴於秦令，唯齊楚兩國，頗有文學。齊開莊衢之第，楚廣蘭臺之宮，孟軻賓館，荀卿宰邑，故稷下扇其清風，蘭陵鬱其茂俗，鄒子以談天飛譽，騶奭以雕龍馳響，屈平聯藻於日月，宋玉交彩於風雲。觀其豔說，則籠罩雅頌。故知暐燁之奇意，出乎縱橫之詭俗也。」據此可知三九靡麗之辭；章辯反覆陳辭、諷諭再三，皆有受縱橫辯士之影響也。再者，陰陽家之弛談天地，其語閎大不經，其思光怪陸離，亦予屈宋作品極大影響。如〈九歌〉諸神之遨遊，及〈九章・涉江〉之與重華遊，〈悲回風〉之倏而上天，忽焉入地，與夫〈九辯〉之放遊雲中，蓋亦受稷下學士

〔註11〕參見王師熙元〈楚辭的時代背景及其形成因素〉一文（《中國文學講話》（二））。

之影響。又如〈涉江〉、〈哀郢〉、〈抽思〉等篇，記載地理頗明晰，或亦有得於鄒衍學之注重地理。〔註12〕

戰國之世，縱橫家游說之風，與稷下士弛談之習交互影響，故而造成文過其質之風氣，影響文學創作之講究修辭，〔註13〕此與〈九章〉之朗麗、歌辯之綺靡亦相涉矣！至若諸子作品之表現理智、自我，且含激烈公憤之特色亦與章辯之哀志、傷情攸關！蓋屈宋之盡情傾洩自我之感情與諸子之極力表現自我，乃時代之共通性也。〔註14〕

以上乃從政治局勢、社會狀況、學術風氣三端略論三九之作有賴時勢之育成也。蓋三九之作，或有承襲自傳統者，或有借助於時勢之育成者，斯皆其創作與時代之密切關係歟！

第二節　三九創作之地理因素

有宋黃伯思《新校楚辭》序云：「屈、宋諸騷皆書楚語、作楚聲、紀楚地、名楚物，故可謂之『楚辭』。若些、只、羌、誶、蹇、紛、侘傺者，楚語也；悲壯頓挫，或韻或否者，楚聲也；沅、湘、江、澧、修門、夏首者，楚地也；蘭、茝、荃、藥、蕙、若、芷、蘅者，楚物也。」此雖要在說明楚辭命名之故，然據之亦可知楚辭實極富地域特性之文學作品。蓋屈宋之作不僅表現楚文化之精神，且爲取資楚國之歷史、制度、風俗、語言創發之傑作也。〔註15〕故〈九歌〉、〈九章〉、〈九辯〉之所爲創，其得於地理因素之蘊育者，甚或較時代因素爲鉅。此可從山川景物、風俗民情、南音樂舞、人文思想四端申論之。

〔註12〕梁啓超先生〈屈原研究〉云：「他又曾經出使齊國，那時正當『稷下先生』數萬人日日高談宇宙原理的時候，他受的影響，當然不少。」又，游國恩先生〈屈賦考源〉亦指出鄒衍之談天文、說地理與屈作之關係（見《楚辭論文集》頁21～26）。

〔註13〕同註11。

〔註14〕參見藤野岩友編著《楚辭》頁12。

〔註15〕姜亮夫先生《楚辭今繹講錄》云：「以楚國的歷史、制度、風俗、語言來創作楚辭，這是楚辭創作的特點。」（見頁19）。

一、山川景物

王夫之《楚辭通釋・序例》云：「楚，澤國也；其南沅湘之交，抑山國也。疊波曠宇，以蕩遙情，而迫之以崟嶔戌削之幽菀。故推宕無涯，而天采矗發，江山光怪之氣，莫能揜抑。」游國恩先生亦云：「楚，於山則有九嶷、南嶽之高，於水則有江漢沅湘之大，於湖瀦則有雲夢、洞庭之巨浸，其間岸谷洲渚，森林魚鳥之勝，詩人謳歌之天國在焉。」〔註16〕屈宋既生於此山奇水秀之境，其鍾靈於山川，移情於景物者蓋多矣！

今觀三九之作，其寫山水景物者，如〈湘君〉:「令沅湘兮無波，使江水兮安流。」「望涔陽兮極浦，橫大江兮揚靈。」〈湘夫人〉:「嫋嫋兮秋風，洞庭波兮木葉下。」「捐余袂兮江中，遺余褋兮醴浦。」〈山鬼〉:「表獨立兮山之上，雲容容兮而在下。」「靁填填兮雨冥冥，猨啾啾兮狖夜鳴。」〈哀郢〉:「將運舟而下浮兮，上洞庭而下江。」「當陵陽之焉至兮，淼南渡之焉如。」〈抽思〉:「望孟夏之短夜兮，何晦明之若歲。」「長瀨湍流，泝江潭兮。」〈懷沙〉:「滔滔孟夏兮，草木莽莽。」「浩浩沅湘，分流汨兮。」至若〈湘君〉一篇，言地理者十九，〈涉江〉所紀，亦絕似山水之寫眞，而〈九辯〉「悲哉秋之爲氣也」、「皇天平分四時兮」二段之極狀秋景，雖或作者有意鋪陳，然使其不遇此等境地以爲文學之所資，則或將束手而無所憑藉矣！再者，山川景物之影響作品，不僅爲取材之所資，尚影響作者之寫作技巧及作品情致矣！如〈九歌〉之蕙肴蘭藉、桂酒椒漿（〈東皇太一〉），薜荔蕙綢、蓀橈蘭旌（〈湘君〉），沅茝澧蘭、蓀壁紫壇（〈湘夫人〉），疏麻瑤華、秋蘭蘼蕪（〈大、少司命〉），女羅辛夷、石蘭杜衡（〈山鬼〉），凡此多用香草花木，遂使〈九歌〉極富優美婉順之情致。而〈九章〉取譬多以香草花木，〈九辯〉則多以自然景物爲喻，則又山川景物之影響寫作技巧。至若〈山鬼〉造境之幽奇，〈涉江〉紀行之鬱深，〈九

〔註16〕見游國恩先生《先秦文學》頁136。

辯〉狀景之蕭瑟，亦與其山川景物相涉矣！宜乎《文心・物色》有云：「若乃山林皐壤，實文思之奧府」，「然屈平所以能洞監風騷之情者，抑亦江山之助乎！」

據上所述，可知屈宋之鍾靈於山川，移情於景物，乃三九創作之所資也。

二、風俗民情

楚俗信巫尚鬼。《漢書・地理志》云：「楚……信巫鬼，重淫祀」，〈郊祀志〉則載谷永說上曰：「楚懷王隆祭祀，事鬼神」。王逸〈九歌序〉亦云：「昔楚國南郢之邑，沅湘之間，其俗信鬼而好祠」，近儒王國維亦謂：「周禮既廢，巫風大興，楚越之間，其風尤盛。」〔註17〕據此可知楚俗之尚巫、好祠。而楚辭之起，則與此尚巫之俗關係密切也。

或曰〈九歌〉爲民間祭歌，或以其爲宮廷祀神曲（參見第一章第四節），二說雖異，然皆緣祭祀而起也，由是固知〈九歌〉之作乃緣楚俗之尚巫也。今觀〈九歌〉或狀靈服飾之靡麗，或寫神車駕之隆盛，或敘祭祀樂舞之紛陳，供品之豐潔，蓋此巫覡祀神之風不止爲文學之起源，亦予文學創作極豐富之素材也。再者，其俗好巫，則神話發達，人民想像力豐富，故而〈九歌〉之寫諸神故事詭俶變幻，奇妙動人；而章辯中之神話人、物亦多取資於巫俗傳說也。準此觀之，三九之成，實多得於此巫俗也，甚且可謂若無此尚巫之風，則或無曼妙奇麗如〈九歌〉之詩篇。

又，楚民賴此特有之山川、風俗所鍾，故而性情亦異於他方之民。蓋楚爲澤國，土壤膏腴，交通便利，故民之生其間者崇尚虛無，活潑進取，有遺世特立之風。〔註18〕其「民豐土閑，無土山，無濁水，人秉是氣，往往清慧而文。」其「山川奇麗，人民俯仰其間，浣濯清遠，

〔註17〕見王國維《宋元戲曲考》一、上古至五代之戲劇。
〔註18〕參見劉申叔〈南北諸子學不同論〉（《劉申叔遺書》頁659）。

愛美之情特著。」其「民狃於山澤之饒，無饑寒凍餒之慮，人間實際生活，非所顧慮，好騁懷閎偉窈眇之理想界焉。」其「地險流急，人民生性狹隘，其愛鄉愛國之念，固執不化，萬折必東。」〔註19〕此則以其地理之異，故民情亦殊，且因而影響文學之創作。蓋〈九章〉之朗麗哀志，歌、辯之綺靡傷情，亦緣於楚人之清慧愛美。而〈九歌〉諸神生動之描繪，章、辯託寓遠遊之想像，亦有得於楚民之好幻想。至若〈九章〉強烈之愛國念鄉情愫，其九死猶未悔之執著，亦與其民情攸關。而三九洋溢之悲憤感傷情調亦以楚民之多愁善感也。凡此皆可說明三九之作亦與楚民性情相涉矣！

三、南音樂舞

最早之藝術形態係音樂詩歌舞蹈三位一體，而詩歌恆受音樂韻律之影響。〔註20〕考《左傳‧成公九年》載：「晉侯觀于軍府，見鍾儀，……使與之琴，操南音。……文子曰：『楚囚，君子也。……樂操土風，不忘舊也。』又襄公十八年亦載師曠曰：「南風不競，多死聲，楚必無功。」由此可知所謂南風、南音，即指楚音，且此音必自具特色。楚音既自具特色。則必影響其詩歌之創作。今楚音雖已不可聞，然據《隋書‧經籍志》載：「隋時有釋道騫，善讀之，能爲楚聲，音律清切。」則南音蓋變化曲折，淒切纏綿，且含蘊濃郁之地方色彩。而《呂氏春秋‧侈樂篇》亦云：「楚之衰也，作爲巫音。」所謂巫者，亦即巫覡所歌之南音而潤以神祕性與想像力之音色者。〔註21〕〈九歌〉諸篇，既爲屈子據民間祭歌修潤以爲宮廷祀神曲，則必與巫音關係密切。而章、辯之作，雖非祀神歌，然亦取資於〈九歌〉而創作者，又況詩歌恆受音樂韻律之影響，章、辯所以「訛韻實繁」，蓋配合南音之特異性歟？〔註22〕宜乎游國恩先生以爲楚辭之發生與進步，與音樂

〔註19〕見陳鐘凡《中國韻文通論》頁27。

〔註20〕同註5。

〔註21〕參見傅錫壬先生《新譯楚辭讀本》頁8。

〔註22〕《文心‧聲律》云：「《楚辭》辭楚，故訛韻實繁。」此蓋以《詩經》

關係密切。〔註 23〕

楚俗「信巫鬼，重淫祀」，其祀則多有樂舞。〈九歌·東皇太一〉：「揚枹兮拊鼓，陳竽瑟兮浩倡。靈偃蹇兮姣服，芳菲菲兮滿堂，五音紛兮繁會。」〈湘君〉：「吹參差兮誰思！」〈東君〉：「緪瑟兮交鼓，簫鐘兮瑤簴。鳴鯱兮吹竽，思靈保兮賢姱。翾飛兮翠曾，展詩兮會舞，應律兮合節。」〈禮魂〉：「成禮兮會鼓，傳芭兮代舞。姱女倡兮容與。」據上引諸文句，可知祭祀時樂器既多，而歌聲、樂音齊鳴合奏，再配以華麗之服飾，曼妙之舞姿，宜乎「觀者憺兮忘歸」。於此亦可見樂舞亦爲〈九歌〉創作之所資也。再者，〈涉江〉、〈哀郢〉、〈懷沙〉之亂詞及〈抽思〉之少歌曰、倡曰、亂曰，亦可見〈九章〉受音樂影響之痕跡。

四、人文思想

三九之作既爲楚人楚地所創，則其亦必有所得於楚之人文思想。據文崇一先生之歸納，以爲楚人之思想，大體有三種形態：其一，宗教之神秘主義；其二，老莊之理想主義；其三，儒家之實用主義。〔註 24〕今即據此三端略論三九與楚人文思想之關係。

就宗教之神秘主義言：楚人之「信巫鬼而重淫祀」，正爲此思想之反映，〈九歌〉之作，適爲明證。蓋〈九歌〉或以其爲民間祭歌，或以其係宮廷祀神曲，皆可說明楚人宗教之神秘主義。再者，如〈惜誦〉：「令五帝以枏中兮，戒六神與嚮服」，此質諸神明之心理，亦可見其有此傾向。而同篇又云：「吾使厲神占之兮」，則尤可知其受此思想之影響。

就老莊之理想主義言：劉師培〈南北諸子學不同論〉云：「楚國

爲正之立場言《楚辭》之訛，然若以《楚辭》立場言，則「訛韻實繁」正其特色也。

〔註 23〕參見游國恩先生《楚辭概論》頁 45。

〔註 24〕同註 6 頁 97，然其三儒家之實用主義，文氏原作「儒墨之實用主義」，以墨家思想對楚人影響尚不清楚，故改之（參見頁 99）。

之壤，北有江漢，南有瀟湘，地為澤國，故老子之學起於其間。從其說者，大抵遺棄塵世，渺視宇宙，以自然為主，以謙遜為宗，如接輿、沮溺之避世，許行之並耕，宋玉、屈平之厭世。溯其起源，悉為老聃之支派。此南方之學所由發源於澤國之地也。」而文崇一先生亦以為老莊思想雖盛行於魏晉，而真能發揮老莊思想之飄逸感覺者為楚人。至若能將老莊思想用之於文學，且表現最為透徹者即〈九歌〉。〔註25〕又若〈九章・涉江〉之「世溷濁而莫余知兮，吾方高馳而不顧」，頗類道家因世亂而隱遁之思想。〈九辯〉：「處濁世而顯榮兮，非余心之所樂」，亦為此心態之反映。至於〈涉江〉之「與重華遊兮瑤之圃」，〈悲回風〉之「上高巖之峭岸兮，處雌蜺之標顛」，與夫〈九辯〉篇末之放遊雲中，雖多受神話之影響，然或亦有得於道家之忘我、逍遙矣！

就儒家之實用主義言：儒家思想雖為北方之產，然楚自春秋時代已開始吸收北方文化，至戰國之世，南北文化交流日頻，以是儒家思想亦為楚人所有。觀乎〈九章〉、〈九辯〉之屢言堯舜禹湯，蓋與儒家之「祖述堯舜，憲章文武」同也。至若〈懷沙〉之標舉仁義（「重仁襲義兮，謹厚以為豐。」），〈橘頌〉之行比伯夷，蓋亦與儒家之重仁義，孔子之美伯夷無別。而〈九辯〉之「竊慕詩人之遺風兮，願託志乎素餐」，亦儒家之思想也。

以上乃從山川景物、風俗民情、南音樂舞、人文思想四端略論楚國對三九之影響，此則皆地理因素也！

第三節　三九創作之作者因素

《文心・辨騷》以「去聖之未遠」、「楚人之多才」為騷體鬱起之二因素。〔註26〕王師熙元亦以《詩經》之影響、古樂之衰亡、屈宋之

〔註25〕同註6頁98。

〔註26〕《文心・辨騷》云：「自風雅寢聲，莫或抽緒，奇文鬱起，其〈離騷〉哉！固已軒翥詩人之後，奮飛辭家之前，豈去聖之未遠，而楚人之

文才爲楚辭形成之三因素。〔註27〕蓋文學作品之創發，除時代、地理因素外，作者創作之才亦重要因素也。而作家之文才，雖有得自稟賦，無法言說者，然其身世際遇、性情人格，與夫思想意識，則亦與其作品關係密切焉。今知〈九歌〉爲屈子據民歌改創修潤之作，〈九章〉爲屈子自抒憂思之詩，〈九辯〉則宋玉自傷不遇之作，雖作者有異，然亦可據身世際遇、性情人格、思想意識三端略論其受屈宋個人因素之影響也。

一、身世際遇

司馬遷《史記》自序云：「夫詩書隱約者，欲遂其志之思也。昔西伯拘羑里，演《周易》；孔子戹陳蔡，作《春秋》；屈原放逐，著〈離騷〉……此人皆意有所鬱結，不得通其道也，故述往事，思來者。」蕭統〈《文選》序〉亦云：「楚人屈原，含忠履潔，君匪從流，臣進逆耳，深思遠慮，遂放湘南，耿介之意既傷，壹鬱之懷靡訴，臨淵有懷沙之志，吟澤有憔悴之容，騷人之文，自茲而作。」蓋文學作品乃苦悶之象徵。〔註28〕屈子以宗親重臣而遭讒被構，先是見疏去官，繼則被貶漢北，再放江南，其遘閔亂離，有可深哀者；宋玉則懷才不遇，塊然逆旅，亦惘乎有足悲者，以是自然發爲詩篇，吐露憂思。觀〈九章〉之作也，實與其際遇身世關係密切。〈惜誦〉以忠而遭讒，欲陳情而無路，故發爲詩篇也。〈涉江〉，則被放江南，「自陵陽渡江而入洞庭，過枉陼辰陽，入漵浦而止焉。蓋紀其行也。」〔註29〕〈哀郢〉則追思被放出郢都情景，並哀痛故都之荒蕪。〔註30〕〈抽思〉則初放漢北，「道思作頌，聊以自救」（〈抽思〉語）。〈懷沙〉

多才乎？」

〔註27〕同註11。

〔註28〕日廚川白村《苦悶的象徵》云：「文藝就是人生的苦悶的象徵。」（徐雲濤譯，經緯書局印行，頁28）

〔註29〕見姜亮夫《屈原賦校注》〈涉江〉題下（華正版頁415）。

〔註30〕參見繆師天華《離騷九歌九章淺釋》頁197。

則「因一生梗槩大節，恐死去不明，剩一息尚存，盡情歷序一番，似自撰行狀。」〔註 31〕由上所述，可知〈九章〉之作，多因遭遇之窮厄而發，蓋以有此身世際遇，而有如斯之文字也。〈九辯〉雖多狀景，然亦宋玉因懷才不遇，自嘆貧士失職，觸景傷情，有感而作也。故其文曰：「坎廩兮貧士失職而志不平，廓落兮羈旅而無友生。」「悼余生之不時兮，逢此世之俇攘。」至若〈九歌〉之作，雖爲屈子改創潤飾者，然亦與屈子之身世相涉矣！蓋若從王逸或朱熹之說，則屈子係因放於沅湘，見俗人祭祀之歌辭鄙陋而代作或更定者，則屈子若無江南之逐，則亦無〈九歌〉之作。又或從孫作雲、彭毅先生之說，以〈九歌〉爲宮廷祀神曲，則亦與屈子身世攸關。蓋其爲宗祝兼史職，有修潤民歌之職責也。〔註 32〕故知三九之作皆與屈宋之身世際遇相關。換言之，若屈宋無此身世際遇，則亦無〈九歌〉、〈九章〉、〈九辯〉之作也。

二、性情人格

屈子之文學，係以眞情生眞文，乃無心而冥會之品，與其性格溶合而不可分。〔註 33〕故欲究三九創作之作者因素，則非論屈宋之性情人格不可。

屈子以其足可與日月爭光之高潔品格爲中國騷壇塑立一萬世不滅之形象，故而歷來論其性情人格之文字不可勝數，〔註 34〕然若論對其人格之評價，莫過於司馬遷，若論對其心理個性之分析，則莫透徹於梁任公。〔註 35〕《史記・屈原列傳》云：「其文約，其辭微，其志絜，其行廉，其稱文小而其指極大，舉類邇而見義遠。其志絜，故其

〔註 31〕 見陳本禮《屈辭精義》卷四〈九章・懷沙〉箋。

〔註 32〕 參見姜亮夫先生《屈原賦校註》頁 184。

〔註 33〕 參見華師仲麐《中國文學史論》頁 79、80。

〔註 34〕 參見史墨卿先生〈歷代楚辭品評要略〉壹、品其人者（《中國國學》第十三期）。

〔註 35〕 同註 33。

稱物芳，其行廉，故死而不容自疎，濯淖汙泥之中，蟬蛻於濁穢，以浮游塵埃之外，不獲世之滋垢，皭然泥而不滓者也。推此志也，雖與日月爭光可也。」梁啓超〈《楚辭》解題〉論屈子性格云：

> 彼以一身，同時含有矛盾兩極之思想：彼對於現社會極端的戀愛，又極端厭惡。他有冰冷的頭腦，能剖析哲理，又有滾熱的感情，終日自煎自焚。彼絕不肯同化於惡社會，其力量又不能〔感〕化社會，故終其身與惡社會鬬，最後力竭而自殺。彼兩種矛盾性日日交戰於胸中，結果所產煩悶至於爲自身所不能擔荷而自殺。彼之自殺，實其個性最猛烈最純潔之全部表現。非有此奇特之個性，不能產此文學，亦惟有以最後一死能使其人格與文學永不死也。

今以二氏所論爲據，復參考諸家對屈子之評論，〔註36〕以及〈離騷〉、〈九章〉、〈卜居〉、〈漁父〉諸作，可知屈子爲一「守死善道」、「好修廉潔」、「嫉惡好善」、「忠貞正直」、「孤高激烈」、「好諫善諷」、「悲天憫人」之士。據此吾人可略論〈九章〉之作，與屈子性情人格之關係。蓋〈九章〉者，屈子閱歷與思想情感之忠實記錄也。〔註37〕其與屈子之性情人格息息攸關焉！如其早期所作之〈橘頌〉，蓋一己人格之自況也。文曰：「受命不遷」，「深固難徙，更壹志兮」，「獨立不遷，豈不可喜兮。深固難徙，廓其無求兮。蘇世獨立，橫而不流兮」，皆寫其傲然獨立，卓爾不群之忠貞正直也。〈惜誦〉則一再表明一己之好諫善諷，蓋出於忠誠。〈涉江〉則以幼好奇服，寫一己之好修廉潔，以幽處山中，不變心從俗，表明一己之嫉惡好善。〈哀郢〉則寫其悲天憫人之志，〈抽思〉則抒其忠直而無所赴愬之憂思。〈懷沙〉則「言己雖放逐，不以窮困易其行，小人蔽賢，群起而攻之，

〔註36〕除註34史墨卿先生所輯錄者外，如梁任公〈屈原研究〉所論，及楊宿珍《屈子人格世界與騷歌之藝術境界》歸納屈子之人格世界爲：入世之精神、不忍之情懷、好修之德行、死直之節操、豪傑之氣概（師大六十八年碩士論文）。另外，尚有散見於《楚辭》專著或文學史論著者。

〔註37〕參見張壽平先生〈九章析論〉一文（《中國文學講話》（二）頁456）。

舉世之人，無知我者，思古人而不得見，伏節死義而已。」〔註 38〕〈思美人〉「登高吾不說兮，入下吾不能」則將其心理狀態全盤揭出。〔註 39〕由上舉諸例，固知〈九章〉之作，蓋其性情人格之反映也。由是可知性情人格與〈九章〉之所爲作關係密切。再者，〈九歌〉之作，雖前有所承，且爲祭祀之目的而設，當與屈子之性情人格無關焉。然今觀〈九歌〉寫情之繾綣惻怛，狀山鬼之「一生兒愛好是天然」，〔註 40〕與夫禮贊國殤之悲壯感人，則屈子之性格亦隱然在其中矣！宜乎王船山有云：「熟繹篇中之旨，但以頌其所祠之神，而婉娩纏綿，盡巫與主人之敬慕，舉無叛棄本旨，闌及己冤。但其情貞者其言惻，其志菀者其音悲。則不期白其懷來，而依慕君父，怨悱合離之意致，自溢出而莫圉。」若然則〈九歌〉之作，亦與屈子之性情人格相涉矣！蓋屈子之作，不僅反映其性情人格，亦將其性情人格自然投射於作品中，而使作品風格卓異。此或如朱子所謂其文「皆生於繾綣惻怛，不能自已之至意」。〔註 41〕蓋屈子以其情感之豐富，感覺之敏銳，非〈離騷〉之纏綿悱惻，〈哀郢〉之沈鬱悲傷，〈懷沙〉之激憤壯烈，〈天問〉之光怪陸離，不足以宣洩其萬一。〔註 42〕

〈九辯〉作者——宋玉之生平，見諸載籍者不多，〔註 43〕且可靠者甚少，而有關其性情人格之敘說尤鮮。今可見僅《史記・屈原列傳》附載：「屈原既死之後，楚有宋玉、唐勒、景差之徒，皆好辭而以賦見稱。然皆祖屈原之從容辭令，終莫敢直諫。」再者，《水經注》卷二十八亦提及「玉邑人雋才辯給，善屬文而識音也。」從「莫敢直諫」、「雋才辯給」二語僅可推測宋玉之性格較屈原柔弱，雖有雋才，

〔註 38〕 參見洪興祖《楚辭補註》卷四〈懷沙〉題下註。

〔註 39〕 參見梁啓超先生〈屈原研究〉一文（《國學研究會演講錄》）。

〔註 40〕 同註 39。

〔註 41〕 見朱熹《楚辭集注》序。

〔註 42〕 參見李正治〈說屈原話漁父〉一文（《鵝湖》二卷四期）。

〔註 43〕 參見陸侃如《中國詩史》頁 133～136，並王家歆《九辯研究》附錄一宋玉參考資料。

然不敢直言也。以是欲知其性格，僅能從其唯一可靠之作品——〈九辯〉中略窺之。〔註 44〕〈九辯〉曰：「惆悵兮而私自憐」，「私自憐兮何極，心怦怦兮諒直」，「獨耿介而不隨兮，願慕先聖之遺教。處濁世而顯榮兮，非余心之所樂。與其無義而有名兮，寧窮處而守高，食不媮而爲飽兮，衣不苟而爲溫。」「忠昭昭而願見兮」，「紛純純之願忠兮」。據此可知宋玉或爲忠貞廉潔之士，然不若屈子之守死善道；其自悲自憐之荏弱性格，亦與屈子之孤高激烈異；其忠君之心雖貞，而無屈子悲天憫人之志。是以錢穆先生謂其學屈原做文章，而沒學到屈原之做人。〔註 45〕雖然宋玉之性格不若屈子偉大，然其自悲自憫、懷才不遇之騷人形象，亦影響後世頗深。而由上舉諸文句亦知其忠貞廉潔、自悲自憐之性格亦於〈九辯〉文中表露無遺，以是固知〈九辯〉之作亦與宋玉之性格相涉！

綜上所論，可知三九之作，蓋與屈宋之性情人格攸關矣！

三、思想意識

章學誠《文史通義・文集》云：「夫《楚辭》，屈原一家之書也。」日人西村時彥《屈原賦說》一書亦專列道術一卷，以論屈子之思想。而輓近之學者或以屈原爲儒家，如郭沫若、楊胤宗、傅錫壬三先生；〔註 46〕或以其爲法家，如李長之先生，〔註 47〕或以其爲雜家，如游國

〔註 44〕《漢書・藝文志・詩賦略》著錄：「宋玉賦十六篇」。今存者有王逸《楚辭章句》載〈九辯〉、〈招魂〉二篇、《文選》載〈風賦〉、〈高唐賦〉、〈神女賦〉、〈登徒子好色賦〉、〈對楚王問〉五篇、《古文苑》載〈笛賦〉、〈大言賦〉、〈小言賦〉、〈諷賦〉、〈釣賦〉、〈舞賦〉六篇及嚴可均輯《全上古文》加入〈高唐對〉一篇，共計十四篇，然公認爲宋玉之作者僅〈九辯〉一篇。參見陸侃如〈宋玉評傳〉（收入《中國文學研究》）、胡念貽〈宋玉作品的眞僞問題〉（《文史集林》第二輯）。

〔註 45〕參見錢穆先生〈談詩〉一文（《中國古典文學論文精選叢刊・詩歌類》）。

〔註 46〕郭氏之說見《屈原研究》一書（此據黃志高《六十年來之楚辭學》一文引），楊氏之說見〈屈原爲儒家考〉一文（《孔孟月刊》三卷十一期）傅氏之說見〈屈原的儒家精神〉一文（《孔孟月刊》十四卷十

恩先生。〔註48〕至若詹安泰《屈原》一書，則明言屈原之思想固有上列諸家之趨向，然亦有與諸家相反之主張，故其思想，可謂集各家所有，而歸本於「愛民」。〔註49〕上述諸家說法雖異，然皆可見屈原作品確富思想，此蓋其不僅是文學家，且爲政治家之故也。然則從其作品蘊含之思想，吾人亦可知其作品確乎受其思想之影響也，尤以〈九章〉爲然。如〈哀郢〉:「皇天之不純命兮，何百姓之震愆。」〈抽思〉:「願搖起而橫奔兮，覽民尤以自鎮。」此其以民爲本之思想也。〈抽思〉:「何獨樂斯之謇謇兮，願蓀美之可完。望三五以爲像兮，指彭咸以爲儀。」此求美政也。凡此皆揭櫫其政治思想也。若〈橘頌〉則藉橘樹之「受命不遷」、「深固難徙」，表明其安土重遷之愛鄉思想。〈哀郢〉亂詞:「鳥飛反故鄉兮，狐死必首丘」，亦明示落葉歸根之念。至若其忠君愛國之思想則篇篇可見，宜乎史公謂其「存君興國而欲反覆之，一篇之中三致志焉。」從上舉諸例可知〈九章〉之作，與其思想關係密切矣。再者，〈九歌〉之作，以其性質殊異，或與屈子之思想關係較疏，然觀〈國殤〉一章洋溢之強烈愛國思想，則亦屈子思想之自然流露也。〔註50〕

屈子有其思想體系，宋玉則無。〔註51〕此緣屈子爲政治家，宋玉則止爲一介寒士。然以其深受屈子影響，復受楚文化及詩書禮樂之薰陶，故有其代表文人才士之思想，且此思想亦反映於〈九辯〉文中。如:「生天地之若過兮，功不成而無效。願沈滯而不見兮，尚欲布名乎天下。」此其立功求名之人生觀也。又其文中屢以君王爲念，如:

二期)。

〔註47〕李氏之說見其《中國文學史略稿》一卷五章(此據黃志高《六十年來之楚辭學》一文引)。

〔註48〕游氏之說見《學術先進屈原》一書七、屈原的學術思想。

〔註49〕詹氏之說見《屈原》一書(此據黃志高《六十年來之楚辭學》引)。

〔註50〕〈九章〉表現屈子之思想極多，本文於第三章第一節三將專論三九蘊含之思想，故此不贅述。

〔註51〕見姜亮夫先生《楚辭今繹講錄》頁47。

「專思君兮不可化，君不知兮可奈何。」「君棄遠而不察兮，雖願忠其焉得。」此可見其忠君之思想也。至若〈九辯〉「願賜不肖之軀而別離兮，放游志乎雲中」一段，則表現其遠遊之思想也。以是固知〈九辯〉雖極力狀秋景，然亦與宋玉之思想相涉矣！

再者，吾人於三九殊異之情調，可見作家之自我意識亦影響其創作。《顏氏家訓・文章篇》云：「屈原露才揚己，顯暴君過。」蓋從屈子之作品批評其人格。然屈子「露才揚己」，實因其自我意識特強所致。〔註 52〕吾人從〈九章〉之多以第一人稱觀點行文，多用第一身指稱詞，及破題多以自我爲中心，即可感受其強烈之自我意識。〈九辯〉則不然，其文以多寫景，故或類以第三人稱觀點行文，且其第一身指稱詞之使用，明顯較屈作爲少，破題亦以景而不以自我，蓋其自我意識未若屈子之強烈也。以是固知作者之自我意識亦影響其創作也。

綜上所述，可知作者之思想意識實與其作品關係密切矣！

以上係從身世際遇、性情人格、思想意識三端探討作者因素之影響三九之創發。而吾人所欲強調者乃除此三端外，創作之天才，尤爲重要因素，然以天才乃得自稟賦，無法言說，故略而不論。再者，據上所述，可知〈九歌〉、〈九章〉、〈九辯〉以作者因素或有不同，故其表現自有殊異。蓋屈子於楚爲宗親舊臣，故其存君興國之心乃九死猶未悔，宋玉則止爲一介寒士，故雖有忠君之心，而不若屈子之執著。又，就情感言，屈子乃由理想破滅而產生之憤激與沈痛，宋玉則僅由失職與自然環境所釀成之哀愁。〔註 53〕至若二氏之人格則尤爲不同。職是之故，三九之作，情致必異。然屈宋二人亦有其同，即皆屬悲劇性格，皆處同一時代背景，同一地理環境，故其所作，或亦有同者焉！

〔註 52〕參見彭毅先生〈屈原作品中隱喻和象徵的探討〉一文（《文學評論》第一集頁 294）。

〔註 53〕參見劉大杰《中國文學發達史》頁 100（中華版）。

第四節　三九創作之文學因素

顧炎武《日知錄》云：「三百篇之不能不降而楚辭，楚辭之不能不降而漢魏，漢魏之不能不降而六朝，六朝之不能不降而唐也，勢也。」〔註 54〕此指出文體通行既久，必蛻變而成他體，蓋勢使之然也。而此「勢」者何也？無乃創作之文學因素乎？蓋一新文體之形成，除受時代、地理、作者三因素之影響外，其屬文學本身之因素影響亦鉅。譬若楚辭者，倘無《詩經》之前導，南方民歌之育成，與夫諸子散文之影響，則屈宋雖有天縱文才，其所創發者，亦非騷體之文也。以是論三九創作之文學因素，主要爲《詩經》、南方民歌、諸子散文三項。

一、《詩經》

《詩經》爲中國文學之祖，後之文士靡不受其影響。近人於楚辭是否源自詩三百，雖有歧見，〔註 55〕然《詩經》對楚辭必有影響，則爲不爭之事實。〔註 56〕蓋春秋之世，《詩經》已爲楚人必讀經典。屈子既爲「博聞彊志，明於治亂，嫻於辭令」之政治家，宋玉亦一傑出之文學家，則二人於此文學政治寶典自當熟習，並以爲創作之所資。以是三九之作亦必有得於《詩經》者焉！此可自內容、形式二端觀之：

（一）就內容言

《漢書・藝文志・詩賦略敘》云：「大儒孫卿及楚臣屈原，離讒憂國，皆作賦以風諭，咸有惻隱古詩之義。」《文心・辨騷》亦云：「故其陳堯舜之耿介，稱禹湯之祗敬，典誥之體也；譏桀紂之猖披，傷羿澆之顛隕，規諷之旨也；虬龍以喻君子，雲蜺以譬讒邪，比興之義也；

〔註 54〕見《日知錄集釋》卷二十一（中文出版社本頁 494）。

〔註 55〕如姜書閣先生則以楚辭不是直接繼承詩三百篇發展演變而來（見《先秦辭賦原論》頁 2），而魏子高、袁顯相二氏則皆明揭楚辭源於《詩經》（魏氏有〈論屈賦淵源於詩三百篇〉一文，袁氏有〈楚辭源於《詩經》考〉一文）。

〔註 56〕同註 11。

每一顧而掩涕，歎君門之九重，忠怨之辭也；觀茲四事，同於風雅者也。」〈九歌〉之作，以其性質殊異，故其內容或未受《詩經》影響。若〈九章〉、〈九辯〉則既有典誥之體、規諷之旨，亦多比興之義、忠怨之辭。如〈哀郢〉:「堯舜之抗行兮，瞭杳杳而薄天。」〈抽思〉:「望三五以爲像兮，指彭咸以爲儀。」此典誥之體也。〈惜誦〉:「晉申生之孝子兮，父信讒而不好。」〈涉江〉:「忠不必用兮，賢不必以。伍子逢殃兮，比干菹醢。」此規諷之旨也。〈涉江〉:「鸞鳥鳳皇，日以遠兮。燕雀烏鵲，巢堂壇兮。」〈懷沙〉:「玄文處幽兮，矇瞍謂之不章。離婁微睇兮，瞽以爲無明。」此比興之義也。〈惜誦〉:「忠何罪以遇罰兮，亦非余心之所志。」〈哀郢〉:「忠湛湛而願進兮，妬被離而障之。」此忠怨之辭也。〈九辯〉:「獨耿介而不隨兮，願慕先聖之遺教」，典誥之體也；「事緜緜而多私兮，竊悼後之危敗」，規諷之旨也；「何氾濫之浮雲兮，猋壅蔽此明月」，比興之義也；「豈不鬱陶而思君兮，君之門以九重」，忠怨之辭也。又若「竊慕詩人之遺風兮，願託志乎素餐」，則尤可知其受詩三百之影響。

（二）就形式言

三九之形式受《詩經》之影響，則尤昭然可見，此可從造句、遣辭、用韻三端言之：

就造句言：〈九歌〉若〈東皇太一〉:「吉日兮辰良」，〈雲中君〉:「龍駕兮帝服」，〈湘君〉:「蓀橈兮蘭旌」等「□□兮□□」之「二兮二」句式，乃自《詩經》之四言句中加一「兮」字而成。又若〈九章・橘頌〉全篇及〈涉江〉、〈抽思〉、〈懷沙〉亂詞皆多「□□□□，□□□兮」之「四三兮」句式，如〈橘頌〉:「后皇嘉樹，橘徠服兮」，〈涉江〉:「鸞鳥鳳皇，日以遠兮」，此句式與《詩・鄭風・野有蔓草》正同。〔註57〕再者，三九造句之特色，如限制詞冠句首、同義詞疊用，亦可於詩三百篇尋得端倪。如〈九歌・大司命〉:「紛吾乘兮玄雲」，〈九

〔註57〕參見游國恩先生《楚辭概論》頁16～18。

章・惜誦〉:「忽忘身之賤貧」,〈九辯〉:「塊獨守此無澤兮」,與〈邶風〉:「汎彼柏舟」,〈小雅・小宛〉:「宛彼鳴鳩」皆限制詞冠句首。至若〈思美人〉:「遷逡次而勿驅兮」,〈悲回風〉:「聞省想而不可得」,此動詞連用,或亦受〈周頌・我將〉:「儀式刑文王之典」之啓示也。〔註58〕

就遺辭言:三九之遺辭受《詩經》之影響亦鉅。如〈九歌・東皇太一〉「欣欣」,〈雲中君〉「皇皇、憺憺」,〈湘君〉「翩翩」,〈大司命〉「轔轔」,〈少司命〉「青青」,〈東君〉「皎皎」,〈河伯〉「滔滔」;〈九章・涉江〉「霏霏」,〈哀郢〉「洋洋、湛湛」,〈抽思〉「浮浮、營營」,〈懷沙〉「浩浩」,〈九辯〉「冉冉、昭昭、洋洋、皇皇」等疊字皆見於《詩經》。又若〈九歌・東皇太一〉「玉瑱」,〈東君〉「北斗」,〈山鬼〉「女羅、窈窕、赤豹、所思」;〈九章・涉江〉「崔嵬」,〈哀郢〉「憂心」,〈懷沙〉「矇瞍」;〈九辯〉「逍遙、傷悲、素餐、委蛇」等駢詞亦皆《詩經》所用。除此外或本詩之辭句以成言者,或文意與《詩經》相近者,亦多有之。〔註59〕再者,若三九之使用語助詞「兮」字、「也」字,亦見於《詩經》。〔註60〕

就用韻言:〈九章・橘頌〉全篇及〈涉江〉、〈抽思〉、〈懷沙〉亂詞之於「兮」字上用韻,乃承襲《詩經・鄭風・野有蔓草》首章。如〈橘頌〉:「后皇嘉樹,橘徠服△兮。受命不遷,生南國△兮。」〈抽思〉:「長瀨湍流,泝江潭△兮。狂顧南行,聊以娛心△兮。」此用韻乃承襲《詩經・鄭風・野有蔓草》。又若〈惜誦〉、〈懷沙〉之「也」字上用韻,如〈惜誦〉:「壹心而不豫兮,羌不可保△也。疾親君而無他兮,有招禍之道△也。」〈懷沙〉:「邑犬之群吠兮,吠所怪△也。非俊疑傑兮,固

〔註58〕參見魏子高先生〈論屈賦淵源於詩三百篇〉一文(《中華文化復興月刊》十一卷十期)。

〔註59〕同註58。

〔註60〕參見袁顯相先生〈楚辭源於《詩經》考〉六、楚辭的助詞從《詩經》來的(一)關於「兮」字的用法,(二)關於「也」字的用法(《嘉義農專學報》第三期)。

庸態△也。」此則與〈邶風・柏舟篇〉用韻同。〔註61〕

綜上所述，可知三九之作，其內容、形式皆有取資於《詩經》者。

二、南方民歌

王國維《人間詞話刪稿》云：「〈滄浪〉、〈鳳兮〉二歌，已開楚辭體格。」姜書閣先生亦以爲楚辭乃摹擬春秋、戰國以來，特別是戰國後期之楚國民間歌曲形式、從而加工創作而成之新體。〔註62〕蓋楚辭於內容、形式雖皆受《詩經》之影響，然其直接之淵源，或爲南方民歌。現存之南方民歌雖少，然據此極有限之資料，亦可窺知三九之作，實有賴南方民歌之育成，尤以〈九歌〉爲然。

〈九歌〉本爲屈子據民間祭歌改創潤色之作，故〈九歌〉之直接淵源即爲楚民歌。再者，就現存可靠之先秦南方民歌，亦可見其對三九句式之影響。蓋三九句式之長短自由，亦有得於南方民歌。《說苑》卷十一〈善說〉所錄之〈越人歌〉乃中國最早之譯詩。詩云：「今夕何夕兮，搴中洲流。今日何日兮？得與王子同舟。蒙羞被好兮，不訾詬恥。心幾煩而不絕兮，知得王子。山有木兮木有枝，心悅君兮君不知。」其中之「三兮三」句式爲〈九歌〉之主要句型，亦見於〈九章〉、〈九辯〉。如〈山鬼〉、〈國殤〉則通篇幾爲此句型。又〈涉江〉：「被明月兮珮寶璐」、「駕青虯兮驂白螭」，〈九辯〉：「超逍遙兮今焉薄」、「專思君兮不可化」。《新序》卷七〈節士篇〉載〈徐人歌〉：「延陵季子兮不忘故，脫千金之劍兮帶丘墓。」《孟子・離婁上》亦有〈孺子歌〉曰：「滄浪之水清兮，可以濯我纓；滄浪之水濁兮，可以濯我足。」上舉諸詩其出現之句型，如「四兮四」於〈九歌〉、〈九章〉中可見，如〈山鬼〉：「余處幽篁兮終不見天」，〈懷沙〉：「滔滔孟夏兮，草木莽莽。」而「四兮六」、「五兮三」、「五兮五」、「六兮四」句型，亦見於

〔註61〕參見裴普賢先生〈詩經比較研究——《楚辭》補充篇——《楚辭》承襲《詩經》用韻的特色〉一文（收入《詩經比較研究與欣賞》一書）。

〔註62〕參見姜書閣《先秦辭賦原論》頁2。

〈九章〉，「四兮三」句型則見於〈九辯〉。據此可知三九之句式實有受南方民歌之影響。

除句式之影響外，若〈湘君〉之捐玦遺佩，〈湘夫人〉之捐袂遺褋，乃運用雙關之技巧。〈抽思〉：「憍吾以其美好兮，覽余以其修姱。」「憍吾以其美好兮，敖朕辭而不聽。」〈橘頌〉：「深固難徙，更壹志兮。」「深固難徙，廓其無求兮。」此乃「重現」技巧之運用。而雙關、重現皆爲民歌常用之技巧，則此亦屈原學習民歌技巧以創新詩也。〔註63〕至若〈湘夫人〉：「沅有芷兮澧有蘭，思公子兮未敢言。」朱熹《楚辭集注》已指出其起興之例，正猶〈越人歌〉之「山有木兮木有枝，心悅君兮君不知。」〔註64〕此則南方民歌寫作技巧之影響〈九歌〉、〈九章〉也。

除句式、寫作技巧之影響外，民歌之情韻對〈九歌〉之影響尤鉅。要而言之，南方民歌以地緣關係，對騷體之形式必有直接之影響，然以載籍之不足，無法深考之。

三、諸子散文

戰國之世，散文之發展已達空前燦爛之高潮，不僅有圓熟之文字技巧，且有豐富之思想內容。楚辭適逢此散文高潮，故雖有《詩經》之前導，南方民歌之育成，然因時代潮流之激盪，自不免受諸子散文之影響。蓋三九篇幅之拓展、造句之靈活、寫作技巧之精妙，皆有得於諸子散文也。

自篇幅之拓展言：〈九歌〉雖仍爲短篇歌詠，然較之《詩經》，其篇幅顯已有所開拓。〈九章〉則反覆陳說，再三致意，其篇幅益長。〈九辯〉則極力狀寫秋景，以物喻懷，其篇幅更廣矣！此篇幅之拓展，一者可使作品內容豐富，再者亦可加強爲文之表現力。此或受諸子散文之騁辭說理，長篇潤論影響也。

〔註63〕參見湯炳正〈屈賦修辭舉隅〉一文（收入《屈賦新探》一書）。
〔註64〕見朱熹《楚辭集注》卷二（華正版頁71）。

自造句之靈活言：三九之作，其句式或長或短，雖皆用「兮」字，而兮字位置變化多端，此句法之靈活，蓋受散文句式不拘長短之影響。再者從〈九歌〉之「兮」字，進一步至章辯中則代以其他之虛詞，如〈九歌・東君〉：「載雲旗兮委蛇」至〈離騷〉、〈九辯〉則爲「載雲旗之委蛇」。此以「之、其、夫、而」等虛詞代替兮字，或受散文之影響，而自然朝此發展。又若〈九章・惜誦〉：「壹心而不豫兮，羌不可保也。」〈懷沙〉：「邑犬之群吠兮，吠所怪也。」〈九辯〉：「悲哉！秋之爲氣也。」此以「也」字落尾，或有受《詩經》之影響，然可能受散文之影響更大。且若〈九章〉、〈九辯〉甚多文句明白如話，若去其兮字，則與散文無異，如〈惜誦〉：「故相臣莫若君，所以證之不遠。」〈涉江〉：「吾不能變心而從俗，固將愁苦而終窮。」〈九辯〉：「圓鑿而方枘，吾固知其鉏鋙而難入。」姜亮夫先生以爲「〈離騷〉、〈九章〉、〈漁父〉、〈卜居〉、〈遠遊〉者，蓋受戰代諸子散文化之影響，屈子以爲因依，而以楚人語法，即散文而稍整齊字句，施之韻文，以寫其個人情懷。」〔註 65〕準此而言，不僅騷章如此，〈九辯〉亦然，蓋皆受散文句法之影響也。

自寫作技巧之精妙言：諸子散文之多用譬喻、隱喻與對事物凝注之寫實手法亦影響楚辭之創作。施淑女先生以爲楚辭自辯士處學得以歷史或傳說事件之累積，來造成比喻效果之手法；並自以滑稽爲名之戰國文士處學得隱喻方法；除此之外，尚從當代之藝術潮流中習得對事物凝注之寫實手法。〔註 66〕準此而言，若〈九章〉、〈九辯〉之屢引歷史、傳說爲比，屢用花草樹木爲喻，蓋有得於諸子散文。至若〈九章・橘頌〉之寫橘樹，〈九辯〉「悲哉秋之爲氣也」及「皇天平分四時兮」兩段之極力狀秋景、抒秋悲，則或有受戰國諸子散文寫實技巧之影響。

〔註 65〕參見姜亮夫先生《屈原賦校注》〈九歌〉解題（華正版頁 145）。

〔註 66〕參見施淑女先生《九歌天問二招的成立背景與楚辭文學精神的探討》四、楚辭文學技巧的傳承（國立臺灣大學《文史叢刊》）。

以上乃從篇幅、造句、寫作技巧三端論諸子散文之影響三九。綜上所述，可知〈九歌〉以歌體之故，受散文影響較少，章、辯則以誦體，且爲抒個人感懷之作，故受諸子散文影響較著。再者，吾人從三九之內容、形式觀之，可知屈子不僅改創〈九歌〉，且亦有得於〈九歌〉。以是〈九章〉之作，其內容、形式皆有取資於〈九歌〉者。而宋玉之〈九辯〉則不僅取則〈九歌〉，尚且模擬〈九章〉、〈離騷〉等。故言〈九章〉創作之文學因素，則〈九歌〉不可忽略；論〈九辯〉之創作因緣，則屈子之作亦必與焉！

綜上所述，可知三九創作之因素，既有其同，如時代、地理因素；亦有其殊，如作者、文學因素。其育成因素，既有同異，則其表現於作品之內容、形式亦必有同有異乎！

第三章　三九之比較研究

〈九歌〉、〈九章〉、〈九辯〉皆戰國楚人之作，其創作因緣既大同小異，故其作品必有相同之處。然〈九歌〉乃屈子據民歌改造之「再創作」祀神樂曲；〈九章〉則屈子被放，思君念國，觸事成吟之心靈怨歌；〈九辯〉則宋玉或觸景起情，或憫懷屈子而興悲之作。三者作者既異，創作目的亦復不同，故其作品亦必有其相異處。吾人固知作品之完成，不外內容與形式之密切配合。故以下即從內容、形式兩方面比較三九之異同，一者，可從比較中更加深對作品之了解；再者，亦可進而據以推究其藝術成就，及對後世文學之影響。

第一節　內容之比較

《文心・情采》云：「情者，文之經；辭者，理之緯；經正而後緯成，理定而後辭暢，此立文之本源。」故文學作品必先有內容，始可決定以何種形式表現之。而文學作品之內容則不外作者所欲表現之主題，作品所蘊含之思想，及寫作時所運用之素材。然決定此作品主題、思想、素材之原動力，則端賴作者之創作動機。故以下先分論〈九歌〉、〈九章〉、〈九辯〉之創作動機，繼而申論其主題、思想、素材之異同。

一、創作動機

〈九歌〉既爲祀神樂曲，則不論其爲民間祭歌，抑或宮廷樂章，其爲祭祀而創作之目的，乃不可變易。既因祭祀而作，且又爲屈子據民歌改製，故其創作動機，或可試從二端論之。其一，就其爲原始民間祭歌言，其創作者或爲巫師，〔註 1〕其創作目的乃爲祀神，而古代之祀神歌則多爲敘述神之行事，〔註 2〕以是〈九歌〉乃客觀描寫諸神之服飾容止，職務居處，及敘說神與神間之戀愛故事，並神與巫間之交相接應，〔註 3〕如此則無作者一己之主觀意識。其二，就其爲屈子改作一端言之，〈九歌〉既經屈子改訂，則其修潤之際，或因〈九歌〉諸神故事而引發一己遭遇之慨，或以欲藉祀神激勵楚民愛國精神，以是則必有屈子之主觀意識存焉！若然，則屈子之意識爲何？寧非朱子所謂「忠君愛國，眷戀不忘」〔註 4〕乎？然以其爲祭祀侑神之歌，其忠君愛國，眷戀不忘之意，乃在隱約即離之際，未可如王逸之以託諷說之，〔註 5〕亦不能如朱熹之以全篇之比論之。〔註 6〕

〔註 1〕游國恩《楚辭論文集》屈原作品介紹：「〈九歌〉就是楚國的巫歌，就是當時巫覡執行職務時所唱的歌詞。」（見頁 277）袁梅《屈原賦譯註》〈九歌〉題解：「這種娛神並娛人的歌詞，在屈原潤色加工之前，本是民間詩人（很可能是巫覡）創作的。」（見頁 74）

〔註 2〕玄珠《中國神話研究》：「古代人民的祀神歌，大都是敘述神之行事，所以也就是神話。」（見頁 25）

〔註 3〕彭毅先生〈析論《楚辭・九歌》的特質〉一文分析除〈東皇太一〉以外之前八篇所具有的，如（一）神的容狀（二）神的職務（三）神的行動和靈異（四）神的居處。（見《臺靜農先生八十壽慶論文集》頁 291）又云：「〈九歌〉就是由祭巫、神巫依照故事情節做爲儀式活動的次序，同時以歌、舞展示神、人交接的相應表『情』和表『相』。」（見同書頁 299）

〔註 4〕朱熹《楚辭集注》卷二（華正版頁 59）。

〔註 5〕王逸〈九歌〉序：「上陳事神之敬，下見己之冤結，託之以風諫。」（藝文版《楚辭補註》頁 99）

〔註 6〕朱熹《楚辭集注》卷二〈九歌〉註：「此卷諸篇皆以事神不答而不能忘其敬愛，比事君不合而不能忘其忠赤，尤足見其懇切之意。」（見華正版頁 60）

〈九章〉乃屈原被放，「思君念國，隨事感觸，輒形於聲」〔註7〕之作。其非出於一時，非爲一事而作。故〈九章〉各篇之創作動機，或有殊異。〈橘頌〉乃屈子「喜橘之不踰淮，有似乎己之獨立不遷，故頌之以自況。」〔註8〕「〈惜誦〉蓋原於懷王見疏之後，復乘間自陳，而益被讒致困，故深自痛惜而發憤爲此篇，以白其情也。」〔註9〕〈抽思〉首則曰：「心鬱鬱之憂思兮，獨永嘆乎增傷。」繼則曰：「與美人抽思兮，并日夜而無正。」末則曰：「道思作頌，聊以自救。」以是知〈抽思〉蓋因憂國憂君之愁思鬱結，不得不抽繹抒發也。〈思美人〉乃屈子思懷王而作，蓋「疏放之後，媒絕路阻，言不能達」，〔註10〕惟有冀望君之一悟而還己。〈悲回風〉曰：「悲回風之搖蕙兮，心冤結而內傷。物有微而隕性兮，聲有隱而先倡。」又曰：「介眇志之所惑兮，竊賦詩之所明。」蓋「面對秋景，感慨萬千，故作此詩發憤抒情。」〔註11〕〈哀郢〉蓋「屈子被放九年，料不能復歸郢都，故有是作。」〔註12〕〈涉江〉乃自鄂渚入溆浦，獨處深山中，憂念國事之日暮途窮，感慨自身之危難重重，故賦詩抒發悲憤之情。〔註13〕〈懷沙〉曰：「知死不可讓，願勿愛兮！明告君子，吾將以爲類兮。」故知是篇乃詩人死志既決，回顧此生，因發文一表心迹。〈惜往日〉曰：「寧溘死而流亡兮，恐禍殃之有再。不畢辭而赴淵兮，惜壅君之不識。」即寫其自沈及寫作此詩之因。蓋「臨死而撫今追昔，不禁號呼也！」〔註14〕括

〔註7〕朱熹《楚辭集注》卷四〈九章〉序（華正版頁137）。
〔註8〕王萌《楚辭評註》卷四頁35王遠按語。
〔註9〕蔣驥《山帶閣注楚辭》卷四頁1。
〔註10〕林雲銘《楚辭燈》卷三（廣文版頁200）。
〔註11〕王濤選注《屈原賦選》（源流版頁84）。
〔註12〕林雲銘《楚辭燈》卷三（廣文版頁258）。
〔註13〕袁梅《屈原賦譯註》〈涉江〉題解：「詩中敘寫了作者渡大江南行的過程。他行經湘水、洞庭湖，沿沅水上溯，轉入辰陽、溆浦，獨處深山之中。憂念國事日暮途窮，感慨自身危難重重，賦詩抒發悲憤之情。」（見頁144）
〔註14〕蔣驥《山帶閣注楚辭・餘論》卷下頁2。

而言之，〈九章〉各篇雖爲隨事感觸之作，然其創作動機則不外「思君念國」、「憂愁幽思」〔註15〕及「自明心志」。〔註16〕

王逸曰：「宋玉者，屈原弟子也，閔惜其師，忠而放逐，故作〈九辯〉，以述其志。」〔註17〕呂向曰：「玉，屈原弟子，惜其師忠信見放，故作此辭以辯之，皆代原之意。」〔註18〕王夫之亦承前說，曰：「而宋玉感時物以閔忠貞。……玉雖俯仰昏廷，而深達其師之志，悲慜一於君國，非徒以阨窮爲怨尤。」〔註19〕以上諸說或有微殊，然要皆以〈九辯〉乃宋玉爲屈原而作。而游國恩則以此說乃揣測之辭，〈九辯〉非代屈子爲辭，乃宋玉之自閔，而非閔人。〔註20〕葉師慶炳亦以爲〈九辯〉爲宋玉個人之自怨自嘆，並無屈原被放痕跡。〔註21〕今據本文內容考之，凡類屈子口氣者，實可謂受其作品影響，而非代其言，述其志。〔註22〕《史記・屈原列傳》：「屈原既死之後，楚有宋玉、唐勒、景差之徒者，皆好辭而以賦見稱，然皆祖屈原之從容辭令，終莫敢直諫。」此史遷亦指出宋玉之遣辭造語，確有受原影響者。然並未言玉爲屈子之徒，亦未言及其閔師述志之意。據此，吾人或可作一較合理之推測：〈九辯〉非爲屈子作，然從屈子對宋、景及後人之影響觀之，雖不爲原作，亦必有「因原得感」者。〔註23〕〈九辯〉首段即揭出全篇大旨，曰：「悲哉！秋之爲氣也。」

〔註15〕《史記》卷八十四〈屈原賈生列傳〉第二十四（藝文版頁1004）。

〔註16〕屈復《楚辭新注》卷四〈九章〉解題：「三閭忠而被謗，國無知者，〈離騷經〉之作，以自表明其志。懷遷襄放，遠志彭咸，又作〈九章〉以自表明也。」
臺靜農先生〈讀騷析疑〉：「屈子云：『竊賦詩之所明』（〈悲回風〉），是此〈九章〉即九篇明志之詩也。」

〔註17〕《楚辭章句》卷八〈九辯〉序（藝文版頁246）。

〔註18〕《六臣注文選》卷三十三（《四部叢刊正編》頁624）。

〔註19〕《楚辭通釋》卷八〈九辯〉序（廣文版頁121）。

〔註20〕游國恩《楚辭概論》頁231～233。

〔註21〕見葉師慶炳〈宋玉及其九辯〉（中國文學講話（二）頁488）。

〔註22〕此游國恩亦有說，同註20。

〔註23〕陸時雍《楚辭疏》《楚辭》條例：「宋玉〈九辨〉，因原得感，未必俱

曰：「坎廩兮貧士失職而志不平。廓落兮羈旅而無友生。惆悵兮而私自憐。」由是可知本文之寫作動機，乃因景物之變易，客居之廓落，思及無罪失職而心有不平，以是發文自憐自怨。

賀繼升以爲「工詩與騷者，皆不得其平者也」。〔註24〕彭毅先生亦以爲二者皆基於「心之憂矣，我歌且謠」而產生之作品。〔註25〕故而吾人可謂三九之創作動機同爲「不得其平」，同因「心之憂矣」。然若細分之，竊以爲〈九歌〉爲祀神曲，其創作係爲表達人對神之虔敬思慕；而〈九章〉乃屈子因「信而見疑，忠而被謗」故而怨憤難平，不得不發之爲文；至若〈九辯〉則宋玉因悲秋而觸景傷懷，引發一己懷才不遇之感；故而言三九之創作動機則〈九歌〉以慕，〈九章〉以怨，〔註26〕〈九辯〉以悲，此則其大異也。

二、作品主題

三九之創作動機既有異同，則其作品呈現之主題亦必有異有同。以下先分析〈九歌〉、〈九章〉、〈九辯〉之主題，再據以比較其異同。

（一）〈九歌〉之主題

〈九歌〉雖爲一套祭神舞曲，然以其爲據民間祭歌修飾潤色之作，故而又富於言情。〔註27〕以是鄭振鐸以爲〈九歌〉之內容，至少可分成

爲原作。」

〔註24〕賀貽孫《騷筏》所附賀繼升跋：「昔歐陽永叔有云：『詩必窮而後工』，太史公曰：『離騷者，猶離憂也。』故工詩與騷者，皆不得其平者也。」（姜亮夫《楚辭書目五種》頁328引）

〔註25〕見《明道文藝》四十八期李紡訪問彭毅先生之文〈伴你走入繁華有趣的神話世界——請讀《楚辭》〉。

〔註26〕《史記・屈原列傳》：「屈平正道直行，竭忠盡智，以事其君，讒人間之，可謂窮矣！信而見疑，忠而被謗，能無怨乎！屈平之作〈離騷〉，蓋自怨生也！」〈九章〉亦與〈離騷〉同，故此借用史公之語。

〔註27〕陸侃如〈什麼是九歌〉：「民間祭歌如〈神弦歌〉之類，大都富於言情的份子，〈神弦歌〉之所以勝於〈郊祀歌〉者在此，〈九歌〉之所以勝於三頌者亦在此。他們所歌詠的，大都是已失敗的戀愛。」（《國學月報彙刊》第一集頁97）

兩部分，一爲楚地之民間戀歌，一爲民間祭神鬼之歌。〔註 28〕而游國恩亦將九歌分爲兩組，其一，祭歌：即〈東皇太一〉、〈雲中君〉、〈東君〉、〈國殤〉、〈禮魂〉五篇；其二，情歌：即〈湘君〉、〈湘夫人〉、〈大司命〉、〈少司命〉、〈河伯〉、〈山鬼〉六篇。〔註 29〕據此可知〈九歌〉之主題不外祭祀與戀愛。然其中〈國殤〉一篇，性質特殊，其雖爲祀國殤之祭歌，然通篇未嘗言祭，而止是歌頌楚軍之壯烈赴義，悼念其爲國陣亡，故而或可謂之輓歌。〔註 30〕以是觀之，〈九歌〉之主題則不外爲：虔敬肅穆之祀神活動，悲歡離合之戀愛故事，及壯烈感人之國殤禮贊。以其寫祭祀，故而有敘祭者之服飾者，有敘祭時所用餚饌酒漿者，有敘祭時歌舞，亦有敘神靈之車駕及神降時之情形。〔註 31〕以其寫戀愛，故而有如二湘之寫相思之情者，寫與所愛相見之幻景者，亦有寫候所愛不至而悵惘者，更有寫捐玦佩、棄袂褋以爲信誓者。又如〈大司命〉「折疏麻兮瑤華」至「孰離合兮可爲」一段寫愁人思婦之無奈。〈少司命〉「滿堂兮美人」至「樂莫樂兮新相知」，寫獨獲青睞之喜，寫生別之悲，新知之樂，可謂千古情詩之祖。而〈河伯〉一篇「與女遊兮河之渚」至「魚隣隣兮媵予」一段分明爲情人送別之詞，〔註 32〕而〈山鬼〉一篇尤其生動刻劃一傾倒於纏綿悱惻愛情中之女神形象。〔註 33〕至若〈國殤〉一篇先寫敵我交戰之壯烈場面，我軍奮勇殺敵之氣勢，繼則禮贊我軍視死如歸之英勇精神，將使其死後成爲剛毅之鬼雄。

以上係就其爲祭歌、情歌、輓歌三端，論〈九歌〉表現之主題。然若更深一層分析，不管其爲祭歌、情歌或輓歌，〈九歌〉中又隱約表現二主題。此二主題乃人類生命所不可避免者，此即陳世驤先生所

〔註 28〕參見鄭振鐸《中國文學史》（繪圖本）頁 61。

〔註 29〕見游國恩《楚辭概論》頁 81～92。

〔註 30〕文懷沙〈愛國詩人屈原及其離騷〉以爲〈九歌〉大部分是戀歌，其次是輓歌和祭歌。（收入《中國文學名著巡禮》一書）

〔註 31〕游氏《楚辭概論》已有列舉例證，故此不贅述，請參見頁 81～92。

〔註 32〕同註 31。

〔註 33〕參見王濤選注《屈原賦選》頁 30。

提出之生命化之時間與空間。而明顯呈現此時間、空間二主題者，即〈東君〉、〈雲中君〉二篇。〈東君〉從日將出於東方寫起，而結以「杳冥冥兮以東行」，全文乃以「哀傷時間之消逝和摧殘爲基調。」而〈雲中君〉一篇於雷神威武出場之際，即喚起吾人空間無垠之形象，「靈皇皇兮既降，猋遠舉兮雲中。覽冀州兮有餘，橫四海兮焉窮？」此廣曠之空間，無限之距離乃造成深沈之悲哀，故結以「思夫君兮太息，極勞心兮𢥞𢥞。」除此二篇外，吾人於餘下之每一篇歌中，皆可見「渴望、思慕在曠泛的空間裡凝盼遠方，在時間裏思候焦心，或者傷歎歡聚之短暫與難再等溢露的情感。」〔註 34〕由是可知，「時間之無常」與「空間之隔離」〔註 35〕乃九歌之二大主題。

（二）〈九章〉之主題

〈九章〉乃屈子思君念國，隨事感觸之作。〈惜誦〉「言己以忠信事君，可質於明神，而爲讒邪所蔽，進退不可，惟博采眾善，以自處而已。」〔註 36〕〈涉江〉「言己佩服殊異，抗志高遠，國無人知之者。徘徊江之上，歎小人在位，而君子遇害也。」〔註 37〕〈哀郢〉「哀故都之棄捐，宗社之丘墟，人民之離散，頃襄之不能效死以拒秦，而亡可待也。」〔註 38〕〈抽思〉則「前欲陳辭以遺美人，終以無媒而憂誰告，蓋君思未遠，猶有拳拳自媚之意。而於所陳耿著之詞，不憚亹亹述之，則猶幸其念舊而一悟也。」〔註 39〕〈懷沙〉「言己雖放逐，不以窮困易其行；小人蔽賢，群起而攻之；舉世之人，無知我者；思古人而不得見，仗節死義而已。」〔註 40〕〈思美人〉

〔註 34〕本段參考陳世驤先生〈《楚辭・九歌》的結構分析〉一文立說，凡加引號者，即陳先生之原文。

〔註 35〕見楊宿珍《屈子人格世界與騷歌之藝術境界》頁 120。

〔註 36〕洪興祖《楚辭補註》卷四。

〔註 37〕同註 36。

〔註 38〕王夫之《楚辭通釋》卷四。

〔註 39〕蔣驥《山帶閣注楚辭》卷四。

〔註 40〕同註 36。

「言己思念其君，不能自達，然反觀初志，不可變易，益自脩飭，死而後已也。」〔註41〕〈惜往日〉乃靈均絕筆，「夫欲生悟其君不得，卒以死悟之，此世所謂孤注也。默默而死，不如其已，故大聲疾呼，直指讒臣蔽君之罪，深著背法敗亡之禍。危辭以撼之，庶幾無弗悟也。苟可以悟其主者，死輕於鴻毛，故略子推之死，而詳文君之悟，不勝死後餘望焉。」〔註42〕〈橘頌〉藉詠橘樹之「受命不遷」、「深固難徙」，以自況一己情操之堅貞，意志之堅定。〈悲回風〉「全章皆以思理迴惑，不知所釋爲主；而最爲縈惑者，則是非善惡，本不相容，而又實不能顯別；因而心傷，作爲傷心之詩。詩中描繪心思，出入內外遠近不同之情，上下左右前後之態，而仍不知所止，悲感與思理相挾持，而遂思入眇茫，從彭咸之所居。既至天上，忽又感煙雨之終不可永久浮遊上天，遂思追蹤介子伯夷。即覩申徒之死而無益，又自迴惑不解！」〔註43〕以上乃〈九章〉各篇章旨。其章旨雖有殊異，然其所欲表現之主題則大體相類。大抵言之，〈九章〉之主題不外七端：其一，存君興國，守死善道；其二，羨賢慕聖，好修自飾；其三，志潔行廉，人莫我知；其四，賢俊遭謗，讒佞在位；其五，諫君不聽，作忠造怨；其六，媒絕路阻，陳辭無由；其七，歲月飛逝，時不我待。前六點又可歸納爲「好修自飾」及「存君興國」二大端。

陳第《屈宋古音義》卷二〈題九章〉：

> 慕古哀時，思善疾惡，怨靈修之不彰，悲黨人之壅濁，厲素履之芳潔，將超遠而不安，願儼合於湯禹，終殉跡於彭咸。

此段文字頗能道出〈九章〉主題，故錄之。

或有謂好修與遠遊乃屈作重要主題者，〔註44〕然僅就〈九章〉

〔註41〕同註36。

〔註42〕同註39。

〔註43〕見姜亮夫《屈原賦校註》卷四（華正版頁518）。

〔註44〕見李豐楙先生〈服飾服食與巫俗傳說——從巫俗觀點對《楚辭》的考察〉之一（收入《古典文學》第三集）。

而言，其有關遠遊之描寫，僅出現於〈涉江〉、〈悲回風〉兩篇。然兩篇之非現實之遊，並非爲求道成仙，而僅作爲屈子於現實世界之心路歷程之象徵，故而謂爲其所蘊之思想則可，謂爲〈九章〉主題，則或未然也。〔註 45〕

（三）〈九辯〉之主題

〈九辯〉爲宋玉觸景傷懷之悲歌，亦即其因感秋而寄慨身世之作。〔註 46〕陸侃如以爲〈九辯〉之內容，不外悲秋與思君，其一、三、七三篇乃悲秋，然亦雜貧士不遇之言；而其餘六篇則言思君，然亦雜感懷景物之言。〔註 47〕據陸氏之言，則〈九辯〉之主題不外悲秋與思君。而劉大杰則以爲〈九辯〉之主題爲自憐自歎。〔註 48〕今細覽全文，試分析其寫作主題，可得而言者有下列數端：

1. 竊獨悲此廩秋

首段「悲哉秋之爲氣也」至「愴怳懭悢兮，去故而就新」，皆寫因秋而悲。三段「皇天平分四時兮，竊獨悲此廩秋」至「離芳藹之方壯兮，余萎約而悲愁」，亦寫秋愁。八段「靚杪秋之遙夜兮，心繚悷而有哀」，亦寫因秋而哀。

2. 豈不鬱陶而思君，君之門以九重

二段「專思君兮不可化」至「不得見兮心傷悲」，乃寫思君而不得見。四段「閔奇思之不通兮」至「君之門以九重」，寫君門九重，雖思君而不得近。五段「君棄遠而不察兮，雖願忠其焉得」；六段「願自往而徑游兮，路壅絕而不通」；九段「忠昭昭而願見兮，然露曀而莫達」；十段「紛純純之願忠兮，妒被離而障之」；末段「還及君之無

〔註 45〕參見彭毅先生在〈中國古代文學裏遊仙思想的形成——《楚辭．遠游》溯源〉一文（見《鄭因百先生八十壽慶論文集》下冊頁 566～567）。

〔註 46〕參見游國恩《楚辭概論》頁 24。

〔註 47〕見陸侃如〈宋玉評傳〉（《中國文學研究》頁 36）。

〔註 48〕見劉大杰《中國文學發展史》頁 112（華正版）。

恙」；皆寫思君而欲見之，然媒絕路阻，陳辭無由也。

3. **國有驥而不知乘兮，焉皇皇而更索**

五段「何時俗之工巧兮」至「鳳獨遑遑而無所集」，寫世人皆工巧，而賢佞不分。七段「何時俗之工巧兮，滅規榘而改鑿」；九段「堯舜之抗行兮」至「被以不慈之僞名」；十段「憎慍惀之修美兮」至「美超遠而逾邁」及「國有驥而不知乘兮，焉皇皇而更索」；凡此皆寫國君不別讒賢，而棄俊用佞。

4. **生天地之若過兮，功不成而無效**

首段「時亹亹而過中兮，蹇淹留而無成」；三段「歲忽忽而遒盡兮，恐余壽之弗將」；六段「願徼幸而有待兮，泊莽莽與壄草同死」；七段「無衣裘以御冬兮，恐溘死不得見乎陽春」；八段「春秋逴逴而日高兮」至「蹇淹留而躊躇」；十段「生天地之若過兮，功不成而無效」；凡此皆寫歲月飄忽，時不我待。

5. **羈旅而無友生**

首段「廓落兮羈旅而無友生」；二段「悲憂窮戚兮獨處廓」，「去鄉離家兮徠遠客，超逍遙兮今焉薄」；三段「澹容與而獨倚兮」；四段「塊獨守此無澤兮，仰浮雲而永歎」；五段「獨悲愁其傷人兮，馮鬱鬱其何極」；凡此皆寫其羈旅孤獨之悲。

6. **惆悵兮而私自憐**

首段「坎廩兮貧士失職而志不平」，「惆悵兮而私自憐」；二段「私自憐兮何極，心怦怦兮諒直」；三段「悼余生之不時兮，逢此世之俇攘」；五段「太公九十乃顯榮兮，誠未遇其匹合」；十段「然潢洋而不遇兮，直怐愗而自苦」；凡此皆寫因懷才不遇而自悲自憐。（此處之分段乃據傅錫壬先生《新譯楚辭讀本》）

以上六點，若歸納言之，則不外爲悲秋、思君、與夫自憐。

（四）三九主題之異同

〈九歌〉之主題爲：虔敬肅穆之祀神活動，悲歡離合之戀愛故事，壯烈感人之國殤禮贊，及時間之無常，空間之隔離。〈九章〉之主題則爲：存君興國，守死善道；羨賢慕聖，好修自飾；志潔行廉，人莫我知；賢俊遭謗，讒佞在位；諫君不聽，作忠造怨；媒絕路阻，陳辭無由；歲月飛逝，時不我待。〈九辯〉之主題則爲：「竊獨悲此廩秋」；「豈不鬱陶而思君，君之門以九重」；「國有驥而不知乘兮，焉皇皇而更索」；「生天地之若過兮，功不成而無效」；「羇旅而無友生」；「惆悵兮而私自憐」。

據上述可知三九皆表現「時間之無常」及「空間之隔離」二主題。蓋〈九章〉之「歲月飛逝，時不我待」及〈九辯〉之「竊獨悲此廩秋」及「生天地之若過兮，功不成而無效」，皆由時間之無常所造成。而〈九章〉之「諫君不聽，作忠造怨；媒絕路阻，陳辭無由」及〈九辯〉之「豈不鬱陶而思君，君之門以九重」與「羇旅而無友生」，皆空間之隔離所形成。以是「時間之無常」，「空間之隔離」二主題乃三九所共同表現者。再者，〈九章〉、〈九辯〉皆自抒感懷之作，〈九辯〉之「豈不鬱陶而思君，君之門以九重」，即〈九章〉之「媒絕路阻，陳辭無由」；〈九辯〉之「國有驥而不知乘兮，焉皇皇而更索」，即〈九章〉之「賢俊遭謗，讒佞在位」。而〈九辯〉之「羇旅而無友生」及「惆悵兮而私自憐」則緣「志潔行廉，人莫我知」而生。此又章、辯主題之相似者。

至若三九主題之異，則顯而易見。〈九歌〉之祀神活動，戀愛故事及國殤禮贊，乃章、辯所無。而〈九辯〉雖有存君之心，却無「興國」之思，更遑論「守死善道」。且屈子所強調之「好修自飾」，似較不爲宋玉所重視；而〈九辯〉之悲秋及「自憐」亦非屈子所著力者。以是知三九之主題各有其殊異處，此亦歌、章、辯所以並世齊名之因也。

三、蘊含之思想

章學誠《文史通義・文集》云：「夫《楚辭》，屈原一家之書也。」而日人西村時彥《屈原賦說》一書，亦專列道術一卷，以論屈子之思想。據此觀之，《楚辭》雖為文學作品，然其蘊含豐富之思想，則不待煩言。今試就〈九歌〉、〈九章〉、〈九辯〉之內容，分析其蘊含之思想；一則可藉以探知《楚辭》豐富之思想性，再者可就三九蘊含思想之異同，以略窺平民、政治家及文士之思想有何同異。〔註 49〕

（一）〈九歌〉蘊含之思想

〈九歌〉既為屈子據民間祭歌改作，則其所含之思想，必有屬於民間者，亦必有屬於屈子者。細研〈九歌〉文字，竊以為其所蘊含之思想如下：

1. 神鬼觀

〈九歌〉所祀對象，包括天神、地祇、人鬼。自東皇太一、東君、雲中君、湘君、湘夫人、大司命、少司命、河伯至國殤、禮魂，〔註 50〕其所顯示者乃一有系統之神鬼觀。於〈九歌〉中，吾人可知其表現之神鬼觀有如下數點：

甲、諸神之間亦分尊卑，一如人類社會。

乙、諸神有陰陽之別，一如人類之有男女。

丙、諸神亦有情感與理性，一如人類。

丁、諸神非萬能。

戊、諸神皆為善神，其於世人，善者佑之，惡者禍之；近則親之，遠則疏之。

己、東皇太一為天帝，一如人君；其屬下大司命司陰陽循環、人命壽夭，少司命司人子嗣有無，保護嬰稚之成長，又兩神皆兼司善惡果報，一如吾人之有官守。

〔註 49〕〈九歌〉雖經屈原改創，然以據民歌改作，故必含平民之思想。而屈宋二人，歷來學者往往視屈子為政治家，宋玉則止為才子。如葉師慶炳《中國文學史》上冊頁 32 云：「蓋宋玉為懷才不遇之寒士，故篇中充滿自悲自嘆語調；而屈原則為失意之貴族政治家，其憂國憂民之耿耿忠心溢於篇章。」

〔註 50〕此據聞一多《楚辭校補》移〈東君〉於〈雲中君〉前，參見第一章第二節。

庚、湘君與湘夫人爲一方之神祇，猶吾人之有地方行政長官。

辛、人死爲鬼，即成爲保護其社群之靈質。

壬、對於諸神鬼之祭祀，當依尊卑親疏定其先後。〔註51〕

癸、對於諸神之祭祀乃終古無絕。(〈禮魂〉「春蘭兮秋菊，長無絕兮終古」。)

以是觀之，〈九歌〉顯現之神鬼觀，頗爲人格化、社會化、理教化。〔註52〕此或屈子潤飾所致。

2. 自然觀

〈九歌〉之〈東皇太一〉乃祠天神，〈東君〉祠日神，〈雲中君〉祠雷神，〈湘君〉、〈湘夫人〉、〈河伯〉祠水神，〈山鬼〉祠山神，〈大司命〉、〈少司命〉祠星神。據此可知凡天地、日月、山川、星辰皆先民所祠祀。據此可知先民對大自然之畏懼、敬服與夫渴望親近，以求賜福避禍。

3. 天命觀

〈大司命〉:「紛總總兮九州，何壽夭兮在予。」「壹陰兮壹陽，眾莫知兮余所爲。」「固人命兮有當，孰離合兮可爲。」此所透顯者，似爲一宿命思想，即以天命爲不可抗力者，此即先民「從天而頌之」〔註53〕之天命觀。

4. 戀愛觀

〈九歌〉既多言情，故於諸情歌中，可見其戀愛觀。其一：同心、忠信爲維持愛情之要件。如〈湘君〉云:「心不同兮媒勞，恩不甚兮輕絕。」「交不忠兮怨長，期不信兮告余以不閒。」其二：好修自飾

〔註51〕以上九點乃參考張壽平先生《九歌研究》第四編第一章〈九歌〉中之觀念。然張氏從凌純聲先生之說，以〈國殤〉爲獵首祭之樂舞歌辭，竊以爲凌說未可從，故刪其第九點「獵來敵首，便可招其魂魄，使保護己族之社群；剛強勇敢之敵人，死爲『鬼雄』，其首愈見可貴。」，其餘九點則悉採其說。

〔註52〕參見張壽平先生《九歌研究》頁124。

〔註53〕《荀子》卷十一〈天論〉:「從天而頌之，孰與制天命而用之。」

爲吸引所愛之方法。故而〈湘君〉云：「美要眇兮宜修」，而〈湘夫人〉中「築室兮水中」至「建芳馨兮廡門」一段極力鋪寫修葺裝飾水中居室，以吸引所愛留止。而〈山鬼〉更明言：「子慕予兮善窈窕」。其三：相知爲樂，離別爲悲，思君爲憂。如〈雲中君〉云：「思夫君兮太息，極勞心兮懺懺。」〈湘君〉云：「隱思君兮陫側。」〈大司命〉云：「結桂枝兮延竚，羌愈思兮愁人。」〈少司命〉則云：「悲莫悲兮生別離，樂莫樂兮新相知。」

5. **愛國思想**

〈國殤〉云：「誠既勇兮又以武，終剛強兮不可凌。身既死兮神以靈，子魂魄兮爲鬼雄。」其熱烈贊頌楚軍大無畏氣概及慷慨赴義之愛國熱忱，正顯示作者強烈之愛國思想。而文中描寫戰爭場面之悲壯感人，尤寄寓作者對陣亡將士之深厚感情。〔註 54〕

6. **遠遊觀念**

〈雲中君〉：「龍駕兮帝服，聊翶遊兮周章。」〈湘君〉：「駕飛龍兮北征，邅吾道兮洞庭。」「鼂騁騖兮江皐，夕弭節兮北渚。」〈湘夫人〉：「朝馳余馬兮江皐，夕濟兮西澨。」〈大司命〉：「吾與君兮齋速，導帝之兮九坑。」〈少司命〉：「登九天兮撫彗星。」〈河伯〉：「登崑崙兮四望，心飛揚兮浩蕩。」凡此或寫神之遨遊，或寫巫爲尋神而遠遊，雖與後之遠遊思想有異，然〈離騷〉、〈九章〉、〈遠游〉、〈九辯〉之遠遊思想或由此啓之，故標目略論之。

（二）〈九章〉蘊含之思想

論者每謂〈離騷〉爲屈子之自敘，然或就寫作手法觀之，或就文字內容觀之，〈九章〉皆較〈離騷〉具體忠實。與其謂〈離騷〉爲自敘，倒不如言〈九章〉爲自敘更爲恰當。〔註 55〕〈九章〉既爲屈子自敘，而屈子又爲政治家，以是〈九章〉必有足以表現屈子爲政治家之

〔註 54〕參見王濤選註《屈原賦選》頁 33。
〔註 55〕參見張壽平〈九章析論〉（收入《中國文學講話》（二））。

思想存焉。據〈九章〉內容考之，其蘊含之思想可謂既豐且富，今試析論於下：

1. 政治觀

屈子既為政治家，故其書蘊含之政治思想隨處可見。要而言之，屈子之政治觀，乃以「美政」為理想，以「忠君」為原動力，而歸結於「以民為本」。〈抽思〉云：「何獨樂斯之謇謇兮，願蓀美之可完。望三五以為像兮，指彭咸以為儀。」此即杜甫所謂「致君堯舜上」，〔註56〕亦即求「美政」。而〈惜誦〉一文曰「竭忠誠以事君」，曰「吾誼先君而後身」，「專惟君而無他」，「疾親君而無他」，「思君其莫我忠」，「事君而不貳」，凡此皆可見其對君王之悃悃忠忱。又〈抽思〉云：「願搖起而橫奔兮，覽民尤以自鎮。」〈哀郢〉曰：「皇天之不純命兮，何百姓之震愆。」此皆屈子關懷「民生疾苦」之心聲，亦即其「民本思想」之表現。至若其政治之具體主張，則為法先王，舉賢能，反蔽壅，禁朋黨，明賞罰。〔註57〕〈哀郢〉：「堯舜之抗行兮，瞭杳杳而薄天。」〈抽思〉：「望三五以為像兮，指彭咸以為儀。」此法先王也。〈涉江〉：「忠不必用兮，賢不必以」，乃以不用賢能為憾。〈惜往日〉：「聞百里之為虜兮……不逢湯武與桓繆兮，世孰云而知之」，乃以湯武桓繆之能用賢為慕；此乃揭櫫其「舉賢能」之主張也。〈惜誦〉：「紛逢尤以離謗兮……中悶瞀之忳忳」，寫忠臣被蔽壅之苦。〈惜往日〉：「蔽晦君之聰明兮，虛惑誤又以欺。」「獨鄣壅而蔽隱兮，使貞臣為無由。」又屢言「壅君」，蓋以蔽壅為大恨也。〈懷沙〉：「夫惟黨人之鄙固兮，羌不知余之所臧。」又〈惜誦〉屢言己為眾人、眾兆所讎，此眾人，亦即朋黨，於此可見屈子對朋黨之深惡痛絕。〈惜誦〉：

〔註56〕杜甫〈奉贈韋左丞丈二十二韻〉：「致君堯舜上，再使風俗淳。」（《杜詩鏡銓》卷一）

〔註57〕「法先王」見楊胤宗〈屈原為儒家考〉一文（《孔孟月刊》三卷十一期）。「舉賢能」至「明賞罰」參見湯炳正《屈賦新探・草憲發微》一文。

「忠何罪以遇罰兮，亦非余心之所志。」〈哀郢〉：「信非吾罪而棄逐兮，何日夜而忘之。」以無罪被放，明告爲政者當明賞罰也。

2. 人生觀

〈離騷〉：「老冉冉其將至兮，恐脩名之不立。」明揭屈子之人生觀乃「立脩名」。既欲「立脩名」，故而時時以好脩爲念。以是〈九章〉各篇，每以滋蘭種菊比修身，且屢言以伯夷、彭咸等賢人爲儀。又其好修亦關乎國事，故而進則修人，退則自修。〈惜誦〉：「擣木蘭以矯蕙兮，鑿申椒以爲糧」，自修也；「播江離與滋菊兮，願春日以爲糗芳」，修人也。此或與孟子所謂「窮則獨善其身，達則兼善天下」(〈盡心上〉)之志節同也。

3. 天命觀

〈離騷〉云：「皇天無私阿兮，覽民德焉錯輔。」此可見屈子從〈九歌〉「從天而頌之」之天命觀發展而爲與《周書》「皇天無親，惟德是輔」〔註58〕相類之天命觀。而〈哀郢〉之「皇天之不純命兮，何百姓之震愆」，則因民生之亂離而有「天命靡常」之感。至於〈懷沙〉之「萬民之生，各有所錯兮；定心廣志，余何畏懼兮」，則以堅信天道無親，故而雖遭濁世，亦能無所畏懼。〔註59〕

4. 安土重遷觀

屈子少作〈橘頌〉，藉橘樹之「受命不遷」，「深固難徙」，揭出安土重遷之思想。其後之〈抽思〉因被放漢北，獨處異域，而曰：「惟郢路之遼遠兮，魂一夕而九逝。」「願徑逝而未得兮，魂識路之營營。」其懷鄉思國之情，溢於言表。又〈哀郢〉一篇爲民之離散東遷，己之去鄉就遠而憂心傷痛。文曰：「羌靈魂之欲歸兮，何須臾而忘反。背夏浦而西思兮，哀故都之日遠。」亦寫思念家鄉，眷戀故土之情懷。

〔註58〕《尚書・蔡仲之命》：「皇天無親，惟德是輔。」

〔註59〕傅錫壬〈屈原的儒家精神〉：「他說：『萬民之生各有所錯兮，定心廣志余何畏懼兮。』(〈懷沙〉) 正因爲他堅信「天道的無親」所以遭濁世也能無所畏懼。」(見《孔孟月刊》十四卷十二期)

而〈哀郢〉亂詞「鳥飛反故鄉兮，狐死必首丘」，更明示「落葉歸根」之意念。凡此皆足說明其安土重遷之思想。

5. **愛國思想**

屈子向被目爲愛國詩人典型，其忠君愛國之精神影響後世極大。試觀〈哀郢〉一文，即知「其存君興國，而欲反覆之，一篇之中，三致意焉。」〔註 60〕文中於一己被放，並無怨怒，然對國事，則耿耿於懷。〔註 61〕清古文家吳汝綸謂：「(〈哀郢〉) 篇內：『百姓震愆，離散相失。』及『兩東門之可蕪。』皆非一身放逐之感，……殆懷王失國之恨歟？」〔註 62〕李曰剛先生亦云：「名曰『哀郢』，明非獨自哀，乃哀國事之危殆，忠君憂民之情，鬱伊往復，不能自已。太史公讀〈哀郢〉而悲其志，良有以也。」(《大學國文選》) 凡此皆足說明屈子強烈之愛國思想，乃「雖九死其猶未悔」。宜乎姜書閣先生謂其愛國思想乃甚執著者，根深柢固者，至死不變者，歷史上少有其比者，故可稱之爲「愛國主義思想」。〔註 63〕

6. **遠遊思想**

〈涉江〉:「世溷濁而莫余知兮，吾方高馳而不顧。駕青虯兮驂白螭，吾與重華遊兮瑤之圃。登崑崙兮食玉英，與天地兮同壽，與日月兮齊光。」此屈子寫因世人之莫余知，故而欲遠遊。又〈悲回風〉「凌大波而流風兮，託彭咸之所居」以下，至「心調度而弗去兮，刻著志之無適」一段，亦寫因人世之悲愁，鬱戚不可解，故欲藉非現實之遊以超脫之。據彭毅先生之分析〈涉江〉與〈悲回風〉之非現實之遊皆象徵作者於現實界之心路歷程，與〈遠遊〉之要在求仙成道之主旨大異。然其與〈遠遊〉亦有其共通性，即表現超越現實之願望，與夫突

〔註 60〕見《史記》卷八四〈屈原賈生列傳〉。

〔註 61〕參見伏嘉謨〈屈原「哀郢」與其「存君興國」思想〉(收入《藝文誌》第二〇一期)。

〔註 62〕見《古文辭類纂》卷六十一〈哀郢〉篇末吳汝論評語。(世界版頁 1098)

〔註 63〕見姜書閣《先秦辭賦原論》頁 43。

破時空之限制。〔註64〕故此處所謂之遠遊思想，僅指突破時空、超越現實之非現實之遊。蓋屈子於現實之苦楚中，聊藉冥想以自慰安耳。

據上所述，可知〈九章〉所蘊含之思想，不管是政治觀、人生觀、天命觀、安土重遷觀，皆與其愛國思想有密切關係。而遠遊思想亦緣於紓解強烈愛國意識而產生，且遠遊之終，仍落於思國念君上。是以吾人或可謂「愛國思想」乃屈子極重要之思想，亦〈九章〉之主導思想也。

（三）〈九辯〉蘊含之思想

或謂屈子有其思想體系，宋玉則不成一家，無中心思想及一己體系。〔註65〕雖然宋玉僅爲一介寒士，其作品之思想未成體系，然以其深受屈子影響，復浸潤於詩書禮樂，故其作品亦必蘊有其代表文士才子之思想，今據〈九辯〉之文，略析〈九辯〉中所蘊含之思想：

1. 人生觀

宋玉之人生觀乃立功求名。〈九辯〉文中屢以歲月飄逝，未能成名立功爲憾。文云：「時亹亹而過中兮，蹇淹留而無成。」云：「歲忽忽而遒盡兮，恐余壽之弗將。」云：「春秋逴逴而日高兮，然惆悵而自悲。」云：「生天地之若過兮，功不成而無效。願沈滯而不見兮，尙欲布名乎天下。」此汲汲求功名之心情，與《論語》「君子疾沒世而名不稱」（〈衛靈公篇〉）同也。然宋玉之立功求名亦有其原則，即須以義以廉求之。故〈九辯〉云：「處濁世而顯榮兮，非余心之所樂。與其無義而有名兮，寧窮處而守高。」

2. 天命觀

〈九辯〉：「悼余生之不時兮，逢此世之俇攘。」「霰雪雰糅其增加兮，乃知遭命之將至。」「賴皇天之厚德兮，還反君之無恙。」於

〔註64〕參見彭毅先生在〈中國古代文學裏遊仙思想的形成〉一文。（收入《鄭百因先生八十壽慶論文集》下冊）

〔註65〕見姜亮夫《楚辭今繹講錄》頁47。

此可知宋玉之天命觀仍爲宿命論，亦以天命爲不可抗力，乃「從天而頌之」者。

3. **政治觀**

宋玉之政治觀乃以忠君爲中心，故〈九辯〉一文屢以君王爲念。既云：「專思君兮不可化，君不知兮可奈何。」又云：「君棄遠而不察兮，雖願忠其焉得。」至若其政治主張則大抵不出屈子範疇。〈九辯〉云：「獨耿介而不隨兮，願慕先聖之遺教。」「堯舜之抗行兮，瞭冥冥而薄天。」此法先脩也。又云：「堯舜皆有所舉任兮，故高枕而自適。」「國有驥而不知乘兮，焉皇皇而更索。」此舉賢能也。又云：「豈不鬱陶而思君兮，君之門以九重。」「忠昭昭而願見兮，然霧曀而莫達。」此反蔽壅也。以上均承襲屈子之主張。然〈九辯〉有云：「棄騏驥之瀏瀏兮，馭安用夫強策。諒城郭之不足恃兮，雖重介之何益。」此有反霸政及堅甲利兵不足恃之想法，或受儒家王道思想之影響也。

4. **愛國思想**

宋玉之愛國思想係表現於忠君上，而其所揭出之政治主張，亦緣於忠君而發。觀〈九辯〉之文，屢言思君，屢以君不用賢爲憾可知。且〈九辯〉末段既自請去君，欲游志乎雲中，而尙以「賴皇天之厚德兮，還及君之無恙」爲結，益可知其忠君憂國之意。

5. **遠遊思想**

〈九辯〉末章：「願賜不肖之軀而別離兮，放游志乎雲中。乘精氣之摶摶兮，騖諸神之湛湛。驂白霓之習習兮，歷群靈之豐豐。左朱雀之茇茇兮，右蒼龍之躍躍。屬雷師之闐闐兮，通飛廉之衙衙。前輕輬之鏘鏘兮，後輜乘之從從。載雲旗之委蛇兮，扈屯騎之容容。計專專之不可化兮，願遂推而爲臧。賴皇天之厚德兮，還及君之無恙。」此段乃寫超越自我之非現實之遊。蓋〈九辯〉全篇「充溢著人在現實界失志不平之鳴，摻合著秋氣、秋景、秋意之象所激發的愴怳慘悽之音，人在這種悲涼的重壓之下，其末章也有超越自我的非現實之遊。」

〔註66〕

（四）三九蘊含思想之比較

從以上之析論可知三九蘊含之思想。蓋〈九歌〉所蘊者爲神鬼觀、自然觀、天命觀、戀愛觀及愛國思想、遠遊觀念。〈九章〉所含者爲政治觀、人生觀、天命觀、安土重遷觀及愛國思想、遠遊思想。〈九辯〉所藏者爲人生觀、天命觀、政治觀及愛國思想、遠遊思想。

由是可知，三九皆注意「天命」問題，亦皆有愛國思想，此其同也。然就三者之天命觀言之，〈九歌〉、〈九辯〉乃「從天而頌之」之天命觀；〈九章〉則進而對天懷疑，有「天命靡常」、「天道無親」之觀念。就愛國思想言之，則〈九歌〉僅藉祀國殤表現作者之愛國思想，〈九章〉則極力凸顯此一思想，且其愛國思想乃與愛民相聯結，愛國憫民，兩不可分。至若〈九辯〉之愛國思想僅表現於忠君上，而無愛民之觀念。又〈九章〉之愛國思想乃「雖九死其猶未悔」之執著，而〈九辯〉則無此堅毅精神，故而有自請去君之言。以是可知屈子乃具民胞物與胸襟之政治家，而宋玉則止爲一渴望忠君體國之文人才子，此則又其異也。

〈九歌〉以其爲祀天地山川星辰之樂歌，故有其神鬼觀及自然觀。〈九章〉、〈九辯〉則純爲人事之抒寫，故無言及對神鬼及自然之看法。又〈九歌〉以多言情，故有其戀愛觀，而章、辯則無。然〈九章〉中對故土、家邦、國君之眷戀，〈九辯〉對君主之懷思，亦有其感情存焉。然〈九歌〉爲神與神或神與巫間之戀愛，章、辯則爲宗臣對國君故土，文士對君主之思慕。

〈九章〉、〈九辯〉同爲對人事之抒發，且屈子又予宋玉極大之影響，故而兩者蘊含之思想相同者頗多。除天命觀、愛國思想外，其政治觀、人生觀，亦有相通處。蓋宋玉之政治思想大抵承襲屈子，故而有其同也。然〈九章〉之政治觀乃以「美政」爲理想，而歸結至「以

〔註66〕同註64。

民爲本」，而〈九辯〉則僅爲忠君，此亦可見政治家與文士心志之異。就人生觀言之，章、辯皆強調立脩名、重廉潔，然〈九辯〉顯然較著意於立功求名，而〈九章〉則要在修己治人，以求兼善天下。此或文士與政治家懷抱之異也。又〈九章〉中極重要之安土重遷觀，〈九辯〉中亦藉遊子獨處他鄉之惆悵隱約表現出，然以非重點所在，故未標目說明。

又，三九皆有遠遊觀念，然〈九歌〉之遠遊僅是實寫神之遨遊，或巫之爲尋神而遠遊，嚴格言之，並未形成思想，然以其影響後之遠遊思想，故附論之。〈九章〉、〈九辯〉之遠遊思想，皆有抒發現實苦楚之用，而〈九章〉之遠遊除抒發現實苦楚外，亦象徵一己追尋正道之心路歷程。

要而言之：〈九歌〉之有神鬼觀、自然觀、戀愛觀，或緣於改作自民歌之故。因先民智識未開，較易對神鬼及大自然產生畏服心理，以是而形成其神鬼觀、自然觀。至若戀愛觀則除受原始民間祭歌影響外，亦先民將屬於民間之感情比附於神鬼自然上。而〈九歌〉之愛國思想或係屈子有意彰顯者。又若〈九章〉、〈九辯〉所蘊思想之有同也，或以屈宋同爲楚人，同讀聖賢之書，且宋玉又受屈子之影響；而其殊異也，或以屈子爲政治家，而宋玉止爲一介寒士之故也。

四、運用之素材

文學作品之所以產生乃緣於作者之創作動機，而作品內容之展現，即在其主題及思想。然所以表達主題、思想者，端賴其運用之素材。而作品素材之運用，亦須視其所欲表達之主題、思想而定。三九之創作動機、主題及蘊含之思想既有同有異，則其運用之素材亦必有同異。今就三九內容分析其運用之素材，一則可見其素材之異同，一則亦可推知素材異同與作品及作者之關係。

（一）〈九歌〉運用之素材

玄珠以爲古代人民之祀神歌，大都爲敘述神之行事，故而亦即是神話。〔註 67〕〈九歌〉既爲祀神歌，故而神話乃其寫作之主要素材。又，馬茂元亦以爲民間神話傳說乃〈九歌〉取材無盡之泉源。〔註 68〕試觀〈東君〉、〈雲中君〉、〈湘君〉、〈湘夫人〉、〈大司命〉、〈少司命〉、〈河伯〉、〈山鬼〉八篇之內容，不僅涉及神之行事活動，亦刻劃神之特性，且具有故事性，極似根據原有之神話改寫而成。〔註 69〕而〈東皇太一〉以其神地位之尊貴，故未言及神之特性，亦未具故事性，然全篇要在描寫祭祀天神之盛大場面，此亦先民對神話中天神尊榮之表徵。至若〈國殤〉則描繪戰場上爲國壯烈犧牲勇士之行事，〔註 70〕而文末云：「身既死兮神以靈，子魂魄兮爲鬼雄。」既爲鬼雄，則亦屬神話人物。而〈禮魂〉一篇，或謂爲禮國殤之魂，或謂係禮人魂，或謂乃前數篇之送神曲，亦皆不離鬼神，故亦屬神話。以是觀之，〈九歌〉十一篇運用之素材皆不離神話。

除神話外，山川景物亦〈九歌〉運用之重要素材。蓋以〈九歌〉所祀之神多爲自然神。既敘述自然神之行事、特性，則自然須敘及神所居處之大自然。以是山川景物遂爲〈九歌〉必得運用之素材。如〈雲中君〉之「猋遠擧兮雲中，覽冀州兮有餘。」〈湘君〉之「薜荔柏兮蕙綢，蓀橈兮蘭旌。」〈湘夫人〉之「嫋嫋兮秋風，洞庭波兮木葉下。」〈大司命〉之「令飄風兮先驅，使涷雨兮灑塵。」〈少司命〉之「秋蘭兮青青，綠葉兮紫莖。」〈河伯〉之「波滔滔兮來迎，魚鄰鄰兮媵予。」〈山鬼〉之「靁塡塡兮雨冥冥，猨啾啾兮狖（從洪注：「一作狖」）夜鳴。」

（二）〈九章〉運用之素材

姜亮夫先生以爲歷史材料之應用，乃屈子創作之最大特色。〔註 71〕

〔註 67〕同註 2。
〔註 68〕參見馬茂元〈論九歌〉一文。（收入《楚辭研究論文選集》）
〔註 69〕參見彭毅先生〈析論楚辭九歌的特質〉一文。（見《臺靜農先生八十壽慶論文集》頁 279）
〔註 70〕同註 69 頁 278。
〔註 71〕見姜亮夫《屈原賦校註》頁 7。

考〈九章〉九篇，屢次提及歷史傳說中之人物及故事。如〈惜誦〉之五帝、咎繇、申生、鮌，〈涉江〉之重華、接輿、桑扈、伍子胥、比干，〈哀郢〉之堯舜，〈抽思〉之三五、彭咸，〈懷沙〉之離婁、重華、湯、禹、伯樂，〈思美人〉之高辛、造父、彭咸，〈惜往日〉之百里傒、伊尹、呂望、甯戚、湯武、桓繆、子胥、介之推、晉文公、蓑母、西施，〈橘頌〉之伯夷，〈悲回風〉之彭咸、介子、伯夷、子胥、申徒。據上述〈九章〉中出現之歷史人物觀之，可知其所稱述者不外爲聖君賢王、能舉賢者、賢而被用者，或忠而被謗者，或志節高尚者。此則屈子藉歷史人物、故事爲素材，以表達其守死善道、羨賢慕聖、志潔行廉、賢俊遭謗、作忠造怨等主題及其政治觀、人生觀和愛國思想也。

〈九章〉爲抒情之詩，然「情以物遷，辭以情發」，「詩人感物，聯類不窮。」（《文心・物色》語）況〈九章〉中又有紀行之詩，如〈哀郢〉、〈涉江〉。故而其或觸景傷情，或寫所經之地，皆不離山川景物，以是山川景物亦爲〈九章〉之重要素材。如〈涉江〉:「乘鄂渚而反顧兮，欸秋冬之緒風。」至「船容與而不進兮，淹回水而疑滯。」寫〈涉江〉遠行之路途。「深林杳以冥冥兮，猨狖之所居」至「霰雪紛其無垠兮，雲霏霏而承宇」一段，係藉深林及冬景以襯一己孤苦困窮之生活。又〈哀郢〉之「望長楸而太息兮」，〈抽思〉之「悲回風之動容兮」，〈悲回風〉之「悲回風之搖蕙兮」，皆寫因景傷情。而〈抽思〉之「長瀨湍流」，「軫石崴嵬」，〈懷沙〉之「滔滔孟夏兮，草木莽莽」，「浩浩沅湘，分流汩兮」，則既寫實景，又寓以情。又，〈惜往日〉之「何芳草之早殀兮，微霜降而下戒」，及〈悲回風〉之「薠蘅槁而節離兮，芳以歇而不比」，既寫景物，又暗寓一己之遭讒被害。另，〈橘頌〉一篇乃藉詠橘樹以自況，爲中國最早之詠物賦。

又，〈九章〉中之〈涉江〉、〈悲回風〉兩篇有以神話素材爲表現遠遊思想者。〈涉江〉:「駕青虬兮驂白螭，吾與重華遊兮瑤之圃。登崑崙兮食玉英，與天地兮同壽，與日月兮同光。」此藉崑崙神話寫非現實之遊。〔註 72〕而〈悲回風〉之非現實之遊，即從「上高巖之峭岸兮，處雌蜺之標顛」至「心調度而弗去兮，刻著志之無適。」此處之非現實世界有三，即在山、在水、在陸。〔註 73〕而不管是在山、在水，或在陸之遊，亦藉神話爲素材。又，〈思美人〉:「願寄言於浮雲兮，遇豐隆而不將。」「高辛之靈盛兮，遭玄鳥而致詒。」此則藉神話中之人、物以爲媒理之象徵。凡此皆可知〈九章〉中運用神話爲素材，並非敘述神之故事，而是藉神話表現遠遊思想，或用爲媒理之象徵，此則與〈九歌〉大異也。

（三）〈九辯〉運用之素材

〈九辯〉最爲人稱道者，在其傾力描寫秋日景色。其一段、三段幾爲通體言秋。所提及者除山川草木外，尙有日月星辰、秋蟲秋禽。孫月峯曰:「首章攢簇景物，句句警策。」〔註 74〕三段則「極形容秋氣之殺物，於物上細爲摹寫。」〔註 75〕四段因睹蕙華之從風雨飛颺而有感。六段「霜露慘悽而交下兮」至「泊莽莽與壄草同死」又以景襯人。八段又寫睹秋夜而興悲，並以日逝月銷象徵時間之飛逝。凡此皆可說明山川景物於〈九辯〉中乃極爲重要之素材。

又〈九辯〉亦有運用歷史傳說之素材者。計有五段「太公九十乃顯榮兮，誠未遇其匹合。」七段「竊美申包胥之氣盛兮，恐時世之不固。」九段「堯舜之抗行兮……被以不慈之僞名。」十段「堯舜皆有所舉任兮，故高枕而自適。」「甯戚謳於車下兮，桓公聞而知之。無伯樂之善相兮，今誰使乎譽之。」

至若神話之運用，則見於末段。末段首云:「願賜不肖之軀而別離兮，放游志乎雲中。」以下之「乘精氣之摶摶兮，鶩諸神之湛湛。」

〔註 72〕蔣天樞《楚辭論文集》頁 116:「由於『世溷濁而莫余（已）知』，所以他才『高馳』。『高馳』，正是進入神話境域的字眼……作者在這裏運用崑崙神話寓託理想。」

〔註 73〕同註 64。

〔註 74〕見《古文辭類纂》卷六一〈九辯〉引孫月峯評。（世界版頁 1121）

〔註 75〕見《評註昭明文選》卷八〈九辯〉眉批。

至「載雲旗之委蛇兮，扈屯騎之容容。」皆藉神話寫非現實之遊。

（四）三九運用素材之比較

就以上分析，可知山川景物及神話乃三九共同之素材，尤以山川景物之敘寫於〈九歌〉、〈九章〉、〈九辯〉皆佔頗重之篇幅。蓋以楚國地處江、漢、沅、湘流域，擁有九嶷、衡嶽、雲夢、洞庭等名山大澤，其間山林皐壤，崖谷汀洲，香木芳草，皆爲現成之文學材料，騷人可就地取材，即景入詩，以是自然界之山水景物於《楚辭》中佔相當大之分量。〔註 76〕又，神話之運用，自以祀神曲之〈九歌〉爲多，此蓋作品性質使然。而〈九章〉、〈九辯〉則較少以神話爲素材，且其運用神話，亦非如〈九歌〉之扮演神之故事，描寫神之特性。蓋〈九章〉、〈九辯〉之運用神話，僅止於藉神話中之人、物、事以敘情志，寫遠遊；而其於文中乃主觀之駕馭諸神，非如〈九歌〉之客觀寫諸神。

至若歷史傳說之運用，於〈九章〉中最多見。觀〈九章〉中所提及之歷史人物幾近四十，宜乎姜亮夫先生以爲歷史材料之應用，乃屈子創作之最大特色。而〈九辯〉雖亦有以歷史傳說爲材料者，然其所提及之人物僅有六人，較之〈九章〉，顯然瞠乎其後。此或以屈子既爲政治家，且爲史官之後，當嫻知歷史興亡故實，故於寫作時，自然多所援引。而宋玉雖亦有忠君之思，然以止爲文士，且〈九辯〉主題亦有異於〈九章〉，故較少用歷史材料。至於〈九歌〉則未見有歷史故實，然其所扮演之諸神故事，或亦有傳說史事存焉，如二湘或謂爲堯之二女，或謂爲舜與二妃，然以文中未正面述及歷史傳說之事，故略而弗論。

第二節　形式之比較

大凡爲文必「以情志爲神明，事義爲骨髓，辭采爲肌膚，宮商

〔註 76〕參見王國瓔〈《楚辭》中的山水景物——中國山水詩探源之二〉（《中外文學》八卷五期）。

爲聲氣」(《文心・附會》語)。情志、事義者,作品之內容也;辭采、宮商者,作品之形式也。而辭采、宮商之形成,即賴字、句與聲律之密切配合,而字句、聲律如何密切配合,以表現內容,則須賴結構與技巧。故而以下即分結構、造句、遣詞、聲律、寫作技巧五方面,探討〈九歌〉、〈九章〉、〈九辯〉之形式。

一、結　構

所謂「結構」乃在「引商刻羽之先,拈韻抽毫之始,如造物之賦形,當其精血初凝,胞胎未就,先爲制定全形,使點血而具五官百骸之勢。」〔註 77〕故而論作品之形式,則須先探其結構。

(一)〈九歌〉之結構

有關〈九歌〉結構問題,歷來論者頗多。昔賢以不明〈九歌〉之舞曲性質,故而以諷諫之說,謂其「文意不同,章句雜錯,而廣異義焉。」〔註 78〕朱熹《楚辭辯證》則指出「〈九歌〉諸篇賓主彼我之辭,最爲難辨。」〔註 79〕至清陳本禮《屈辭精義》則明指其爲「楚俗巫覡歌舞祀神之樂曲。」並言「〈九歌〉之樂,有男巫歌者,有女巫歌者,有巫覡並舞而歌者,有一巫倡而眾巫和者。」〔註 80〕自此之後則有日人青木正兒及聞一多、姜亮夫三氏,均以九歌爲有系統之舞曲結構,並有試將〈九歌〉重組爲完整之戲劇篇章者。〔註 81〕

〔註 77〕見李漁《閒情偶寄》卷一。

〔註 78〕見王逸〈九歌〉序(藝文本《楚辭章句》頁 81)。

〔註 79〕見朱熹《楚辭辯證》上頁 21(華正版《楚辭集注》頁 358)。

〔註 80〕見陳本禮《屈辭精義》卷五〈九歌〉發明。

〔註 81〕青木正兒有〈楚辭九歌之舞曲結構〉一文(見《中國文學史論文選集》(一)孫作雲譯。)

聞一多有〈「九歌」古歌舞劇縣解〉一文,將〈九歌〉編成現代之歌舞劇。(見《神話與詩》頁 305~334)

姜亮夫《屈原賦校註》〈九歌〉解題:「故就其有迎送首尾之曲,儼同民間夫婦之樂,及樂曲樂器表情之發展,秩然有律而論,則楚民之安排其祀祠歌舞者,既樸質而又嚴肅,其爲有計畫、有秩序之全套曲調,蓋從可知矣!」

其後陳世驤先生則承前人之說，進一步從儀式劇觀點說明〈九歌〉之結構。氏以爲〈九歌〉之首、末篇乃迎送神曲，其餘九篇則爲九歌主體。而以〈東君〉、〈雲中君〉兩篇爲起領之歌篇，其次則六篇，兩兩成雙，依次爲〈湘君〉與〈湘夫人〉，〈大司命〉與〈少司命〉，〈河伯〉與〈山鬼〉。最後則爲〈國殤〉，爲長篇之英雄式悲歌，乃雄偉之終曲。氏又進而指出「生命化之時間與空間」乃貫穿全歌使成一氣之二主要素題。〔註 82〕又，〈九歌〉每篇首句皆押韻，無一例外。以是觀之，吾人可謂〈九歌〉十一篇之結構乃完整而統一者，故而有命之爲「主題結構」者。〔註 83〕

以上乃就九歌十一篇之整體結構言之，以下則試析各篇之結構：

1.〈東皇太一〉

本篇爲〈九歌〉之首，於全歌言乃迎神曲。全文一韻到底，脈絡一貫。林雲銘云:「此〈九歌〉第一篇，其神較之他神，亦爲第一貴。……篇中總是欲致其敬，以承其歡，一意到底。」〔註 84〕此祭巫獨唱獨舞也。全文先言吉日禮事上皇，次言設饗之豐潔及歌舞之隆盛，末則言神之樂康。

2.〈東君〉

蔣驥云：「〈東君〉首言迎神，次言神降，中言樂神，既言神去，末言送神，章法最有次第。」〔註 85〕此神巫祭巫輪唱合舞，群巫陪祭也。首四句乃神巫自狀形貌，五句至十八句爲眾陪祭巫合唱日神初至之情狀及迎神歌舞之盛。末六句則神巫自唱日神威武之狀。

3.〈雲中君〉

〔註 82〕參見陳世驤〈楚辭九歌的結構分析〉一文（吳菲菲譯，收入《幼獅月刊》四十九卷五期）。

〔註 83〕見楊宿珍《屈子人格世界與騷歌之藝術境界》第三章第一節二、〈九歌〉的主題結構。

〔註 84〕林雲銘《楚辭燈》卷二〈九歌．東皇太一〉後序（廣文版頁 92）。

〔註 85〕蔣驥《山帶閣注楚辭》附《楚辭餘論》卷上〈九歌〉下。

本篇乃祭巫獨唱，扮神巫獨舞。首敘迎神者之齋敬，次言神降時情狀，末寫神靈之忽逝，留予祭者無限哀傷。

4. 〈湘君〉、〈湘夫人〉

〈湘君〉乃湘水女神對男神之思慕。首敘祭巫迎湘君而湘君未至。接寫因湘君未至，故祭巫往尋，然終未得見，故而傷心，以是再寫求湘君未得之怨語。末則寫始終未見湘君，是以捐玦遺佩。〈湘夫人〉則寫湘水男神對女神之思慕。首四句寫湘君憧憬湘夫人之臨。後接寫湘夫人之不至，以實句襯托矛盾心情。「聞佳人兮召予」以下則寫想像於水中迎神之舖設。末則以湘夫人不至，故而捐袂遺褋。細觀二篇皆以候人不來爲線索，且末六句又極相似，故併論之。陳本禮謂：「〈湘君〉、〈湘夫人〉兩篇章法蟬遞而下，分之爲兩篇，合之實一篇也。」〔註86〕

5. 〈大司命〉、〈少司命〉

聞一多以爲〈大司命〉、〈少司命〉二篇樂調相同。〔註87〕而陳本禮則以爲兩篇並序則合傳體也，〔註88〕以是併論之。〈大司命〉全篇乃由神巫與祭巫輪唱合舞。首四句神巫自誇神出現之排場，五、六二句乃祭巫唱出企盼神至之心情。七八句則神巫再誇言神之權威。九至十二句則由祭巫唱出自己追隨之意。十三句至十六句則神巫再強調神之職權。十七至二十句由祭巫唱出不被重視之哀痛。廿一至廿二句即神巫唱罷下場，末六句則祭巫唱出人命有當不可強求。〈少司命〉一篇則祭巫獨唱、神巫登場共舞。全首均祭巫之詞。首敘祭堂環境及己獨爲神所目成，再敘神之儵忽遠去，末則寫一己之追慕，並盼其能爲民正。

6. 〈河伯〉

本篇乃祭巫獨唱獨舞。首敘欲與河神同遊，並敘登崑崙，竭誠

〔註86〕見《屈辭精義》卷五〈九歌・大司命〉箋。
〔註87〕見《楚辭校補・九歌》（見聞一多著《古典新義》頁382乙）。
〔註88〕同註86。

盼望之情。次則敘祭堂裝飾之盛。末則言河伯來而忽逝，已則送神遠去。

7.〈山鬼〉

本篇乃神巫獨唱獨舞，通篇皆扮山鬼之女巫獨唱之詞。首先自我介紹衣飾、容態、車乘。繼則述己後至之因。「表獨立兮山之上」以下則寫一己在冷寂深杳之山中思慕戀人之苦況及對愛情之忠貞專注。〔註89〕

8.〈國殤〉

本篇運用直賦其事之法，或由祭巫集體演唱。〔註90〕首四句敘戰之始也，五至十句言戰敗也，「出不入兮往不反，平原忽兮路超遠」二句傷弔戰死者。以下即贊歎其英勇，並言設祀之意。〔註91〕

9.〈禮魂〉

全篇僅五句，為送神曲，乃敘祭典儀式，當為眾巫合唱。

（二）〈九章〉之結構

〈九章〉為屈子「思君念國，隨事感觸」之作。以其皆因思君念國而作，故其感情基調頗為一致，然以「隨事感觸」所作，其寫作時間、地點各異，乃各自成篇。故而「九章」九篇並無結構上之必然關聯。以下即試析各篇之結構。

1.〈惜誦〉

林雲銘以為本篇「首出誓詞以自明其心迹，繼追言前此失位，在

〔註89〕以上〈雲中君〉、〈湘君〉、〈湘夫人〉、〈大司命〉、〈少司命〉、〈河伯〉之分析參見傅錫壬先生《楚辭讀本》〈九歌〉各篇之「解題與析評」。〈山鬼〉一篇傅先生承蔣驥之說以為通篇乃祭巫設想之詞，竊以為乃神巫之詞。彭毅先生〈析論楚辭九歌的特質〉亦云：「這一山神，並非男性而是女神。」「全篇都是從女子的立場來設想及措辭。」又袁梅《屈原賦今譯》亦以為乃扮山鬼之女巫獨唱之歌詞（見頁116）。

〔註90〕參見袁梅《屈原賦譯註》頁122。

〔註91〕參見《山帶閣注楚辭》卷二〈九歌・國殤〉及繆師天華《離騷九歌九章淺釋》頁154～156。

於犯眾忌、離眾心所致。中說此番遇罰，因思君至情，忘其出位言事之罪。然後以眾心之離，眾忌之謗，痛發二大段。總以事君不貳之忠作線。末以不失素守之意結之。」〔註 92〕

2. 〈涉江〉

首寫己自幼至老皆好修，然以世之莫我知，故欲遠遊。「哀南夷之莫吾知」以下復回到現實，接寫放逐之涉歷及貶所之環境。「哀吾生之無樂兮」以下則寫己雖見放，而不易初志，並引義命自安。末之亂詞則總束全文。蔣驥言本篇「命意浩然一往，與〈哀郢〉之嗚咽徘徊，欲行又止，亦絕不相侔。」〔註 93〕

3. 〈哀郢〉

開首四句籠罩全篇，頗似序言，與末之亂詞相應。中則分兩節，首節追敘初放時情事，有類紀行詩。「羌靈魂之欲歸兮」以下則背東西思，引古慨今，諸多感觸，譚介甫以爲本篇脈絡分明，章法謹嚴。〔註 94〕

4. 〈抽思〉

本篇結構之特色在其除亂詞外，尚有少歌、倡。陳本禮云：「少歌之詞，略言之也；倡曰之詞，放言之也；亂曰之詞，聊以言之也。此在〈九章〉中爲另一體，殆三疊之意，皆形容抽字義也。」〔註 95〕全詩自首至少歌爲一段，述懷王信讒疏己，而以少歌作結。倡曰以後述見放後情事，而以亂詞作結。〔註 96〕

5. 〈懷沙〉

首敘往江南，心憂而志不易也。「易初本迪兮」以下言己志不改，而君不知，小人又輕蔑之，遂至是非不分，上下顛倒。「任重載盛兮」

〔註 92〕參見林雲銘《楚辭燈》卷三（廣文版頁 192）。
〔註 93〕參見蔣驥《山帶閣注楚辭》卷四〈涉江〉後。
〔註 94〕參見譚介甫《屈賦新編》頁 115。
〔註 95〕見《屈辭精義》卷四〈九章．抽思〉箋。
〔註 96〕參見陸侃如《中國詩史》頁 128。

以下，承上申言己有內美修能，而無人知。「古固有不並兮」以下言己不遇明君，唯有一死。亂詞重申一己守志不移，而無人知我，死既不可讓，唯有捨身成仁。〔註 97〕

6.〈思美人〉

首言欲陳情而無路。「高辛之靈盛兮」以下言雖遭困厄而不改初志。「開春發歲兮」以下寫既陳情無路，唯獨善其身，保持情質不變。「令薜荔以爲理兮」以下，言無媒而志不易，總結上文。蔣驥《楚辭餘論》曰：「〈思美人〉則與〈離騷〉結構全似。欲變節從俗以下，即長太息以掩涕數段意也。自勒騏驥至居蔽聞章，與步余馬於蘭皐至昭質未虧，語意亦同。其卒章歸於思彭咸，又〈騷經〉亂詞之意。萹薄四語，經所謂流從變化也。」

7.〈惜往日〉

首追敘往日懷王之知遇也。「心純厖而不泄兮」以下言王信讒而逐己。「何貞臣之無辠兮」以下敘己無罪見放，欲自沈而仍惜壅君不明。「聞百里之爲虜兮」以下舉古人之例，冀君之寤也。「或忠信而死節兮」以下言君忠佞不分，故讒人立朝，而己蒙冤，願白君知。「乘騏驥而馳騁兮」以下言君背法心治，國將危亡，憂不能解，故投水自沈。林雲銘曰：「以明法度起頭，以背法度結尾，中間以無度兩字作前後針線。」（《楚辭燈》卷三，廣文版頁 250）

8.〈橘頌〉

文分兩段，「后皇嘉樹」至「姱而不醜兮」爲首段。「嗟爾幼志」以下爲第二段。陳本禮《屈辭精義》卷四云：「文分前後兩截，上截寫橘之素具，下節表橘之貞操。」

9.〈悲回風〉

首四句言涉秋倍傷，故作此詩以抒情。「夫何彭咸之造思兮」至「竊賦詩之所明」言己志行高潔，同群奸不能並容，哀嘆空負才華，

〔註 97〕參見王家歆《楚辭九章集釋》頁 166～170。

徒抱理想而無所用之。「惟佳人之獨懷兮」至「昭彭咸之所聞」寫放逐生涯之處境和心情。「登石巒以遠望兮」至「託彭咸之所居」言登高望遠，憂國念君，愁戚難解，故將從彭咸所居。「上高巖之峭岸兮」至「刻著志之無適」乃託遊天地之間，或在山，或在水，或在陸。「曰」以下乃亂詞，言欲自沈而死，又恐無益，故鬱亂難解。

以上分析〈九章〉各篇之段落結構。〈九章〉各篇以非一時一地，非爲一事而作，故各篇間並無結構關係。然若仔細研讀其內容，似可發現〈九章〉各篇之結構自有其共通之特色，嘗試論之：

其一：〈九章〉各篇之破題皆以自我爲中心，闡述一己之所思所想。〔註 98〕如〈惜誦〉之「惜誦以致愍兮，發憤以抒情。」〈涉江〉之「余幼好此奇服兮，年既老而不衰。」〈哀郢〉之「皇天之不純命兮，何百姓之震愆。」〈抽思〉之「心鬱鬱之憂思兮，獨永歎乎增傷。」〈懷沙〉之「滔滔孟夏兮，草木莽莽。傷懷永哀兮，汩徂南土。」〈思美人〉之「思美人兮，擥涕而佇眙。」〈惜往日〉之「惜往日之曾信兮，受命詔以昭詩。」〈悲回風〉之「悲回風之搖蕙兮，心冤結而內傷。」唯一例外乃〈橘頌〉之「后皇嘉樹，橘徠服兮」，然此以其爲頌體之故也。

其二：〈九章〉各篇大抵以「時間」統馭其結構。陳世驤〈論時：屈賦發微〉一文以爲「時間」統馭〈天問〉、〈離騷〉之結構。〔註 99〕吾人試析〈九章〉各篇除〈橘頌〉以其體殊，乃主述現在外，其餘各篇皆或先述過去，再述未來；或先言現在，方述過去；或過去、現在倒敘而未來仍置於後，蓋皆以時間爲行文之依據。其過去、現在、未來之穿插敘述頗類今日之電影手法，而此敘述法端賴「時間」駕馭之。以〈涉江〉爲例說明之：如〈涉江〉首即言「余幼好此奇服兮，年既

〔註 98〕張春榮《楚辭二招析論》〈招魂〉與屈宋作品之比較下云：「屈原作品破題，多以自我爲中心，闡述一己之所思、所想。……此屈子慣用之敘事手法也。」

〔註 99〕參見陳世驤著古添洪譯〈論時：屈賦發微〉（收入《幼獅月刊》四十五卷二、三期）。

老而不衰。」上句以「幼」字揭出過去，下句隨即以「年既老」主述當前。「吾方高馳而不顧」，以「方」字表明爲設想之未來，然「哀南夷之莫吾知兮」又掉回現在。「旦余濟乎江湘」〔註 100〕則又言未來。……全文蓋皆以過去、現在、未來穿插敘述。〔註 101〕

（三）〈九辯〉之結構

就形式而言，〈九辯〉爲完整之一篇，與〈九歌〉、〈九章〉之有分題、分篇異（詳見第一章第二節）。故而歷來對其分章有不同之看法。大抵前五章，以《文選》有錄，故諸家多同，而六章以下則頗爲紛歧。爲求清晰起見，將各家分章列表示之。（參見附錄一表一：〈九辯〉各家分章表）

據〈九辯〉內容觀之，竊以爲傅錫壬先生所分較長。今即據傅氏所分，述其段落結構。首段自「悲哉秋之爲氣也」至「蹇淹留而無成」，寫感秋氣之肅殺，思及失職、羈旅，悲時過而無成。二段自「悲憂窮戚兮獨處廓」至「心怦怦兮諒直」，言去鄉獨處之窮戚，及見君不得之悲憐。三段自「皇天平分四時兮」至「步列星而極明」，言己遭遇非時，面對時令之自秋至冬，因嘆歲月飄忽，恐一旦溘死也。四段自「竊悲夫蕙華之曾敷兮」至「仰浮雲而永歎」，乃悲風雨之飄搖損物，因以致其軫懷君國之情。五段自「何時俗之工巧兮」至「馮鬱鬱其何極」，乃感世俗之背繩墨，嘆鳳驥之不見用。六段自「霜露慘悽而交下兮」至「信未達乎從容」，言霜雪交下，留既有禍，去又不能，故而迷惑。七段自「竊美申包胥之氣盛兮」至「恐溘死不得見乎陽春」，乃怨世俗之工巧，標一己耿介高潔之志，然猶恐溘死矣。八段自「靚杪秋之遙夜兮」至「蹇淹留而躊躇」，則感杪秋之遙夜，嘆歲忽忽之將盡。而己仍淹留猶豫。九段自「何氾濫之浮雲兮」至「下暗漠而無

〔註 100〕朱熹《楚辭集注》作「旦余將濟乎江湘」。

〔註 101〕全英蘭《屈賦與鄭澈歌辭之比較研究》頁 197 以爲：「順時立言」爲〈九章〉結構之特色。竊以爲若「順時」釋爲「依據時間」則說或然也，然若釋爲「順時序」則說恐未當。

光」，寫讒諂之蔽明陷忠，而小人日進，君子日遠，懼國事之危敗也。十段自「堯舜皆有所舉任兮」至「妬被離而障之」，言堯舜能舉賢自適，而君上則不知之，故傷己之忠而被離障。「願賜不肖之軀而別離兮」至「還及君之無恙」，則爲亂詞，言己雖欲去君遠遊，然仍願皇天佑君無恙。

就以上所述細思之，則首段言因秋生悲，乃總起全文，以下則二段感事，三段感時，四段感物，五段感事，六段感物，七段感事，八段感時，九段感事，十段亦感事，末之亂詞則總束上文。以是吾人或可謂〈九辯〉之破題乃從景，而其全文或感事、感時、感物，皆以一己之感興爲主，故可謂其結構乃抒情結構也。〔註 102〕

（四）三九結構之比較

根據上列所述，吾人可知：就全篇言，〈九歌〉雖有分篇，且各有分題，但其十一篇乃一完整有機之結構，就其有同一主題言，可謂之「主題結構」；然就其性質言，可謂之「舞曲結構」。就各分篇言，則或以候人爲線索，或以設祀、神來享，神去爲行文依據。而〈九章〉則亦有分題、分篇，然其各篇間無結構上之必然關聯，然以其創作動機或同，故破題皆以自我爲中心，而大抵以時間統馭其行文。至若〈涉江〉、〈哀郢〉、〈懷沙〉三篇則有亂詞以總束全文；〈抽思〉一篇則除亂詞外，尚有倡曰、少歌曰。凡此歌、倡、亂或爲歌唱形式之遺，然於結構言，則爲全文總結或小結。至若〈九辯〉則爲一完整獨立之篇章，既無分篇，亦無分題，係以發抒感懷爲中心之「抒情結構」。

二、造　句

《文心・章句》云：「夫設情有宅，置言有位；宅情曰章，位言曰句。」蓋句者，完整表意之基本單位也。以下即先分析〈九歌〉、〈九章〉、〈九辯〉之句型，復進而論其造句之異同。

〔註 102〕楊宿珍《屈子人格世界與騷歌之藝術境界》謂〈離騷〉乃「抒情結構」（見頁 29），此借用其語。

（一）三九句型之分析

三九出現之句型頗爲複雜，爲求明白起見，先製成〈九歌〉、〈九章〉、〈九辯〉句型分析表。（參見附錄一表二之（一）（二）（三））據〈九歌〉句型分析表可知：〈九歌〉出現之句型有七種，而以六字句「□□□兮□□」之「三兮二」句型爲最多，次爲七字句「□□□兮□□□」之「三兮三」句型，再次爲五字句「□□兮□□」之「二兮二」句型。而十一篇中，句型最複雜者爲〈湘君〉、〈湘夫人〉及〈少司命〉三篇，皆由四種句型構成，蓋以三篇多言情，其情繾綣，則其詞自然婉曲，以是句式多變矣！其次爲〈大司命〉、〈東君〉，爲三種句型組成。再次爲〈東皇太一〉、〈雲中君〉、〈河伯〉、〈山鬼〉、〈禮魂〉諸篇係由二種句型組成。而〈國殤〉通篇皆爲七字句之「三兮三」句型，蓋爲禮贊國殤之歌，其情肅穆悲壯，故出以一式之七字句。

又據〈九章〉句型分析表觀之：除〈惜往日〉、〈橘頌〉、〈悲回風〉三篇外，其餘各篇之句型皆甚複雜。〈惜誦〉出現十一種句型，〈涉江〉則十三種、〈哀郢〉八種，〈抽思〉九種、〈懷沙〉十三種，〈思美人〉十一種。〈橘頌〉以其爲頌體，故而句式較少變化，而〈惜往日〉、〈悲回風〉二篇之句型較少變化，則頗爲可疑，宜乎前人有謂不類屈作者。〔註 103〕至若〈涉江〉雜有〈九歌〉句型，蓋其以〈九歌〉句型表現理想，而以騷章句型表現實也。〔註 104〕又〈九章〉九篇除〈懷沙〉、〈橘頌〉外，大抵以「□□□□□□兮，□□□□□□」之「六兮六」句型最多，蓋此爲騷章之標準句型矣！而〈懷沙〉一篇則以「□□□

〔註 103〕《古文辭類纂》卷六十一〈惜往日〉諸家集評引曾滌生曰：「此首疑後人僞託，多俗句。」吳至父曰：「曾文正公謂此篇不類屈子之辭，而識別其淺句，今更推衍文正之怡，蓋他篇皆奇奧，此則平衍而寡蘊，其隸字亦不能深醇，文正之識卓矣！」〈悲回風〉末諸家集評亦引吳至父曰：「〈悲回風〉文字奇縱而少沈鬱譎變之致，疑亦非屈子作。」

〔註 104〕此意乃繆師天華於上《楚辭》課時發之，而其《離騷九歌九章淺釋》〈涉江〉篇中亦云：「『與日月同光』以上寫其理想，『哀南夷之莫吾知』以下回到現實世界。」

□兮，□□□□」之「四兮四」句型及「□□□□兮，□□□□□」之「四兮五」句型爲主。全篇多爲短句，文意質直，繁音促節，乃與其當時之思想感情相表裡。〔註 105〕至於〈涉江〉、〈抽思〉、〈懷沙〉三篇亂詞及〈橘頌〉全篇，則以「□□□□，□□□兮」之「四三兮」句型及「□□□□，□□□□兮」之「四四兮」句型爲主。

再據〈九辯〉句型表論之：〈九辯〉之句型亦以「□□□□□□兮，□□□□□□」之「六兮六」句型最多。而全文總計出現二十二種句型，其中之四種句型已見於〈九歌〉，九種句型已見於〈離騷〉，而與〈九章〉相同者，亦有九型之多。故其句型乃雜用〈離騷〉、〈九章〉、〈九歌〉之句型。然除承襲歌、騷、章之句型外，尚有八種句型爲〈九辯〉獨有，而其中六型皆爲第一章所創，據此或可謂宋玉作〈九辯〉首章時，甚爲用心，有意突破屈子樊籬，然以才氣所限，故後繼乏力也。

據上所述，可將三九出現之句型歸納爲四系：其一，九歌句系，即兮字在句中之單句句式，以「三兮二」、「三兮三」、「二兮二」之句型爲主。其二，騷章句系，即兮字在上句末之複句句式，以「六兮六」句型爲主。此系爲〈離騷〉及〈九章〉除〈橘頌〉、〈懷沙〉外七篇所常用，故謂之「騷章句系」。其三，〈橘頌〉句系，即兮字在下句末之複句句式，以「四三兮」、「四四兮」句型爲主。其四，〈懷沙〉句系，此與騷章句系同爲兮字在上句末之複句句式，然句式較短，以「四兮五」、「四兮四」之句型爲主。

（二）三九造句之異同

「〈九歌〉爲屈子依楚民歌修飾潤色之作」，而其功用亦在於配樂舞以祀神，故而必「本其情詞以立意，本其樂調以製詞」，以是其句型、句法自有異於屈宋之以楚人語法，即散文而稍整其字句，施之於

〔註 105〕見袁梅《屈原賦譯註》頁 176：「從形式方面看，通篇少見長語，多以短句相屬，文意質直，繁音促節。這種表達方式，正與詩人當時的思想感情相表裏。」

韻文，以寫個人情懷之〈九章〉、〈九辯〉。〔註 106〕而〈九章〉、〈九辯〉雖同爲楚文人之創作，然作者既異，表達情感亦復不同，故而二者之造句亦必有異。然三九既皆爲楚人之作，既皆據楚聲寫成之韻文，則其造句亦必有相同處。以下即分別就句型、句法二端略論三九造句之異同。

1. 三九句型之異同（參見附錄一表二之（四）三九句型分析比較表）

就出現較多之句型言：〈九歌〉出現最多之句型爲「三兮二」之六字句，次爲「三兮三」之七字句，再次爲「二兮二」之五字句。〈九歌〉十一篇共二五五句，此三句型則有二四九句，幾佔百分之九十八，故此三句型可謂〈九歌〉之代表句型。〈九章〉之句型則以「六兮六」之句型最常使用，次爲「四三兮」句型，再次爲「六兮七」句型。至若〈九辯〉出現最多之句型則與〈九章〉同爲「六兮六」之句型，次則「七兮六」之句型，再次則爲「三兮三」之句型。

就出現句型種類之多寡言：〈九歌〉共出現七種句型，〈九章〉則二十六種，〈九辯〉則二十二種。〈九歌〉句型較少，蓋以其爲配樂之詩也。而〈九章〉、〈九辯〉之句型，皆較〈離騷〉之十三型爲多。〔註 107〕〈九章〉句型所以較〈離騷〉繁複者，除其句法稍弛縱外，亦因〈橘頌〉及〈涉江〉、〈抽思〉、〈懷沙〉亂詞之句型與其他各篇異，且〈懷沙〉本文多用短句亦有以致之。至若〈九辯〉句型所以較騷繁複者，除其兼用〈九歌〉句法外，又有獨創句型八種，其於句法之擴展可謂極其自由變化，宜乎孫鑛評點《楚辭》云：「〈九辯〉已變屈子文法，加以參差錯落，而多峻急之氣。」（《歷代楚辭品評要略》引）

就句型之長短及組織言：〈九歌〉之句型，乃兮字在句中，且句義足成於當句，亦即全詩皆以單句組成。其句最短爲五字，最長亦

〔註 106〕參見姜亮夫《屈原賦校註》頁 144～145。

〔註 107〕離騷句型共有十三種，見裴普賢先生〈《詩經》比較研究《楚辭》篇〉一文之分析。（《中外文學》八卷八、九期）。

僅九字。故孫鑛曰:「〈九歌〉句法稍碎,而特奇陗,在《楚辭》中最爲精潔。」(《歷代楚辭品評要略》引)而〈九章〉除〈橘頌〉句系外,皆以兮字分句。於一句之末,上句殿以兮,而下句協以韻,且此兩句句義必相關合,情愫必相對待,即以兩句比對成一長句,〔註 108〕亦即所謂複句,此與〈九歌〉之由單句組成者大異。以其爲複句,故有長至十六字者。以是據句之長短言,則〈九歌〉多短句,〈九章〉多長句。而〈九章〉中惟〈懷沙〉句式較短。又〈橘頌〉句系則兮字在句末。至若〈九辯〉之句型則有兮字在句中之單句,亦有兮字在上句末之複句。其句型則有短至五字者,有長至十六字者。再者,〈九辯〉之句型有兮字上僅二字,而兮字下從二字加長至八字者,此亦其句型組織之特色。

以上乃就其句型之異者言之。然三九既皆爲楚聲,其句型亦必有相同者。其一:〈九歌〉、〈九章〉、〈九辯〉皆有「三兮二」、「三兮三」之句型。〈九歌〉、〈九章〉則同有「三兮五」,「四兮四」之句型。〈九章〉、〈九辯〉相同句型尤多,計有:「四兮五」、「五兮六」、「六兮六」、「六兮七」、「六兮八」、「七兮六」、「七兮七」等句型。又章、辯皆以「六兮六」句型爲最多。其二:無論〈九歌〉、〈九章〉或〈九辯〉,其句型雖異,然皆具有「兮」字,足可表現楚聲特色。其三:三九皆使用字數不同之句型,故皆有參差錯落之致。

2. 三九句法之異同

傅錫壬先生《楚辭造句法研究》提出《楚辭》中之特殊句型爲:(一)詞組代句,(二)限制詞冠首和單詞之獨用,(三)同義詞之疊用。〔註 109〕今據此三項以論三九句法之異同。

〔註 108〕參見姜亮夫《屈原賦校註》頁 150～151。

〔註 109〕參見傅錫壬先生《楚辭語法研究》頁 123。又張縱逸〈楚辭語法〉一文亦標出(一)兮字和斷句問題(二)字句的倒裝錯置(三)虛詞的用法(四)同義詞的疊用(五)副詞冠句首和詞的獨用五目加以論述(張氏之文收入《楚辭集釋》一書)。

〈九歌〉多詞組代句，如〈東皇太一〉：「瑤席兮玉瑱」，〈湘君〉：「桂櫂兮蘭枻」，〈湘夫人〉：「桂棟兮蘭橑」，〈少司命〉：「孔蓋兮翠旍」，〈河伯〉：「魚鱗屋兮龍堂」，〈禮魂〉：「春蘭兮秋菊」。然〈九章〉、〈九辯〉則未見詞組代句。此或以〈九歌〉爲歌體，故多用此法造句，至若章、辯則爲誦賦，不宜以此法造句。

限制詞冠句首和單詞之獨用則並見於三九。如〈九歌〉大司命：「紛吾乘兮玄雲」，〈山鬼〉：「表獨立兮山之上」，〈九章・惜誦〉：「忽忘身之賤貧」，〈涉江〉：「幽獨處乎山中」；〈九辯〉：「恐余壽之弗將」，「塊獨守此無澤兮」；此限制詞冠句首也。至若單詞獨用，則如：〈九歌・湘君〉：「邅吾道兮洞庭」，〈九章・懷沙〉：「汨徂南土」。

又，同義詞之疊用往往可使讀者於吟詠之際產生婉轉纏綿，一唱三歎之感。〔註 110〕故此造句法亦爲三九並用。如〈九歌・雲中君〉：「爛昭昭兮未央」，〈山鬼〉：「杳冥冥兮羌晝晦」。〈九章・抽思〉：「低佪夷猶宿北姑兮」，〈悲回風〉：「愁鬱鬱而無快兮」。〈九辯〉：「愴怳懭悢兮去故而就新」，「悲憂窮戚兮獨處廓」。三九雖並見同義詞疊用之句法，然其中又有微殊，即〈九章〉中有動詞疊用三字者，如〈思美人〉：「遷逡次而勿驅兮」，〈悲回風〉：「聞省想而不可得」，而此則未見於〈九歌〉、〈九辯〉。

除上述三項外，三九之造句尙有一特色，即句法之自由也，此由其句型之多式及句型結構之多樣即可知之。然其中亦有殊異也。即〈九歌〉以其爲歌體，故皆爲韻文句式。〈九章〉、〈九辯〉則偶雜散文句法。如〈九章・惜誦〉：「羌不可保也」，「有招禍之道也」，〈懷沙〉：「邑犬之群吠兮，吠所怪也。」〈九辯〉：「悲哉秋之爲氣也。」又，〈九辯〉此句爲無兮字之散文句，且爲一奇零句，此則爲〈九辯〉所獨有之特色也。〔註 111〕

〔註 110〕參見張縱逸〈楚辭語法〉一文（見《楚辭集釋》頁 309）及傅錫壬先生《楚辭語法研究》頁 125。

〔註 111〕譚介甫《屈賦新編》：「此一句形式奇零，也是屈賦二十五篇中所獨

三、遣　詞

「夫寫作之道，立意尚矣，佈局亦尚矣；而命句行文，儻無豐富之辭彙以表達之，潤色之，則言之不文，斯亦不足觀也已。」〔註 112〕由此可知遣詞用字對寫作之重要。而《楚辭》之所以「驚采絕豔」，亦在其有豐富之辭彙，並能「自鑄偉辭」。〔註 113〕考三九之所以能自鑄偉辭，所以有豐富辭彙，要在其聯綿詞之運用。又若虛詞、指稱詞、方言之運用，亦有頗值論述者，以下即分論之。

（一）聯綿詞

《楚辭》語氣嬋媛，多以聯綿詞之運用所致。〔註 114〕聯綿詞又可分爲疊字、雙聲、疊韻三類。

1. 疊　字

疊字，古人謂之「重言」。重言疊字乃辭賦之重要特質。《楚辭》於疊字，多有創發，其雖亦有襲用者，然每每另有涵義。〈九歌〉、〈九章〉、〈九辯〉或性質有異，或作者不同，然皆多疊字，於此可知疊字確爲《楚辭》之特色。考〈九歌〉之用疊字共二十八見，以〈山鬼篇〉之九見最多，次爲〈大司命〉之四見，〈雲中君〉之三見，其餘之〈東皇太一〉、〈湘君〉、〈湘夫人〉、〈少司命〉、〈東君〉、〈河伯〉皆二見。至若〈國殤〉、〈禮魂〉則未見疊字。〈九章〉之疊字則集中於〈悲回風〉，僅此篇已二十六見，其他則〈惜誦〉一見，〈涉江〉二見，〈哀郢〉五見，〈抽思〉六見，〈懷沙〉五見，〈思美人〉四見，共計四十九見。而〈橘頌〉及〈惜往日〉則未見疊字。〈九辯〉之疊字共四十一見。〔註 115〕觀三九所用之疊字既多，且重複者又鮮，足見於疊字

有。」（見頁 135）

〔註 112〕見楊胤宗《屈賦新箋》倪炯聲序。

〔註 113〕「驚采絕豔」，「自鑄偉辭」皆《文心・辨騷》語。

〔註 114〕參見黃志高《六十年來之楚辭學》頁 87（收入國立臺灣師範大學《國文研究所集刊》第二二號）。

〔註 115〕考〈九歌〉之用疊字，共二十八見，以〈山鬼〉篇九見最多，有「容容、冥冥、磊磊、蔓蔓、填填、冥冥、啾啾、颯颯、蕭蕭」共九見，

之創發，屈、宋可謂並駕齊驅矣。至若〈九歌・山鬼〉「雷塡塡兮雨冥冥」至「風颯颯兮木蕭蕭」三句連用四組疊字。〈九章・悲回風〉從「憚湧湍之礚礚兮」至「軋洋洋之無從兮」連用五疊字。而〈九辯〉末章「乘精氣之摶摶兮」至「計專專之不可化兮」連用十二疊字，尤凌駕〈九歌〉、〈九章〉之連用四疊字、五疊字者，宜乎顧炎武許爲「後人辭賦亦罕及之者。」〔註 116〕又疊字用於一句中之二、三字，乃屈子之獨特風格，〔註 117〕此特色並見於〈九歌〉、〈九章〉、〈九辯〉。又疊字置於句尾者，亦爲三九所多見。至若置於句首者，僅見於〈九歌・湘夫人〉之「嫋嫋兮秋風」，〈九章・懷沙〉之「滔滔孟夏兮」、「浩浩沅湘，分流汨兮」及〈思美人〉「蹇蹇之煩冤兮」，而〈九辯〉則未見。又疊字置於句中之第三、四字者，則三見於〈九辯〉，即「鳳獨遑遑而無所集」，「春秋逴逴而日高兮」，「猛犬狺狺而迎吠兮」；〈九章〉則

次爲〈大司命〉之四見「總總、被被、冉冉、轔轔」。其餘則〈東皇太一〉之「菲菲、欣欣」，〈雲中君〉之「昭昭、皇皇、忡忡」，〈湘君〉之「淺淺、翩翩」，〈湘夫人〉之「眇眇、嫋嫋」，〈少司命〉之「菲菲、青青」，〈東君〉之「晈晈、冥冥」，〈河伯〉之「滔滔、鄰鄰」。至若〈國殤〉、〈禮魂〉則未見疊字。〈九章〉之疊字則集中於〈悲回風〉，僅此一篇已見「嗟嗟、淒淒、曼曼、惘惘、㫚㫚、冉冉、眇眇、默默、鬱鬱、戚戚、眇眇、芒芒、蔓蔓、緜緜、悄悄、冥冥、雰雰、礚礚、洶洶、容容、芒芒、洋洋、翻翻、遙遙、潏潏、愁愁」等二十六組。其他則〈惜誦〉之「忳忳」，〈涉江〉之「冥冥、霏霏」，〈哀郢〉之「淫淫、洋洋、鬱鬱、湛湛、杳杳」，〈抽思〉之「鬱鬱、浮浮、慢慢、憺憺、謇謇、營營」，〈懷沙〉之「滔滔、莽莽、杳杳、昧昧、浩浩」，〈思美人〉之「蹇蹇、悠悠、郁郁、煢煢」，至若〈惜往日〉及〈橘頌〉則未見疊字。〈九辯〉之疊字共計「翩翩、廱廱、亹亹、怦怦、昭昭、悠悠、忽忽、狺狺、遑遑、鬱鬱、莽莽、莽莽、逴逴、忽忽、冉冉、洋洋、亹亹、昭昭、蒙蒙、冥冥、晏晏、緜緜、昧昧、瀏瀏、翼翼、惽惽、洋洋、皇皇、純純、摶摶、湛湛、習習、豐豐、茇茇、躍躍、闐闐、衙衙、鏘鏘、從從、容容、專專」等四十一見。

〔註 116〕顧炎武《日知錄》卷二十一：「詩用疊字最難。……屈原〈九章・悲回風〉……連用六疊字。宋玉〈九辯〉……連用十一疊字，後人辭賦亦罕及之者。」

〔註 117〕參見陳香〈楚辭中的疊字研究〉一文（《學粹》九卷一、二期）。

僅〈悲回風〉「時亦冉冉而將至」一見；〈九歌〉則未見。另，疊字之運用，或言其情意，或表其德性，或狀其形貌，或諧其聲音，或寫其動態，除〈九歌〉未見表德性之疊字外，其餘皆三九並見。〔註 118〕

2. 雙聲與疊韻〔註 119〕

三九亦並見雙聲、疊韻之聯綿詞。其屬雙聲者，如〈九歌・東皇太一〉之「琳琅」，〈雲中君〉之「周章」，〈湘君〉之「夷猶、參差」，〈湘夫人〉之「容與、荒忽」，〈大司命〉之「陸離」，〈禮魂〉之「容與」。〈九章〉則〈惜誦〉之「侘傺」，〈涉江〉之「侘傺、陸離、容與」，〈哀郢〉之「侘傺、容與、荒忽」，〈抽思〉之「夷猶」，〈思美人〉之「容與」，〈悲回風〉之「髣髴、踴躍、韃羈、歔欷、於邑」等，〈九辯〉則如「憭慄、忼慨、彷彿、繚悷、惆悵」亦是。其屬疊韻者，如〈九歌・東皇太一〉之「偃蹇」，〈雲中君〉之「連蜷」，〈湘君〉之「要眇、嬋媛、逍遙」，〈湘夫人〉之「逍遙、潺湲」，〈山鬼〉之「窈窕」。〈九章〉如〈涉江〉之「崔嵬」，〈哀郢〉之「逍遙、須臾、被離」，〈抽思〉之「從容、煩冤」，〈懷沙〉之「從容」，〈思美人〉之「煩冤」，〈橘頌〉之「紛縕」，〈悲回風〉之「逍遙、從容、相羊」。〈九辯〉則如「逍遙、煩憺、相佯、畹晚」等。由此可見三九皆能運用雙聲或疊韻之聯綿詞，此則可使聲調鏗然，節奏優美。又三九所使用之雙聲、疊韻字，頗有相同者，此或可證〈九歌〉為屈子所潤飾，及〈九辯〉必受屈作之影響。

從上列之論述，可知三九極著力於聯綿詞之運用。尤以〈九章・

〔註 118〕史墨卿先生〈楚辭重言觀〉一文分《楚辭》重言為言其情意者，表其德性者，狀其形貌者，諧其聲音者，寫其動態者共五類，並將三九之重言均依類分之，此即據其所錄言之（《高雄師院學報》第五期）。

〔註 119〕據傅錫壬先生《楚辭語法研究》中《楚辭》聯綿詞譜載，其雙聲疊韻、雙聲、疊韻復分寬、嚴二類，此以舉例言之，故僅取其屬於嚴之一類。又其雙聲疊韻嚴之一類多為疊字，其字異音同者則僅見於〈遠遊〉，未見於三九，故弗論之。

悲回風〉後半篇及〈九辯〉之首末兩段爲甚。〈悲回風〉後半篇連用十幾句包含雙聲疊韻之字，音節特別美妙。〈九辯〉則首段多雙聲、疊韻字，末段多疊字，於聯綿詞之使用可謂極盡其能事。

（二）虛　詞

虛詞分關係詞、語氣詞二類。〔註 120〕又「兮」字於《楚辭》中，既有作關係詞，亦有作語氣詞者，故另標出以便論述。以下即分關係詞、語氣詞及「兮」字用法三端，比較三九虛詞使用之異同。

1. 關係詞（參見附錄一表三：三九關係詞分析表）

據傅錫壬先生《楚辭語法研究》所錄，《楚辭》可見之關係詞共三十一字。〈九歌〉所使用者有「於、與、以、而、之、固、既、然、愈、又」十字。〈九章〉所用則有「於、其、余、焉、乎、與、以、而、之、反、寧、更、苟、固、故、既、及、然、所、遂、雖、亦、又、爰」等二十四字。〈九辯〉採用者有「於、其、乎、與、以、而、之、固、既、然、亦、愈、又」共十三字。其中「於、與、以、而、之、固、既、然、又」爲三九並用，「其、乎、亦」則章、辯並用，「愈」則僅〈九歌〉、〈九辯〉採用。至若「余、焉、反、寧、更、苟、故、及、所、遂、雖、爰」等十二字則〈九章〉所獨用。

又〈九歌〉之關係詞以「既、以、與、之」四字使用次數較多，〈九章〉、〈九辯〉則皆以「而、之」二字爲最多，若「以」字，於章、辯所使用次數雖皆列第三，然〈九辯〉使用次數則僅九次。〈九歌〉之少用「而」及其他關係詞，或以其歌體可省略，或其多以「兮」字代之。〔註 121〕若章、辯之用「而」字，或以構成複句形式，連接並列謂語；或作修飾與被修飾語間之關係詞。其「之」字之用，則多用於構成詞組及組合式詞結，亦或作連接限制詞用。此外，尙有相當「而」

〔註 120〕參見許世瑛先生《中國文法講話》頁 32。
〔註 121〕參見聞一多〈九歌兮字代釋略說〉一文（收入《神話與詩・怎樣讀九歌》中）。

字，用以表二句之複句關係者。〔註 122〕透過「之、而」二字使章、辯於一句中可含多層意義，此不僅有助於敘事、抒情，且可使文順詞健。

另，張春榮《楚辭二招析論》指出屈子亂辭罕用「之」字，〈九章〉之〈抽思〉、〈涉江〉亂辭皆不用，〈懷沙〉則僅一見，至若〈九辯〉之亂辭十八句，有十六句用及「之」字，此則章、辯之異也。〔註 123〕

2. 語氣詞

語氣詞分句首語氣詞、句中語氣詞、句末語氣詞、獨立語氣詞四類。〔註 124〕〈九歌〉僅出現句首語氣詞，蓋「羌」字，〈大司命〉、〈東君〉、〈山鬼〉各一見；「蹇」字，〈雲中君〉、〈湘君〉各一見；「思」字，〈東君〉一見；「何」字，〈大司命〉一見；「蓋」字，〈東皇太一〉一見。共計五字八見。〈九章〉則句首、句中、句末、獨立語氣詞皆有之。其句首語氣詞則：「羌」字，〈惜誦〉二見，〈哀郢〉、〈抽思〉、〈懷沙〉各一見，〈思美人〉四見。「謇」字，〈惜誦〉、〈哀郢〉、〈思美人〉各一見。「惟」字，〈哀郢〉、〈抽思〉各一見，〈悲回風〉二見。「夫」字，則〈抽思〉、〈悲回風〉各一見，又〈懷沙〉則「夫惟」連用一見。「豈」字，〈抽思〉、〈懷沙〉、〈橘頌〉、〈悲回風〉各一見。「曰」字，〈抽思〉、〈悲回風〉各一見；「何」字，〈抽思〉二見，〈惜往日〉一見。「蓋」字，〈抽思〉一見。共計八字二十九見。其句中語氣詞則：「以」字，〈哀郢〉一見；「夫」字，〈抽思〉一見；「乎」字，〈涉江〉、〈抽思〉各一見。共三字四見。其句末語氣詞則僅「也」字，〈惜誦〉八見，〈懷沙〉二見，〈思美人〉一見。其獨立語氣詞亦僅「嗟」字，爲〈橘頌〉一見。總計十三字，四十五見。〔註 125〕至若〈九辯〉則

〔註 122〕參見史墨卿先生〈楚辭虛字藝術觀〉一文（《高雄師院學報》第八期）。

〔註 123〕參見張春榮《楚辭二招析論》頁 35（收入《國立臺灣師範大學國文研究所集刊》二十八號）。

〔註 124〕參見許世瑛先生《中國文法講話》頁 32。

〔註 125〕以上〈九歌〉、〈九章〉之語氣詞乃據傅錫壬先生《楚辭語法研究》

句首語氣詞有「羌」字一見，「謇」字二見，「何」字一見。句末語氣詞則「也」字一見，「哉」字一見，共計五字六見。〔註 126〕以是觀之，以類言，則〈九歌〉僅句首語氣詞，為最少。以字言，則〈九歌〉、〈九辯〉皆五字，然〈九歌〉之次數較〈九辯〉多二。至若〈九章〉則四類均有，且總計十三字，四十五見，以類，以字，以所見次數言皆最多。又〈九歌〉中〈湘夫人〉、〈少司命〉、〈河伯〉、〈國殤〉、〈禮魂〉五篇未見語氣詞。〈九章〉中〈涉江〉未見句首語氣詞，句中語氣詞則僅見於〈涉江〉、〈哀郢〉、〈抽思〉三篇，句末語氣詞則見於〈惜誦〉、〈懷沙〉、〈思美人〉三篇，獨立語氣詞僅見於〈橘頌〉。至若〈九辯〉則無獨立語氣詞、句中語氣詞。而使用語氣詞最多者為〈九章‧惜誦〉十四見，〈抽思〉十見，又〈惜誦〉一文用「也」字落尾有八次之多，足見其搶地呼天，悲慟欲絕之情。〔註 127〕

3. 「兮」字用法

《楚辭》使用虛詞之最大特色即在其多用「兮」字。〔註 128〕兮字於《楚辭》之用法頗不簡單，今從兮字出現之方式及其作用二端論述三九兮字用法之異同：

《楚辭》兮字出現之方式，裴普賢先生分為四體，一為〈九歌〉體，即逐句用兮之句中式；二為〈離騷〉體，即一三句句末用兮式；三為〈橘頌〉體，即二四句句末用兮式，四為綜合體，即上三種基本方式之混用者。〔註 129〕據此以觀三九之兮字使用方式，則〈九歌〉全為逐句用兮之句中式，如〈東皇太一〉：「吉日兮辰良，穆將愉兮

所收錄者統計。

〔註 126〕〈九辯〉出現語氣詞之句為：「羌無以異於眾芳」，「謇充倔而無端兮」，「謇淹留而躊躇」，「何險巇之嫉妒兮」，「悲哉！秋之為氣也。」

〔註 127〕參見孫作雲〈從離騷的寫作年代說到離騷、惜誦、抽思、九辯的相互關係〉一文。

〔註 128〕參見傅錫壬先生《楚辭語法研究》頁 97。

〔註 129〕參見裴普賢先生〈詩經「兮」字研究〉一文（收入《詩經欣賞與研究》一書）。

上皇。」〈九章〉則〈惜誦〉、〈哀郢〉、〈思美人〉、〈惜往日〉、〈悲回風〉五篇及〈抽思〉、〈懷沙〉兩篇亂詞除外，〔註130〕及〈涉江〉亂詞及少數句除外，皆屬〈離騷〉體，乃於奇句句末，即複句之上句末用兮。如〈惜誦〉:「晉申生之孝子兮，父信讒而不好。」若〈橘頌〉全篇及〈涉江〉、〈抽思〉、〈懷沙〉亂詞則於偶句句末用兮，即於複句之下句末用兮。如〈橘頌〉:「后皇嘉樹，橘徠服兮。」至若〈涉江〉則又有少數句採用〈九歌〉之逐句用兮之句中式者，如:「與天地兮同壽，與日月兮同光。」故〈九章〉九篇之兮字使用方式或爲〈離騷〉體，或爲〈橘頌〉體，或爲綜合體。至若〈九辯〉則雜採〈九歌〉體及〈離騷〉體，如「蓄怨兮積思，心煩憺兮忘食事」乃逐句用兮之句中式，又如「葉菸邑而無色兮，枝煩挐而交橫。」則爲奇句句末用兮式，故爲綜合體也。

再者《楚辭》兮字之作用亦有不同，而前人之看法亦或有異。或以爲純爲句逗之用，或以爲兼有文法作用。〔註131〕今參考前人之說，試論三九兮字之作用。

〈九歌〉之兮字，聞一多先生以爲除〈山鬼〉、〈國殤〉外，皆兼有文法作用，故皆可以某虛字代之。如〈東君〉「載雲旗兮委蛇」，〈離騷〉作「載雲旗之委蛇」。〔註132〕張壽平先生承其說謂〈九歌〉之兮字「有表達情感之用」，「有調節聲音長短，以適合其當句樂調之用」，

〔註130〕〈懷沙〉「眴兮杳杳」一句頗爲奇特。聞一多《楚辭校補》云:「『眴兮』當作『眴眩』，句末當補兮字。」若從其說，則〈懷沙〉除亂詞外，皆單句句末用兮者。然又有以「眴兮杳杳」之「兮」爲副詞詞尾者，如傅錫壬先生（見《楚辭語法研究》頁100）及史墨卿先生（見〈楚辭虛字藝術觀〉）。若然則此兮字之用於《楚辭》中爲特例，因其不屬〈九歌〉體，非逐句用兮，亦不屬〈橘頌〉、〈離騷〉體。

〔註131〕聞一多先生〈怎樣讀九歌〉及《楚辭校補》於〈九歌・大司命〉下皆謂〈九歌〉兮字兼文法作用。林庚〈《楚辭》裏「兮」字的性質〉一文則謂《楚辭》之兮字純爲句逗之用。

〔註132〕見聞一多先生《楚辭校補》〈九歌・大司命〉下（《古典新義》頁379）。

「除〈山鬼〉、〈國殤〉兩篇外，各篇各句之兮字皆有助於本句辭意，兼作其他介詞之義。」〔註133〕而林庚先生則以爲《楚辭》兮字純爲句逗之用，其任務乃構成節奏，本身並無意義。〔註134〕傅錫壬先生似承其說。傅氏於所著《楚辭語法研究》一書中，以爲〈九歌〉之兮字乃「音樂性之符號」，不能作關係詞用，故將〈九歌〉之「兮」字視爲音樂上之襯字，僅爲暫緩音節之用。〔註135〕竊以爲張氏之說或較周全。

〈九章〉之兮字，除〈涉江〉中七兮字及〈懷沙〉「眴兮杳杳」句外，其作用大抵可分爲兩類。其一：作句末語氣詞用。即〈涉江〉、〈抽思〉、〈懷沙〉之亂詞，及〈橘頌〉全篇。如〈涉江〉亂曰：「鸞鳥鳳凰，日以遠兮；燕雀烏鵲，巢堂壇兮。」其兮字乃置於句末，除表示語氣外，別無意義。其二：作爲調整音節之用。即〈惜誦〉、〈哀郢〉、〈思美人〉，〈惜往日〉、〈悲回風〉五篇及〈涉江〉、〈抽思〉、〈懷沙〉三篇亂詞除外。如〈涉江〉：「世溷濁而莫余知兮，吾方高馳而不顧。」此類兮字，置於複句之第一小句之末，其作用在調整音節。《楚辭》句法雖字數參差，而音律之美不受影響，則端賴此兮字之用。至若〈涉江〉中「被明月兮珮寶璐」，「駕青虯兮驂白螭」，「吾與重華遊兮瑤之圃」，「與天地兮同壽，與日月兮同光」，「步余馬兮山皐，邸余車兮方林」，共七兮字，皆在句中，與〈九歌〉造句形式相同，故其兮字之作用亦同〈九歌〉。

〈九辯〉之兮字方式乃雜採〈九歌〉體及〈離騷〉體，即有逐句用兮之句中式，有單句句末用兮式。其逐句用兮之句中式者，其兮字

〔註133〕見張壽平先生《九歌研究》頁111。

〔註134〕見林庚〈《楚辭》裏「兮」字的性質〉一文（收入《楚辭集釋》一書）。

〔註135〕二說似皆言之成理，頗難定其是非，且此中又涉及訓詁問題，即傅氏以〈山鬼〉「采山秀兮於山間」一句作爲〈九歌〉兮字不作關係詞之證據，而聞氏則謂「『兮』可代『於』之作用，於字可省。」至若郭沫若則以爲：「於山即巫山。凡《楚辭》『兮』字每具有『于』字作用，如於山非巫山，則『於』字爲累贅。」（見《屈原賦今譯》頁75）然考〈九歌〉全篇之兮字，竊以爲張壽平先生之說或較周全。

作用與〈九歌〉同；其於單句句末用兮式者，其兮字作用則作爲調整音節。前者如：「坎廩兮貧士失職而志不平。」後者如：「燕翩翩其辭歸兮，蟬寂寞而無聲。」又〈九辯〉兮字之位置極其錯落，尤以兮字在一句之第三字，而兮字下長至四、五、六、七、八字者，爲〈九歌〉、〈九章〉所無，乃〈九辯〉之特色。

由以上所述可知三九兮字出現之方式及其作用，雖有殊異，然其爲調整節奏，作爲句逗之用則同也。故而傅錫壬先生以爲《楚辭》「兮」字皆可視爲音樂上之襯字。

《文心・章句》論虛詞之用云：「據事似閑，在用實切。巧者迴運，彌縫文體，將令數句之外，得一字之助矣！」而史墨卿先生亦云：「《楚辭》之作，多長篇、巨構，然讀之者非惟不覺其枯澀板滯，反見其變化多端，波瀾迭起，生動感人至極。究其原因，除其善於用韻外，而虛字運用靈活之藝術化，亦爲其主因也。」〔註 136〕觀三九虛詞之用，二氏之說的然也。

（三）指稱詞

指稱詞雖不若聯綿詞之優美，亦不如虛詞之有彌縫文體之用，然據指稱詞使用之情形，或可推知作者寫作之心態，與夫寫作之觀點，是以特別標出，據以較三九之異同。（參見附錄一表四：三九指稱詞分析表）

〈九歌〉出現之第一身指稱詞，有「余、予、我、吾」四字，共計二十七次。其第二身指稱詞則僅用「汝」字，計五次。第三身指稱詞則用「之」字，僅一次。至若專稱指稱詞則使用「子、公子、君、蓀」四種，而以「君」之十次最多，次爲「子、公子」各三見，再次爲「蓀」二見。而確定指稱詞之使用，則未見近指，而遠指僅用「夫」字，計三見。〈九歌〉十一篇中，僅〈禮魂〉未見指稱詞，蓋以其爲送神之曲，全文又僅二十七字耳。而指稱詞出現最多者乃〈湘君〉一

〔註 136〕見史墨卿先生〈楚辭虛字藝術觀〉一文（《高雄師院學報》第八期）。

篇，第一身指稱詞出現較多者有〈湘君〉、〈湘夫人〉、〈大司命〉、〈山鬼〉各篇。

〈九章〉出現之第一身指稱詞有「余、朕、我、吾」四字，共計五十八次。其第二身指身詞僅「汝」「爾」各一見。第三身指稱詞則「之」字十八見，「其」字七見，「厥」字一見。而專稱指稱詞僅〈抽思〉一篇「蓀」字三見。確定指稱詞則以「此」字之十四見最多，其他「茲、斯、是、之」共六見。然無遠指指稱詞。〈九章〉九篇中以〈抽思〉、〈惜誦〉二篇使用之指稱詞最多，或以二篇寫作時間較接近也。次為〈涉江〉、〈思美人〉，而最少乃〈橘頌〉僅一見，次則〈悲回風〉之四見。

〈九辯〉則第一身指稱詞「余」字六見，「吾」字一見。無第二身指稱詞，而第三指稱詞則「之、其」二字各六見。又全篇未見專稱指稱詞，而近指指稱詞僅「此」字七見，遠指指稱詞則「彼」字一見，「夫」字三見。

據上所述可知〈九歌〉使用之指稱詞有十一字，〈九章〉則十五字，〈九辯〉則七字。又〈九歌〉第一身、第二身指稱詞皆多，或以其為舞曲結構之故。另，其第一指稱詞「予」字之用概作受詞，且用於句尾。至若〈九章〉第一身指稱詞特多，尤以較早期寫作之〈惜誦〉、〈抽思〉、〈思美人〉尤甚，故知其於懷王朝初放時，其憤懣不平，亟亟欲使君王知之，故而於作品中反覆為己申辯。又〈抽思〉、〈思美人〉之使用「朕」字，概作所有格用，頗能表達一強烈情緒狀態。〔註 137〕而〈惜往日〉、〈橘頌〉二篇未見第一身指稱詞，〈悲回風〉則止一見。〈橘頌〉以其為頌體，故無第一身指稱詞，至若〈惜往日〉、〈悲回風〉之不用第一身指稱詞則頗難理解，宜乎前人有言二篇不類屈作者。〔註 138〕而〈九辯〉使用之指稱詞既少，且第一身

〔註 137〕參見陳世驤〈論時：屈賦發微〉一文（《幼獅月刊》四十五卷二、三期）。

〔註 138〕同註 103。

指稱詞僅七見，由此亦可見宋玉之悲愁不同於屈子，然其文多寫景或亦有以致之也。再者，〈九辯〉一文有以「竊」字代第一身指稱詞之傾向，全文共七見，而此字〈九歌〉無，〈九章〉則僅思美人「竊快在中心兮」一見，然不作指稱詞用。此或以宋玉受儒家影響較巨，〔註 139〕或以屈宋個性有別之故。蓋屈子耿介剛強，不作可憐語，宋玉則荏弱退縮，常自憐自悲也。〔註 140〕

（四）方　言

宋黃伯思《新校楚辭》序云：「屈宋諸騷，皆書楚語，作楚聲，紀楚地，名楚物，故可謂之楚辭。若些、只、羌、誶、蹇、紛、侘傺者，楚語也。」〔註 141〕以是知使用楚語乃屈宋騷賦之特徵。以下即據駱鴻凱、向夏、姜書閣及傅錫壬先生所收錄，論三九所見之楚方言。〔註 142〕

據三九所見楚方言分析表（參見附錄一表五）可知三九使用方言之異同，茲略論於下：

〈九歌〉所出現之楚方言共計十五條二十一見。蓋其出現之詞

〔註 139〕〈九辯〉用「竊」字之句有：「竊獨悲此廩秋」，「竊悲夫蕙華之曾敷兮」，「竊不敢忘初之厚德」，「竊美申包胥之氣盛兮」，「竊慕詩人之遺風兮」，「竊不自聊而願忠兮」，「竊悼後之危敗」。竊，《廣雅．釋詁》四：「竊，私也。」《論語．述而》：「竊比於我老彭。」竊本爲「私」之意，乃有謙稱之意，〈九辯〉之「竊」皆宋玉自謂也。

〔註 140〕張春榮《楚辭二招析論》頁 36：「又屈子耿介剛強，抗懷千古，絕不作可憐語，……若宋玉〈九辯〉……則自悲自憐矣！」

〔註 141〕宋黃伯思〈《新校楚辭》序〉一文見《宋文鑑》卷九十二。觀全文當爲《新校楚辭》之序，而非《翼騷》之序。序云：「自屈原傳而下至陳說之序，又附以今序，則爲一卷，附十通之末，而目以翼騷云。」則黃氏係輯屈原傳以下至陳說之序，並附以此序，名曰翼騷。姜書閣《先秦辭賦原論》頁 59 曾辨此序爲《新校楚辭》序，而以近人引陳振孫《直齋書錄》而謂之《翼騷》序爲誤。

〔註 142〕見駱鴻凱〈楚辭章句徵引楚語考〉（《師大國學叢刊》第一卷第一期），向夏〈屈原賦九歌天問九章楚語方言詞音證〉（《大陸雜誌》三十五卷十一期），姜書閣〈屈賦楚語義疏〉（收入《先秦辭賦原論》），傅錫壬〈楚辭方言考辨〉（《淡江學報》第九期）。

爲：「靈、壇、襟、輈、藥、橈（以上爲名詞），搴、邅、睇、極（以上動詞），華、窕、嬋媛（以上爲形容詞），羌、蹇（以上爲語氣詞）」十五條。其中以「靈」字之三見最多。〔註 143〕〈九歌・雲中君〉「靈連蜷兮即留」，王逸注：「靈，巫也。楚人名巫爲靈。」〈九歌〉之三見靈字，蓋以其爲祀神曲，而巫覡則祀典之重要人物也。另，發語詞「羌」字亦三見。〈離騷〉「羌內恕己以量人兮」，王逸注：「羌，楚人發語端也。」〈九歌〉或就其本爲民間祀神曲言，或就屈子曾爲其潤飾言，其使用楚人習用之發語詞固理之當然也。又〈九歌〉方言詞最多者乃〈湘君〉、〈湘夫人〉二篇，蓋二篇之特富民間情調，其方言詞彙之運用，亦有以致之也。至若〈少司命〉、〈河伯〉、〈國殤〉、〈禮魂〉四篇之未見楚方言者，或亦有其因由也。嘗試論之；蓋〈國殤〉或以其乃祀爲國死戰事者，〈禮魂〉則以其全文僅五句，且又爲送神之曲。若夫〈河伯〉、〈少司命〉者，則不敢妄論矣！

〈九章〉所出現之楚語共計三十五條，五十三見。其出現之楚地方言蓋有：「壇、離（蘺）、宿莽、潭、筊、汭、棘、紀、長鋏（以上名詞），搴、邅、睇、極、離、覽、步馬、判、咍、欸、蹠、訑（以上動詞），憑、悼、爰、娃、摶、莽、嬋媛（以上形容詞），汩、侘傺、蹇產、遙、搖（以上副詞），羌、謇（以上語氣詞）」計三十五條。其中以「羌」之五見最多。羌爲楚人之發語詞，屈子既爲楚人，自然多用。次爲「侘傺」之四見。〈九章・惜誦〉「心鬱邑余侘傺兮」，王逸注：「傺，住也。楚人謂失志悵然住立爲侘傺也。」屈賦蓋五見「侘傺」一詞（〈九章〉四見，〈離騷〉一見），蓋屈子藉楚語寫其鬱邑煩惑之憤懣也。又〈九章〉九篇，皆見楚方言，而以〈惜誦〉之十二見最多，次則〈抽思〉之九見也。〈惜誦〉係寫於被讒見疏之際，〈抽思〉則作

〔註 143〕〈九歌・雲中君〉「靈連蜷兮既留」，王逸註：「靈，巫也，楚人名巫爲靈。」而〈九歌〉中之「靈」字爲巫之意者，尚有〈東皇太一〉「靈偃蹇兮姣服」及〈東君〉「思靈保兮賢姱。」然向氏、姜氏、傅氏皆未收〈東君〉此條，據王逸註，此「靈」亦「謂巫也」，故補入，故共三見。

於初放漢北之時。或以初見疏，始被放，其情憤激逾恆，故不止文詞直致無潤飾，且母語不自禁脫口而出矣！至若使用方言最少者，爲〈橘頌〉之二見，及〈惜往日〉、〈悲回風〉之三見。蓋〈橘頌〉乃屈子少作，爲模擬《詩經》體製之文，其少用楚語，亦有其故也。然〈惜往日〉、〈悲回風〉之少見楚語，則極爲可疑。〈悲回風〉或可以其文多寫景且筆法大異，爲之辯解；至若〈惜往日〉之文詞既類〈惜誦〉之直致，且筆法亦極相似，又況爲臨絕之音，何以少見楚語，或其果非屈子所作歟？

〈九辯〉所出現之楚語共計八條，十二見。其出現之楚方言爲：「邅、扈（以上動詞），憑、莽、寂（以上形容詞），侘傺（副詞），羌、謇（語氣詞）」，共八條。其中以語氣詞「蹇」之三見爲最多。〈九歌·雲中君〉「蹇將憺兮壽宮」，王逸注：「蹇，辭也。」黃伯思曰：「些、只、羌、誶、蹇、紛、侘傺者，楚語也。」蹇字，黃氏「已與羌並提而明著其爲楚語，是矣。」〔註 144〕此字，〈九歌〉亦二見，〈九章〉亦三見，足可證其爲楚人之習用發語詞。宋玉亦爲楚人，故採用此字以爲文句之發端也。又，〈九辯〉所用之楚語除「扈、寂」二字外，皆已爲〈九歌〉、〈九章〉使用，「扈、寂」二字雖未見於〈九歌〉、〈九章〉，然「扈」字已見於〈離騷〉「扈江離與辟芷兮」，「寂」字則見於〈遠遊〉「野寂寞其無人」。由此可知宋玉〈九辯〉所使用之方言皆不出屈子所用，此或以宋玉亦爲楚人，且受屈子影響之故也。

據以上所述，吾人可略論三九使用楚語之異同：

1. 就所出現之詞彙言

「邅、羌、謇」三字乃〈九歌〉、〈九章〉、〈九辯〉所共同採用者。而「壇、搴、睇、極、嬋媛」五詞則〈九歌〉、〈九章〉共用者。「憑、莽、侘傺」三語則〈九章〉、〈九辯〉並見。至若〈九歌〉、〈九辯〉二篇，除三九同用之三字外，則未見歌、辯同用者。於此可見〈九歌〉、

〔註 144〕見姜書閣《先秦辭賦原論》頁 82。

〈九章〉關係密切，蓋一爲屈子所改作，一則屈子所創爲，其作者相同也。而〈九辯〉以其內容較近〈九章〉，故其所用之楚語，亦有同乎〈九章〉者。至若歌、辯則作者既異，內容亦大相逕庭，宜乎少見相同之楚方言。

2. 就採用楚語之詞類言〔註 145〕

〈九歌〉凡名詞六，動詞四，形容詞三，語氣詞二，無副詞。〈九章〉乃名詞九，動詞十三，形容詞八，副詞五，語氣詞二。〈九辯〉則動詞二，形容詞三，副詞一，語氣詞二，然無名詞。以是知〈九歌〉之方言以名詞最多，〈九章〉則動詞最夥，〈九辯〉乃形容詞爲最。此或以九歌爲祀神曲，故多採楚人習用之名物。而〈九章〉以發憤抒情，故其動詞最多見，而其他詞類亦不鮮。至若〈九辯〉則以擅寫景之故，而多採形容詞。

3. 就使用方言之多寡言

三九以篇幅論之，〈九章〉最長，次爲〈九辯〉，〈九歌〉則最爲短小；然〈九歌〉所見之方言反較〈九辯〉爲夥，此或以〈九歌〉本爲民間祭歌，而又經善用楚語之屈子潤飾之故。至若宋玉則並無以方言入篇章之習慣，故其所用之方言蓋皆屈作所常用者。又〈九章〉使用之方言爲〈九歌〉之二倍強，此除其篇幅較長外，蓋或抑如姜氏所云：「〈九歌〉者，楚沅湘之民，人人習知之詩歌，無屈子爲之潤色，則俚語漫詞，必非舉國之所能遍知。」〔註 146〕蓋屈子既改作〈九歌〉，以之爲宮廷祀神樂章，且又欲楚人所能週知，故其潤飾之際，必避免

〔註 145〕三九所見方言分析表蓋以詞類爲序，首爲名詞，其次爲動詞、形容詞、副詞、語氣詞。而何字屬於何詞類，凡傅錫壬先生〈楚辭方言考辨〉有收者，悉依其所分，其傅氏未收者，則據文意定之。

〔註 146〕見姜亮夫《屈原賦校註》頁 158。然氏云：「十一篇既爲楚人民之歌，何以反不見楚方言與楚民族特有之風俗如十四篇者？」證以駱鴻凱、向夏、姜書閣、傅錫壬諸氏所錄，〈九歌〉亦見方言，故知姜亮夫先生之言或值商榷。然〈九歌〉與十四篇比，其方言較少，則從〈九章〉、〈九歌〉所錄方言之多寡，亦可知之。

採用罕見之地方性俚語，而盡量使用通行全國之楚語也。

以上乃就聯綿詞、虛詞、指稱詞、方言四端論三九遣詞之異同。除此四端，或尚有頗值探討者，如三九習用詞彙之異同，與夫三九運用之詞彙有無受儒家影響等。然以篇幅、學力所限，略而待後之智者。倪炯聲先生嘗云：「騷賦篤於抒情，其辭悱惻；莊子恣於說理，其語詼詭；《史記》長於記事，其文雅健。三子之作，炳炳烺烺，各得擅場者，以皆有豐富之辭彙也。」〔註 147〕以上所論述，或亦可聊爲倪氏此言之證也。

四、聲　律

《文心・聲律》云：「異音相從謂之和，同聲相應謂之韻。」所謂「異音相從謂之和」，即指詩之節奏言；所謂「同聲相應謂之韻」，即指詩之韻律言。〔註 148〕而節奏、韻律二者，即構成詩歌聲律之二要素。〈九歌〉爲入樂之歌調，〈九章〉、〈九辯〉則不入樂之誦賦，〔註 149〕故其聲律必然有別；然三者既皆爲楚人之詩，南人之音，則其聲律自亦有相同處。以下即試從節奏、韻律兩方面略論三九之聲律。

（一）節　奏

所謂詩歌之「節奏」，即指詩歌於語言上之抑揚、頓挫、長短、疾徐言。〔註 150〕此則與遣詞、造句有密切關係。就遣詞言，則尤以虛詞及聯綿詞之運用，最爲重要。就造句言，則句子之結構、長短，與夫句型之排列變換，皆可影響其節奏。以下試分析之。

〔註 147〕同註 112。

〔註 148〕參見湯炳正〈屈賦語言的旋律美〉一文（收入《屈賦新探》頁 386～406）。

〔註 149〕青木正兒《中國文學概說》：「屈原之賦，則除〈九歌〉以外，都是讀式詩。」（盤庚版頁 91）姜亮夫《屈原賦校註》亦云：「十四篇混南北散文形式而一之，止於誦讀。〈九歌〉則純以南音爲主……且又入樂可歌。此入樂與不入樂二體根本之異其形式者，即〈九歌〉與十四篇根本差別之所在。」（見華正版頁 160）

〔註 150〕同註 148。

1. 虛　詞

三九虛詞使用之異同，已見本節之三。此特揭出與聲律關係最密切之「兮」字，再加申論。〈九歌〉之兮字出現方式，乃逐句用兮之句中式。〈九章〉則或於單數句句末用兮，或於偶數句句末用兮，而〈涉江〉一篇又有少數句與〈九歌〉同爲逐句用兮之句中式。至若〈九辯〉，則或逐句用兮之句中式，或於單句句末用兮式。其兮字在偶數句末者，則爲句末語氣詞。句末語氣詞，雖別無意義，然於吟誦之間，可助語勢之發揚。此顧炎武《詩本音》所云：「凡詩人之句，如意盡而文不足，則加一兮字」（見卷九〈桑柔〉首章「倉兄塡兮」下注）也。又，其兮字在單句句末者，則要在調整音節，此《楚辭》句法雖字數參差，而音律之美不受影響者，即賴此兮字之用。（參見本節之三）至若〈九歌〉之句中用兮者，要在其爲入樂之詩，爲使詩歌與音樂、舞蹈之旋律互相諧和，故用一適應性極大之泛聲「兮」字，取代音節較強，而各具特色之「於、與、而、以、然、其、之、夫」等虛詞。而〈九章〉、〈九辯〉中，則將〈九歌〉句中之「兮」字，還原爲「於、與、而、以」等關係詞。此則除意義朗暢外，其以多樣化之語言音節，取代單純之泛聲兮字，因而增加誦詩之節奏美。〔註151〕此則亦可彌補由歌到誦所失去之音樂美。且就語言藝術角度言，此實爲詩歌脫離音樂後，進一步發展語言自身之音樂美。要而言之，〈九歌〉以其逐句用兮於句中，故「有調節其聲音長短，以適合其當句樂調之用」，此係配合其爲歌詩之節奏也。至若〈九章〉、〈九辯〉之以「於、與、而、以」等關係詞代替「兮」字，則可增加朗誦時之抑揚頓挫，此亦因適應其爲誦詩，所必要之改變也。

2. 聯綿詞

聯綿詞之運用，與詩之節奏有極大關係。〈九歌〉、〈九章〉、〈九辯〉皆善於運用疊字、雙聲、疊韻聯綿詞。三九中，〈九歌〉之〈山

〔註151〕同註148。

鬼〉，〈九章〉之〈悲回風〉，及〈九辯〉之首末兩段，皆連用聯綿詞，使詩之節奏，特別纏綿曼妙。除此之外，其他各篇於聯綿詞之運用，頗有從統一中求錯落之傾向。如〈九歌〉之〈東皇太一〉、〈雲中君〉、〈大司命〉、〈少司命〉、〈東君〉各篇，及〈九章〉之〈惜誦〉、〈涉江〉、〈哀郢〉、〈抽思〉、〈思美人〉各篇，與夫〈九辯〉亂詞以外各章，其疊字大抵多錯開使用，而不並見於上下句。或有上下句並見者，如〈懷沙〉「滔滔孟夏兮，草木莽莽」，則有意變換疊字位置，以求節奏之變化。又或如〈大司命〉之「靈衣兮被被，玉佩兮陸離」，〈涉江〉之「帶長鋏之陸離兮，冠切雲之崔嵬」，或以疊字對雙聲，或以雙聲對疊韻，而不同用疊字或雙聲、疊韻字者，亦有意使節奏錯落。至如〈山鬼〉、〈悲回風〉及〈九辯〉亂詞之連用疊字，則或以配合情景不得不然也。如〈山鬼〉末段：「雷填填兮雨冥冥，猨啾啾兮狖夜鳴。風颯颯兮木蕭蕭，思公子兮徒離憂。」連用狀聲疊字，其急促複沓之音響節奏，與夫風疾雨驟之秋夜景色，及山鬼之激切悽愴感情正相配合。〔註 152〕於此可見屈宋於聯綿詞，或連續用之，以求音節之美妙；或錯開用之，以求節奏之錯落有致，皆與其詩所欲表現之感情相契合。

又，〈九歌・少司命〉：「荷衣兮蕙帶，儵而來兮忽而逝。」及〈九章・惜誦〉：「眾駭遽以離心兮，又何以為此伴也。同極而異路兮，又何以為此援也。」將「儵忽」、「伴援」聯綿詞分用，其義同聲異，亦可形成詩歌旋律之自然美，及節奏上之相互呼應。〔註 153〕若此將聯綿詞分用之現象，〈九辯〉似未見。再者，〈九歌〉、〈九章〉運用聯綿詞，或有上下句相對使用者。如〈河伯〉「波滔滔兮來迎，魚鄰鄰兮

〔註 152〕同註 148。

〔註 153〕湯炳正〈屈賦語言的旋律美〉云：「『倏』與『忽』分用，義同聲異，而在節奏上互相呼應。這正跟『於』『乎』分用一樣，形成了詩歌旋律的自然美和節奏上的錯落感。」又王濤《屈原賦選》頁 48：「『伴』，同畔，與下文『援』本是一個疊韻聯綿字。……為使聲韻諧和，把疊韻聯綿字分拆在相關的兩句中做韻腳，這是古代詩歌應用的一種修詞方法。」

媵予。」〈悲回風〉：「憚涌湍之礚礚兮，聽波聲之洶洶。」〈九辯〉則除上下句相對使用聯綿詞外，亦有隔句相對用之，如：「燕翩翩其辭歸兮，蟬寂漠而無聲。雁廱廱而南游兮，鵾雞啁哳而悲鳴。」此亦可使節奏產生變化。另外，於一句中同時使用兩組疊字，此〈九歌・山鬼〉三見，〈九章・悲回風〉一見，〔註 154〕九辯則未見。又，〈悲回風〉之使用聯綿詞，有其特色。〈悲回風〉後半篇與〈九辯〉末章皆屢用疊字，然其節奏韻味有別。蓋〈悲回風〉疊字在每句之二、三字，〈九辯〉則在末二字（兮字除外）。且〈悲回風〉多用三字結合之脣音聯綿詞，如「穆眇眇」、「莽芒芒」、「藐蔓蔓」，其第一字與二、三字既是雙聲，而二、三字又爲疊字，此或作者有意爲之，故形成〈悲回風〉之節奏大異他篇。〔註 155〕

以上乃就遣詞言。除遣詞外，句型之長短、結構及其排比變換，影響詩歌節奏尤甚。三九句型及造句法之異同，已於本節之二論及，此不擬贅述。以下僅從句型之排比變換，與夫句子之長短變化二端論之：

1. 句型之排比變換

姜亮夫《屈原賦校註》云：「十四篇多對偶排疊之句，……而〈九歌〉則無之。十四篇賦也，賦得敷陳；〈九歌〉歌也，歌以入樂，樂有定調，故不得有此例矣。」〔註 156〕翻檢三九原文，可知〈九歌〉確無排疊之句，而〈九章〉、〈九辯〉則有之。如〈惜誦〉：「令五帝以枅中兮，戒六神與嚮服，俾山川以備御兮，命咎繇使聽直。」〈九辯〉：「葉菸邑而無色兮，枝煩挐而交橫。顏淫溢而將罷兮，柯彷彿而萎黃。萷櫹槮之可哀兮，形銷鑠而瘀傷。」而姜氏所謂〈九歌〉無對偶句，則或可商議。蓋〈九歌〉亦見對偶之句也，如〈湘君〉：「采薜荔兮水中，

〔註 154〕〈山鬼〉：「石磊磊兮葛蔓蔓」，「雷填填兮雨冥冥」，「風颯颯兮木蕭蕭」。〈悲回風〉：「路眇眇之默默」。

〔註 155〕參見游國恩《楚辭概論》頁 152。

〔註 156〕見姜亮夫《屈原賦校註》九歌解題（華正版頁 154）。

搴芙蓉兮木末。」〈大司命〉:「令飄風兮先驅，使涷雨兮灑塵。」然〈九歌〉確有不用對句之傾向，如〈湘夫人〉:「白玉兮爲鎮，疏石蘭兮爲芳。」亦可去「疏」字而成對句，然或以配合樂調，或爲求節奏之錯落，故而加一「疏」字，使句之字數參差。

另，〈九歌〉、〈九章〉每每利用句型之變換，使詩之節奏，於整齊中有錯落。如〈東君〉:「緪瑟兮交鼓，簫鐘兮瑤簴；鳴鷈兮吹竽，思靈保兮賢姱。」前三句句型整齊，故第四句有意出以一結構不同之句型。又，〈山鬼〉:「雷填填兮雨冥冥，猨啾啾兮狖夜鳴；風颯颯兮木蕭蕭，思公子兮徒離憂。」其一、三句句型相同，皆疊用重言，是以二、四句句型爲之一變。而〈九章・哀郢〉:「去故鄉而就遠兮，遵江夏以流亡；出國門而軫懷兮，甲之鼂吾以行。發郢都而去閭兮，怊荒忽其焉極。」其單數句皆以相同之語言結構出現，節奏頗爲整齊，然其雙數句，則於語言結構上極變化之能事，展示節奏之靈活多樣。又〈悲回風〉:「紛容容之無經兮，罔芒芒之無紀；軋洋洋之無從兮，馳委移之焉止。漂翻翻其上下兮，翼遙遙其左右；氾潏潏其前後兮，伴張弛之信期。」此兩節詩，前三句皆嚴格之對偶式；而末一句之語言結構則與前三句異，此則可避免板滯，使詩之節奏有錯落之美。〔註 157〕此有意於排比鋪疊中變換句型，以求節奏之錯落，〈九辯〉中或較不重視，以是方有「乘精氣之摶摶兮」至「後輜乘之從從」，連用十句相同句型之現象。

2. 句子之長短變化

三九於句子之長短變化，每能與其文氣詩情相契合，且似有意以句子之長短變化，調整詩之節奏。如〈九歌・湘君〉:「石瀨兮淺淺，飛龍兮翩翩；交不忠兮怨長，期不信兮告余以不閒。」前二句爲短句對偶，末句則以字數之增加，化偶爲散，使節奏產生變化。〔註 158〕

〔註 157〕〈哀郢〉、〈悲回風〉二例乃湯炳正先生於〈屈賦語言的旋律美〉一文所舉。

〔註 158〕同註 148。

而〈國殤〉一篇以禮贊爲國捐軀之英雄，故全篇皆以一式之七字句出之。又，〈九章・涉江〉首段寫一己之孤傲，故以長短不齊之句子，使節奏富變化，而突出其嶔崎磊落之個性。而〈懷沙〉一篇則獨用短句，使音節急促，以表達其激烈迫切之感情，故王夫之云：「其詞迫而不舒，其思幽而不著，繁音促節，特異於他篇云。」〔註 159〕至若〈九辯〉一篇之首章，可謂極盡句子長短變化之能事，尤以一句中，其兮字之上僅二字，而兮字下則加長至七、八字者，此於朗誦時，兮字前之音節短而整齊，而兮字後之音節則或長或短，其節奏可謂既整齊又極錯落，宜乎游國恩先生歎曰：「今觀其辭，參差錯落，伸縮自如，已變屈子文法，絕不墨守成規，襲其面貌，而御以峻急之氣，醒快生動，幾令人忘其爲騷體之文也。」〔註 160〕

（二）韻　律

所謂韻律，即指韻部相同之字於詩句之固定位置反覆出現。由於音響上之迴還往復，前呼後應，因之形成詩歌之旋律美。此即傳統所謂之「押韻」問題。〔註 161〕三九由於文有衍、挩，且各家所定韻例亦不一致，加以各家於韻部分合，亦有不同之看法，故各家歸納，略有出入。今以陳師新雄之古韻三十二部爲據，並參考各家說法，製成三九韻譜（見附錄二），並據韻譜製成三九韻部比較表（見附錄一表六），而後據以論〈九歌〉、〈九章〉、〈九辯〉之押韻情形。

〈九歌〉：〈東皇太一〉用陽韻，一韻到底。〈雲中君〉換韻二次：陽韻、冬韻各一次。〈湘君〉凡換韻七次：幽、之、耕、職、月、元（元眞合韻）、魚各一次。〈湘夫人〉凡換韻七次：魚韻、陽韻各二次，元、月、諄各一次。〈大司命〉凡換韻七次，魚韻、歌韻各二次，諄、陽、眞各一次。〈少司命〉凡換韻六次：耕韻二次，魚、之（之支合

〔註 159〕見王夫之《楚辭通釋》卷四〈懷沙〉題下註。

〔註 160〕見游國恩先生《先秦文學》十五〈宋玉及其他作者〉（商務人人文庫版頁 156）。

〔註 161〕同註 148。

韻）、月、歌各一次。〈東君〉凡換韻五次：陽韻二次，微（微歌合韻）、魚、質各一次。〈河伯〉凡換韻六次：歌、陽、微、冬（冬陽合韻）、魚各一次，另一次則魚陽二部交錯成韻。〈山鬼〉凡換韻八次：歌、宵、之、魚、元、鐸、耕、幽各一次。〈國殤〉凡換韻六次：盍、諄、陽、魚、元、蒸各一次。〈禮魂〉用魚韻，亦一韻到底。

〈九章〉：〈惜誦〉凡換韻十八次：之韻四次，元、諄各三次，幽、陽（一次爲陽眞合韻）各二次，耕、職、魚、鐸各一次。〈涉江〉凡換韻十四次：陽韻四次，魚韻二次，微、侵、月、冬、之、眞、元、鐸各一次。〈哀郢〉凡換韻十五次：元韻三次，之韻二次，陽、職、鐸、東、侵、魚、盍（盍帖合韻）、覺、眞（眞耕合韻）、月（月沒合韻）各一次。〈抽思〉凡換韻二十次：陽、幽、眞、之、魚、耕韻各二次（幽韻包括幽覺合韻一次，眞韻包括之眞合韻一次），談、諄（諄之合韻）、歌、鐸、職、月、東、侵各一次。〈懷沙〉凡換韻十八次：魚韻五次（一次爲魚鐸合韻），陽韻三次，之、耕、沒韻各二次，職（職覺合韻）、質、脂、東各一次。〈思美人〉凡換韻十五次：之韻五次（一次爲之職合韻），陽韻、鐸韻、幽韻各二次（鐸韻包括魚鐸合韻一次，幽韻包括魚幽合韻一次），月、歌、沒、屋韻各一次。〈惜往日〉凡換韻七次：之韻三次，職、幽韻各二次（職韻含一次職之幽合韻），此之、職、幽三部之韻均可通叶，與其他諸篇殊異。〔註 162〕〈橘頌〉凡換韻九次：之韻三次（一次之職合韻），幽韻二次、職、元、歌、陽各一次。〈悲回風〉凡換韻十七次：陽、魚、之、錫各二次，（錫韻含一次錫鐸合韻），元諄合韻二次，蒸、幽、職、歌、眞、東一次，脂質合韻一次。

〈九辯〉凡換韻三十九次：魚韻四次，鐸韻二次，魚鐸合韻二次，魚歌合韻一次；之韻二次，職韻二次，之職合韻一次；陽韻四次；微韻二次，微脂合韻一次，微脂歌合韻一次；東韻三次，東冬侵合韻一

〔註 162〕參見傅錫壬先生《新譯楚辭讀本》頁 120。

次；元韻一次，元諄合韻一次，耕眞合韻二次，宵藥合韻二次；月韻一次，月沒合韻一次；脂質合韻一次；歌、幽、緝、錫各一次。

以上乃三九押韻情形，據此及三九韻譜、三九韻部比較表，可試析三九押韻之異同：

1. 就使用之韻部言

古韻三十二部，〈九歌〉未見脂、沒、錫、侯、屋、東、藥、覺、緝、侵、帖、添、談諸部，故共使用十九部韻。〈九章〉則未見支、藥、緝、添四部，故計運用二十八部之韻。〈九辯〉則未見支、侯、屋、覺、蒸、帖、添、盍、談諸部，故共計使用二十三部。

又就使用該韻部之次數言，〈九歌〉以魚部十二次最多，次爲陽部十次，再次爲歌部五次，又次爲耕部四次。〈九章〉則以之部之二十二次最多，次爲陽部之十六次，再次爲魚部之十二次，又次爲幽部之九次（皆不包括合韻）。〈九辯〉則魚韻、陽韻各四次爲最多，次則東韻三次，然〈九辯〉合韻頗多，其用韻似較〈九歌〉、〈九章〉爲寬，故若連合韻亦計入，則以魚鐸部之八次最多，次則之職部之五次，再次則陽韻之四次。

若就使用該韻部之字數言，則〈九歌〉爲魚韻四十一字，陽韻三十八字，歌韻十五字，耕韻十二字。〈九章〉則之韻七十字，陽韻四十三字，魚韻三十四字，幽韻二十六字。〈九辯〉則陽韻二十三字，魚韻十三字，微、職韻各十二字。

據上所述，可知魚、陽二部韻爲三九所常用者，此或以陽部字音韻響亮，於歌唱吟誦皆所適宜。而魚部，據陳師新雄〈古音學與《詩經》〉一文之擬音爲〔ɑ〕，此爲後低元音，發聲既易，且又悠揚，故亦宜於歌唱吟誦。至若〈九章〉之「之」韻特多，或以其爲央元音〔ə〕，最便於脣吻，於朗誦之際，或緩吟或急讀，皆可自然轉至其他韻部。

2. 就換韻之情形言

三九中惟〈九歌〉之〈東皇太一〉及〈禮魂〉爲一韻到底，餘皆有換韻。〈九歌〉中〈山鬼〉換韻八次，次爲〈湘君〉、〈湘夫人〉、〈大司命〉之七次，再次爲〈少司命〉、〈河伯〉、〈國殤〉之六次。又次爲〈東君〉五次，末則〈雲中君〉之二次。〈九章〉則以〈抽思〉之換韻二十次爲最多，次爲〈惜誦〉、〈懷沙〉之十八次，再次爲〈悲回風〉之十七次，又次爲〈哀郢〉、〈思美人〉之十五次，其餘則依序爲〈涉江〉十四次，〈橘頌〉九次，〈惜往日〉七次。〈九辯〉則以篇幅較長故共計換韻三十七次。〈東皇太一〉以祭天之尊神，其氣氛爲肅穆雍容，其情緒爲愉悅歡快，故而通篇只用一陽部韻。〈禮魂〉則送神短章，除贊美頌揚外，無情緒之變化，故而通篇亦僅用一魚部韻。〔註 163〕至若〈山鬼〉、〈湘君〉、〈湘夫人〉等篇，則因感情複雜，故而換韻較頻。〈九章〉九篇除〈橘頌〉、〈惜往日〉外，其換韻皆在十次以上，此亦以各篇所欲表達之情感較爲複雜所致。至若〈橘頌〉之換韻僅九次，除其表達之情愫思想較單純外，蓋亦以其篇幅較短所致。至若〈惜往日〉之篇幅僅次於〈悲回風〉、〈惜誦〉，而與〈抽思〉接近，〔註 164〕而其換韻竟僅七次，尙少於篇幅最短之〈橘頌〉，此則頗爲可疑。

又〈九歌〉除〈東皇太一〉、〈禮魂〉一韻到底外，其餘則：〈雲中君〉五韻、四韻一換各一次。〈湘君〉四韻一換三次，三韻一換二次，二韻、五韻一換各一次。〈湘夫人〉三韻一換四次，二韻、四韻、五韻一換各一次。〈大司命〉計三韻一換七次。〈少司命〉三韻一換五次，四韻一換一次。〈東君〉四韻一換三次，三韻、二韻一換各二次。〈河伯〉三韻一換三次，二韻一換四次。〈山鬼〉二韻一換四次，三韻一換三次，四韻一換一次。〈國殤〉二韻一換四次，四韻一換二次。總計九歌計三韻一換二十三次，二韻一換十五次，四韻一換十一次，五韻一換二次。其換韻頗不一致。〈九章〉各篇之換韻情形如下：〈惜

〔註 163〕同註 148。

〔註 164〕〈九章〉各篇字數如下：〈惜誦〉五四七字，〈涉江〉三五八字，〈哀郢〉四三〇字，〈抽思〉四九七字，〈懷沙〉三九四字，〈思美人〉四〇二字，〈惜往日〉四九九字，〈橘頌〉一五二字，〈悲回風〉七三〇字。（據〈九章〉句型分析表統計）

誦〉二韻一換計十四次，四韻一換計四次。〈涉江〉二韻一換計十一次，三韻一換計二次（採〈九歌〉句系者），四韻一換爲一次。〈哀郢〉則二韻一換計十二次，四韻一換一次，三韻一換二次。〈抽思〉二韻一換計十九次，五韻一換一次（倡曰部分）。〈懷沙〉二韻一換十六次，四韻一換二次。〈思美人〉二韻一換十二次，三韻一換一次，四韻一換二次。〈橘頌〉二韻一換九次。〈悲回風〉二韻一換十二次，三韻一換一次，四韻一換二次，十韻一換二次。至若〈惜往日〉則較無規律，除二韻一換二次外，有三韻一換、四韻一換、六韻一換、十韻一換、十一韻一換各一次。故〈九章〉除惜往日外，大抵以二韻一換爲主，故聞一多先生稱此押韻情形爲二進法。〔註 165〕〈九辯〉則二韻一換十七次，四韻一換十次，三韻一換四次，六韻、七韻一換各二次，五韻、十一韻、十二韻一換各一次。雖仍以二韻一換爲最多，然其換韻顯較〈九歌〉、〈九章〉複雜。又〈九章・悲回風〉、〈惜往日〉及〈九辯〉皆有連押同部韻字達十字以上者，此則未見於〈九歌〉及〈九章〉其他各篇。

3. 就韻字出現之位置言

〈九歌〉每節之句數不定，或二句一節，或三句一節，或四句一節，或六句一節。其二句一節者，則每句末皆押韻；如〈湘君〉:「望夫君兮未來△，吹參差兮誰思△。」其三句一節者，亦每句末皆出現韻字，如〈山鬼〉:「山中人兮芳杜若△，飲石泉兮蔭松柏△，君思我兮然疑作△。」其四句一節者，以押於一、二、四句之句末者爲多，如〈東皇太一〉:「吉日兮辰良△，穆將愉兮上皇△。撫長劍兮玉珥，璆鏘鳴兮琳琅△。」然亦有押於二、四句者，如〈雲中君〉:「蹇將憺兮壽宮，與日月兮齊光△。龍駕兮帝服，聊翱遊兮周章△。」間亦有四句皆押者，如〈河伯〉:「登崑崙兮四望△，心飛揚兮浩蕩△。日將暮兮悵忘歸△，惟極浦兮寤懷△。」然此四句連用韻者，每每換韻，

〔註 165〕見聞一多《楚辭校補》。

蓋求韻律之變化也。又〈東君〉:「翾飛兮翠曾，展詩兮會舞△。應律兮合節△，靈之來兮蔽日△。」此則二、三、四句句末用韻，然其第二句之韻，蓋承上節。此或王夫之所謂「意已盡而韻引之以有餘」也。〔註 166〕至若其六句一節者，則一、二、四、六句句末用韻，如〈雲中君〉:「靈皇皇兮既降△，猋遠舉兮雲中△。覽冀州兮有餘，橫四海兮焉窮△?思夫君兮太息，極勞心㤮㤮△。」然亦有於二、四、六句句末押韻者，如〈湘夫人〉:「捐余袂兮江中，遺余褋兮醴浦△。搴汀洲兮杜若，將以遺兮遠者△。時不可兮驟得，聊逍遙兮容與△。」又〈九歌〉十一篇之用韻尚有一特色，即每篇之首句皆押韻。

〈九章〉各篇大多以四句爲一節，而於第二、第四句用韻。如〈惜誦〉:「惜誦以致愍兮，發憤以抒情△。所非忠而言之兮，指蒼天以爲正△。」然亦有少數例外，如〈哀郢〉亂詞:「曼余目以流觀兮，冀一反之何時△!鳥飛反故鄉兮，狐死必首丘△。信非吾罪而棄逐兮，何日夜而忘之△!」則六句爲一節，而於二、四、六句句末用韻。又，〈抽思〉倡曰「既惸獨而不群兮」至「臨流水而太息」，及〈思美人〉「勒騏驥而更駕兮」至「與纁黃以爲期」，「廣遂前畫兮」至「思彭咸之故也」;〈惜往日〉「蔽晦君之聰明兮」至「盛氣志而過之」，「吳信讒而弗味兮」至「報大德之優游」;〈悲回風〉「藐蔓蔓之不可量兮」至「託彭咸之所居」各節，皆以六句爲一節，而於二、四、六句用韻。另，〈涉江〉「被明月兮珮寶璐」至「旦余濟乎江湘」兩節，則每節各五句，其首句爲單句，句末用韻，其第二至第五句，則爲兩複句，係於複句之下句末用韻。除以上諸小節外悉爲四句一節而於二、四句用韻。至若其韻字於句中位置則與〈九歌〉之盡在句末者有異。蓋〈惜誦〉:「壹心而不豫兮」至「有招禍之道也」,「懲於羹者而吹韲兮」至「又何以爲此援也」，及〈懷沙〉「邑犬之群吠兮」至「固庸態也」，並〈思美人〉:「廣遂前畫兮」至「思彭咸之故也」各節，其韻字皆在

〔註 166〕見王夫之《楚辭通釋》序例。

句中，亦即在「也」字之上。又，〈橘頌〉全篇及〈涉江〉、〈抽思〉、〈懷沙〉亂詞，其韻字亦不在句末，而在「兮」字之上。〔註 167〕

〈九辯〉亦以四句爲一節，而於二、四句句末用韻爲多，然例外亦不少。其有一節二句，或句句用韻，或僅於第二句用韻，如「專思君兮不可化△，君不知兮可奈何△」，「願賜不肖之軀而別離兮，放游志乎雲中△」。前者爲〈九歌〉句系、後者則騷章句系。亦有一節三句，句句用韻者，如「泬寥兮天高而氣清△，寂寥兮收潦而水清△，憯悽增欷兮薄寒之中人△。」亦有四句一節，或句句用韻，或僅於二、四句用韻，如「悲憂窮戚兮獨處廓」至「超逍遙兮今焉薄」乃四句句末皆押韻，「燕翩翩其辭歸兮」至「鵾雞啁哳而悲鳴」則於二、四句方用韻。此亦以句法不同而押韻有異也。又有六句一節者，或於第一、二、四、六句用韻，如「變古易俗兮世衰」至「何云賢士之不處」，然此六句則前二句押微韻，後四句則魚韻，蓋亦王夫之所謂「意已盡而韻引之以有餘」也。又六句一節者，亦有於二、四、六句用韻，如「霜露慘悽而交下兮」至「泊莽莽與壄草同死」。又有八句一節者，則於偶數句用韻，如「願自往而徑游兮」至「信未達乎從容」。至若其韻字於句中之位置，則與〈九歌〉之同在句末也。

五、寫作技巧

《楚辭》「敘情怨，則鬱伊而易感；述離居，則愴怏而難懷；論山水，則循聲而得貌；言節候，則披文而見時。」（《文心・辨騷》語）然其所以能如斯者，亦賴其高超之寫作技巧。三九自亦不例外。然〈九歌〉、〈九章〉、〈九辯〉既各具風貌，則其寫作技巧或有殊異，又其既同爲騷體，故其寫作技巧或亦有同。以下試就寫作之觀點、意識，表意方法及形式設計〔註 168〕三方面略論之。

〔註 167〕參見裴普賢先生〈詩經比較研究——《楚辭》補充篇（《楚辭》承襲詩經用韻的特色）〉（收入《詩經比較研究與欣賞》一書）。

〔註 168〕黃師慶萱《修辭學》一書，將修辭方式歸納爲兩類，其一屬表意方式之調整；其二，屬優美形式之設計。（見頁 7）

（一）寫作觀點、意識

就作者寫作觀點言：〈九歌〉可謂以第三人稱之全能觀點行文，亦即作者自身乃置於文外，故可以全能之觀點敘寫文中所有人物之個性、心理。以是〈九歌〉或有神之口吻出之者，如〈大司命〉：「紛總總兮九州，何壽夭兮在予。」〈山鬼〉：「余處幽篁兮終不見天，路險難兮獨後來。」亦有以巫之口氣行文者，如〈少司命〉：「夫人自有兮美子，蓀何以兮愁苦。」〈河伯〉：「與女游兮九河，衝風起兮橫波。」至若二湘則寫湘君、湘夫人彼此愛慕思念之情，時而設想對方，時而實寫一己。凡此皆可知作者係以第三人稱之全能觀點撰文。〈九章〉則以第一人稱之寫作觀點爲文，亦即作者寫一己之所思所想，亦以自我眼中所見所知者，敘寫其他人事。如〈惜誦〉：「吾誼先君而後身兮，羌眾人之所仇。」〈涉江〉：「余幼好此奇服兮，年既老而不衰。」〈哀郢〉：「曼余目以流觀兮，冀壹反之何時。」〈抽思〉：「數惟蓀之多怒兮，傷余心之懮懮。」〈懷沙〉：「夫惟黨人鄙固兮，羌不知余之所臧。」〈思美人〉：「惜吾不及古人兮，吾誰與玩此芳草。」〈橘頌〉：「嗟爾幼志，有以異兮。」〈悲回風〉：「吾怨往昔之所冀兮，悼來者之愁愁。」至若〈惜往日〉則通篇無第一身指稱詞（參見附錄一表四），觀其文意則既似以第一人稱觀點行文，然亦類以第三人稱之非全能觀點爲文。至若〈九辯〉則大體以第一人稱觀點行文，故文曰：「願一見兮道余意，君之心兮與余異。」「歲忽忽而遒盡兮，恐余壽之弗將。」然其首段云：「坎廩兮貧士失職而志不平」，二段云：「悲憂窮戚兮獨處廓，有美一人兮心不繹。」則頗似以第三人稱觀點爲文，此或其運用稱代技巧，以貧士，美人自謂也。

就寫作意識言：〈九歌〉既以第三人稱之觀點爲文，故其敘事寫情皆出以客觀寫實，以是姜亮夫先生有云：「〈九歌〉十一篇，則全部爲神鬼事蹟之描寫，其寫情處，亦純從神鬼自身事象上立意，或借其神威靈感，以贊歎欣賞之，或借神鬼夫婦燕昵之情，以歌詠之。」「故〈九歌〉宗教感情之處理，乃寫實化之描寫也」。「以其爲寫實化也，故：一、寫其事象為客觀哀樂之象，而自身無移入情感之作用；二、亦無所假借於設喻之詞，而可直陳事狀。」〔註 169〕據此可知〈九歌〉乃以客觀寫實之態度為文也。〈九章〉則以第一人稱觀點行文，故其文乃出以主觀之抒情、敘事。〈九章〉之作乃以剖白自我為中心，故其文辭以表現主觀之自我情志為主。〔註 170〕如〈惜誦〉：「惜誦以致愍兮，發憤以抒情。所非忠而言之兮，指蒼天以為正。」〈懷沙〉：「懷瑾握瑜兮，窮不知所示……材朴委積兮，莫知余之所有。」文中皆顯示出強烈之主觀意識。至若〈九辯〉雖大體以第一人稱觀點為文，然以宋玉之個性、情感未如屈子之激烈，且其文又傾力寫秋，故雖為主觀之抒情、寫景，卻無〈九章〉所表現之強烈主觀意識，可謂介於主客觀間之作品。

（二）表意方法

三九之表意方法最值探討者為隱喻、象徵、摹寫、想像四項，茲分論之：

1. 隱　喻

王逸〈離騷章句序〉云：「〈離騷〉之文，依詩取興，引類譬喻。」此已指出運用譬喻為屈子創作之藝術特徵。然譬喻一詞各家說法、分類或有異同，且如明喻、假喻等又非屈作特色，故此據彭毅先生之說，僅論隱喻。以下即分析三九運用隱喻之情形：

姜亮夫先生以為〈九歌〉為寫實化之描寫，故可直陳事狀，無所假借於設喻之詞。〔註 171〕觀夫〈九歌〉十一篇僅〈湘君〉：「采薜荔兮水中，搴芙蓉兮木末。」及〈湘夫人〉：「鳥何萃兮蘋中，罾何為兮木上？」「麋何食兮庭中，蛟何為兮水裔。」數處似為隱喻。故而姜氏之言大體無誤。

〔註 169〕參見姜亮夫《屈原賦校註》頁 188。
〔註 170〕參見彭毅先生〈屈原作品隱喻和象徵的探討〉一文。（收入《文學評論》第一集）
〔註 171〕同註 169。

又〈九章〉隱喻之運用則層出不窮。據彭毅先生之分類，〈九章〉中有以植物爲隱喻素材者，如〈惜誦〉:「檮木蘭以矯蕙兮……願春日以爲糗芳」；有以動物爲隱喻素材者，如〈涉江〉:「鸞鳥鳳凰日以遠兮，燕雀烏鵲巢堂壇兮」；有以自然現象爲隱喻素材者，如〈悲回風〉:「悲回風之搖蕙兮，心冤結而內傷」；有以人物爲隱喻素材者，如〈懷沙〉:「玄文處幽兮，矇瞍謂之不章」；有以器用爲隱喻素材者，如〈懷沙〉:「同糅玉石兮，一概而相量」；有以歷史神話爲隱喻素材者，如〈惜誦〉:「晉申生之孝子兮，父信讒而不好。」〈思美人〉:「願寄言於浮雲兮，遇豐隆而不將。」據此即可知〈九章〉運用隱喻之多而廣矣！又歸納〈九章〉之隱喻，可發現其作用大多表示善惡之衝突。〔註 172〕

至若〈九辯〉之運用隱喻者，如:「猛犬狺狺而迎吠兮，關梁閉而不通。」「何時俗之工巧兮，背繩墨而改錯。」「卻騏驥而不乘兮，策駑駘而取路」「鳧鴈皆唼夫粱藻兮，鳳愈飄翔而高舉。」「太公九十乃顯榮兮，誠未遇其匹合。」「被荷裯之晏晏兮，然潢洋而不可帶。」「農夫輟耕而容與兮，恐田野之蕪穢。」或有以動物、植物爲隱喻素材者，或有以人物、器物、歷史爲隱喻素材者，故其於隱喻之運用亦如〈九章〉之豐富。然〈九辯〉之運用隱喻有一特色，即多以自然現象爲隱喻素材，如:「白露既下百草兮，奄離披此梧楸。」「秋既先戒以白露兮，冬又申之以嚴霜。」「何氾濫之浮雲兮，猋壅蔽此明月。」此蓋以〈九辯〉多寫景，而於景中寄其委婉之意也。

據以上之分析，可知〈九歌〉以其爲寫實化之描寫，故鮮用隱喻，而〈九章〉、〈九辯〉則爲「理想化之描寫」，故設喻之詞多，此以其「情思幽深眇遠，不能直狀，乃於無可奈何之中，設爲喻詞，以暢其義。」〔註 173〕

〔註 172〕同註 170。
〔註 173〕同註 169。

2. 象　徵

象徵爲隱喻之擴大與延伸，然較隱喻更具多義性與曖昧性。同時於一作品中，其類似之隱喻反覆出現，自然形成「象徵」作用。〔註 174〕據此吾人可試析三九對此一技巧之運用：

〈九歌〉之隱喻既鮮，故而象徵之運用未見於十一篇中。〈九章〉則最突出之象徵當爲香草美人及服飾之象徵。〈抽思〉:「數惟蓀之多怒兮」,「蓀佯聾而不聞」,「願蓀美之可完」與「矯以遺夫美人」,「與美人抽怨兮」,〈思美人〉:「思美人兮擥涕而佇眙。」此皆以蓀、美人象徵國君。又,〈悲回風〉:「惟佳人之永都兮」,「惟佳人之獨懷兮」,此則象徵屈子一己。以上則爲香草美人之象徵。至若〈惜誦〉:「擣木蘭以矯蕙兮，糳申椒以爲糧。播江離與滋菊兮，願春日以爲糗芳。」〈涉江〉:「余幼好此奇服兮，年既老而不衰。帶長鋏之陸離兮，冠切雲之崔嵬」,「被明月兮珮寶璐」。〈懷沙〉:「懷瑾握瑜兮」。〈思美人〉:「擥大薄之芳茝兮，搴長洲之宿莽。」〈悲回風〉:「折若椒以自處兮」,「折若木以蔽光兮」。凡此皆以服食或衣飾象徵一己高潔之品格，此即服飾之象徵。又〈橘頌〉一文全篇亦皆象徵屈子貞固之品格。

〈九辯〉亦運用象徵技巧，然與〈九章〉有異。蓋其最突出之象徵乃以自然景物象徵環境之惡劣及以神話象徵遠遊。如:「白露既下百草兮……恨其失時而無當」，一大段「霜露慘悽而交下兮」,「霰雪雰糅其增加兮」,「泊莽莽與壄草同死」，凡此皆以自然景物之變化象徵環境之惡劣。而文末「乘精氣之摶摶兮……扈屯騎之容容」一段，則藉神話象徵遠遊。

又，〈九歌〉雖無運用象徵之處，然〈九章〉中之香草美人及服飾之象徵則或係得自〈九歌〉之靈感。〈九歌・湘夫人〉:「與佳期兮夕張」,「聞佳人兮召予」,〈少司命〉:「蓀何以兮愁苦」,「滿堂兮美

〔註 174〕同註 170。

人」，「望美人兮未來」，「蓀獨宜兮爲民正」，或以蓀稱神，或以佳人、美人稱所思，此香草美人於〈九歌〉僅爲稱代，至〈九章〉則轉爲象徵。又若〈雲中君〉：「浴蘭湯兮沐芳，華采衣兮若央。」〈湘君〉：「采芳洲兮杜若」，〈湘夫人〉：「匊芳椒兮成堂」，〈大司命〉：「靈衣兮被被，玉佩兮陸離」，〈少司命〉：「荷衣兮蕙帶」，此皆實寫神與巫之服飾，至〈九章〉則轉爲高潔美善之象徵。

另外，〈九章〉與〈九辯〉於善惡之對照，及國君之去賢用佞每多以隱喻敘寫，故亦爲運用象徵之技巧。如〈九章・涉江〉亂詞以鸞鳥鳳凰日遠，燕雀烏鵲巢堂象徵去賢用佞，〈懷沙〉「玄文處幽兮」至「一概而相量」亦反覆言不別善惡。〈九辯〉則自「何時俗之工巧兮」至「鳳亦不貪餧而妄食」一段，屢以騏驥、鳳凰之遠去，象徵國君之不知用賢。

3. 摹　寫

所謂「摹寫」，係對事物之各種感受，加以形容描述。〔註 175〕《文心・物色》云：「詩人感物，聯類不窮。流連萬象之際，沈吟視聽之區，寫氣圖貌，既隨物以宛轉，屬采附聲，亦與心而徘徊。」此即言詩人運用「摹寫」之技巧。〈物色〉又云：「及〈離騷〉代興，觸類而長，物貌難盡，故重沓舒狀，於是嵯峨之類聚，葳蕤之群積矣。」此則指出《楚辭》運用摹寫技巧之特色。據此知「摹寫」亦《楚辭》極重要之技巧，故以下即據三九之文以論其於摹寫技巧之運用。

〈九歌・東皇太一〉：「撫長劍兮玉珥，璆鏘鳴兮琳琅。」陳本禮曰：「撫長劍，則如見其形矣；璆鏘鳴，則如聞其聲矣。」〈湘君〉：「鳥次兮屋上，水周兮堂下。」繆師以爲：「寫江邊僻靜淒涼之景如畫。」〈湘夫人〉：「嫋嫋兮秋風，洞庭波兮木葉下」二句，尤有寫景之妙。而「築室兮水中……建芳馨兮廡門」十四句則鋪敘築室之芳潔。〈少司命〉：「秋蘭兮青青，綠葉兮紫莖。」《文心・物色》許爲

〔註 175〕見黃師慶萱《修辭學》頁 51。

「貴在時見」。〈山鬼〉:「雷填填兮雨冥冥，猨啾啾兮狖夜鳴，風颯颯兮木蕭蕭」三句疊用聯綿詞以狀山中幽深之景，尤爲悽緊動人。〈國殤〉:「旌蔽日兮敵若雲，矢交墜兮士爭先」二句，王邦采曰:「兩軍接戰之初，寫得如火如電。」〔註 176〕凡此皆爲摹寫之妙者。

〈九章・涉江〉:「船容與而不進兮，淹回水而疑滯。」寫景眞切。「深林杳以冥冥兮，猨狖之所居。山峻高以蔽日兮，下幽晦以多雨。霰雪紛其無垠兮，雲霏霏而承宇。」六句「極寫荒涼幽暗，卑濕不堪光景。」〔註 177〕此篇寫景頗佳，陸時雍曰:「〈涉江〉山水生愁，雲物增慨，此便是後來詩賦之祖。」(《楚辭疏》卷二)〈橘頌〉:「綠葉素榮，紛其可喜兮。曾枝剡棘，圓果摶兮。青黃雜糅，文章爛兮。精色內白，類任道兮。」狀橘之形貌，極其貼切。

宋玉長於描寫，〈九辯〉中對秋景之描摹，可謂前無古人，後無來者。尤其「悲哉秋之爲氣也」至「蹇淹留而無成」一段，其中有聲音、有顏色、有情調，有感慨，實可謂千古絕唱。〔註 178〕宜乎孫月峯評曰:「攢簇景物、景事，句句警策，一層逼一層。音調最悲切，骨氣最遒緊，眞是奇絕。」又，「皇天平分四時兮」至「恨其失時而無當」一節，「極形容秋氣之殺物，於物上細爲摹寫，漢魏以下詩人刻意賦物，俱不能出其範圍。」〔註 179〕

據上所述可知，〈九歌〉以其爲歌體，故其於摹寫雖生動眞切，然猶近《詩經》之「以少總多，情貌無遺」(《文心・物色》語)，而〈山鬼〉一篇則已有「重沓舒狀」之傾向。至若〈九章〉，以其爲「直賦其事」，故較不著力摹寫，然如〈涉江〉「深林杳以冥冥兮」一節，寫景之佳，足可使山水生愁。〈橘頌〉則刻劃細物，微妙微肖。而〈九辯〉以其主題爲悲秋，故傾全力描繪景物，實爲摹寫技巧之最高表現。

〔註 176〕以上參見繆師天華《離騷九歌九章淺釋》及王瀣《離騷九歌輯評》。
〔註 177〕參見《評註昭明文選》第三冊〈涉江〉眉批引方曰。
〔註 178〕參見陸侃如《中國詩史》頁 142，劉大杰《中國文學發展史》頁 113(華正版)。
〔註 179〕參見《評註昭明文選》第三冊〈九辯〉眉批引孫曰、方曰。

且其以草木搖落、天高氣清、收潦水清、愴怳懭悢寫秋氣之可悲，確爲「重沓舒狀」矣！〔註 180〕

4. 想　像

豐富之想像力，爲屈子極爲突出之藝術才能。《楚辭》所以驚采絕豔，亦在屈宋上天入地之想像力。觀三九之文，可知屈宋於想像技巧之運用亦各有特色，而〈九歌〉、〈九章〉以性質不同，故其想像之運用亦有微殊，於此尤可見屈子寫作技巧之高妙。

〈九歌〉中於眾多天神地祇之描寫，顯示詩人豐富而奇特之想像力。屈子以其傑出之想像技巧，寫神與神，人與神間之悲歡離合，既生動優美，且富於故事性，使千載下之讀者讀之，猶感動不已。〔註 181〕如〈湘君〉、〈湘夫人〉二篇，藉原有之神話、傳說，寫湘君與夫人纏綿之戀情，其豐富生動之想像，使讀者如見其人，如聞其聲。而〈湘夫人〉一篇首寫湘君憧憬湘夫人之即將來臨，續寫湘夫人之不至，接寫想像於水中築室以迎湘夫人，末則以湘夫人不至，故捐袂遺褋作結。全篇皆於想像中著筆，最爲傳神。〔註 182〕「聞佳人兮召予」二句，陳本禮《屈辭精義》曰：「前是眼中幻象，此乃耳中空音，一『聞』字，一『將』字，全於空中著色。」又曰：「憑空造謊，奇甚。」此皆指其想像之高妙也。又〈東君〉：「青雲衣兮白霓裳，舉長矢兮射天狼。操余弧兮反淪降，援北斗兮酌桂漿。」乃據天象想像而創成奇文也。

〈九章〉以多直賦其事，故其想像之運用，大多表現於遠遊。如〈涉江〉：「駕青虬兮驂白螭，吾與重華遊兮瑤之圃。登崑崙兮食玉英，與天地兮同壽，與日月兮同光。」〈悲回風〉：「上高巖之峭岸兮，處雌蜺之標顛。據青冥而攄虹兮，遂儵忽而捫天。吸湛露之浮涼兮，漱凝霜之雰雰。依風穴以自息兮，忽傾寤以嬋媛。馮崑崙以瞰霧兮，隱岐山以清江。」又〈思美人〉：「願寄言於浮雲兮，遇豐

〔註 180〕參見周振甫《文心雕龍註釋》頁 852（里仁版）。
〔註 181〕參見袁梅《屈原賦譯註》引言三、屈原作品的思想內容與藝術特色。
〔註 182〕參見傅錫壬先生《楚辭讀本》頁 64。

隆而不將。因歸鳥而致辭兮，羌迅高而難當。」亦全從想像著筆。於此可知自然界之日月星辰，風雲雷電，傳說中之虬龍鳳凰，於屈子筆下，皆化爲有思想、有情感、有性格之藝術形象，且供其役使。而古代之先王聖哲，於屈子筆下，亦化爲活生生之人物，可與其晤言接遇，如親謦咳。〔註 183〕

〈九辯〉想像技巧之運用，係受〈離騷〉、〈九章〉之影響，故亦表現於遠遊。〈九辯〉自「乘精氣之摶摶兮，鶩諸神之湛湛」至「載雲旗之委蛇兮，扈屯騎之容容」一大段，既乘精氣，鶩諸神，驂白霓，歷群靈；又左朱雀，右蒼龍，屬雷師，通飛廉，蓋皆想像諸神爲己所役使也。故〈九辯〉想像技巧之運用大多與屈子同也。

除隱喻、象徵、摹寫及想像技巧之運用外，對比與擬人、擬物法之運用，亦有可言者。如〈九章・涉江〉亂詞：「鸞鳥鳳凰日以遠兮，燕雀烏鵲巢堂壇兮。」〈哀郢〉：「憎慍惀之修美兮，好夫人之忼慨。眾踥蹀而日進兮，美超遠而逾邁。」〈懷沙〉：「變白以爲黑兮，倒上以爲下。鳳凰在笯兮，雞鶩翔舞。」及〈九辯〉：「鳧雁皆唼夫粱藻兮，鳳愈飄翔而高擧。」此皆運用對比技巧，以寫不辨賢佞，而用佞棄賢。又，〈橘頌〉爲一詠物詩篇，其文充分運用擬人法，尤其是後半篇，全爲屈子自我寫照，既寫物，亦寫人。至若〈河伯〉：「波滔滔兮來迎，魚鄰鄰兮媵予。」迎、媵二字，皆以人之動態寫物，亦屬擬人法之運用。至如〈惜誦〉：「欲高飛而遠集兮」，〈哀郢〉：「忽翱翔之焉如」則爲擬物法。〔註 184〕大抵〈九歌〉、〈九章〉運用擬人、擬物法較多，而〈九辯〉多寫景，其擬人、擬物之運用較鮮。〔註 185〕

（三）形式設計

三九於形式設計之修辭技巧，較值注意者爲對偶及倒裝，以下試

〔註 183〕同註 181。

〔註 184〕參見湯炳正〈屈賦修辭擧隅〉一文（收入《屈賦新探》）。

〔註 185〕查考原文，其擬人法之運用，僅：「燕翩翩其辭歸兮」一句，擬物法則亦僅：「忽翱翔之焉薄」句。

析論之：

1. 對　偶

王師熙元以爲屈原以前之文學作品，雖偶有對偶，然係自然現象，至屈子之作，始刻意創爲駢詞儷句，以求對稱之美。〔註 186〕張仁青先生《中國駢文發展史》一書亦列舉《楚辭》之對句，其類多至十二，〔註 187〕由是可知，屈宋於對偶技巧之運用，已極爲注意。又，對句據句型分類，不外乎「句中對」、「單句對」、「複句對」、「長對」四種。〔註 188〕以下即據此分類以見三九運用對偶技巧之異同：

〈九歌〉句中對頗多。如：〈東皇太一〉：「瑤席兮玉瑱」，「揚枹兮拊鼓」。〈湘君〉：「桂櫂兮蘭枻」，「斲冰兮積雪」。〈湘夫人〉：「沅有茝兮醴有蘭」，「桂棟兮蘭橑」。〈少司命〉：「綠葉兮素枝」，「儵而來兮忽而逝」。〈東君〉：「縆瑟兮交鼓」，「青雲衣兮白霓裳」。〈河伯〉：「乘白黿兮逐文魚」。〈山鬼〉：「被薜荔兮帶女羅」，「石磊磊兮葛蔓蔓」。〈國殤〉：「凌余陣兮躐余行」，「左驂殪兮右刃傷」。〈禮魂〉：「成禮兮會鼓」，「春蘭兮秋菊」。其中〈山鬼〉、〈國殤〉二篇其句型多爲「三兮三」，故而句中對尤多。至若單句對則九歌亦數見，如：〈湘君〉：「采薜荔兮水中，搴芙蓉兮木末。」「石瀨兮淺淺，飛龍兮翩翩。」〈湘夫人〉：「麋何食兮庭中，蛟何爲兮水裔。」「捐余袂兮江中，遺余褋兮醴浦。」〈大司命〉：「令飄風兮先驅，使涷雨兮灑塵。」〈少司命〉：「入不言兮出不辭，乘回風兮載雲旗。」「悲莫悲兮生別離，樂莫樂兮新相知。」〈東君〉：「縆瑟兮交鼓，簫鐘兮瑤簴。」〈河伯〉：「魚鱗屋兮龍堂，紫貝闕兮朱宮。」〈國殤〉：「旌蔽日兮敵若雲，矢交墜兮士爭先。」「霾兩輪兮縶四馬，援玉枹兮擊鳴鼓。」〈禮魂〉：「成禮兮會鼓，傳芭兮代舞。」又〈九歌〉十一篇中出現單句對最多者，爲〈湘君〉。

〔註 186〕參考王師熙元〈屈原評傳〉一文（收人《潘重規教授七秩誕辰論文集》）。

〔註 187〕參見張仁青《中國駢文發展史》上冊頁 147～150。

〔註 188〕此分類據黃師慶萱《修辭學》一書所分（見頁 457）。

〈九章〉亦出現句中對，然較之〈九歌〉，則爲數頗少。除〈涉江〉之「被明月兮珮寶璐」，「駕青虯兮驂白螭」等採〈九歌〉句系之句型出現句中對外，僅〈惜誦〉偶見之，如「紛逢尤以離謗兮」，「心鬱邑余侘傺兮」。〈九章〉之對偶以單句對最多，如：〈惜誦〉：「言與行其可迹兮，情與貌其不變。」「退靜默而莫余知兮，進號呼又莫吾聞。」〈涉江〉：「帶長鋏之陸離兮，冠切雲之崔嵬。」「與天地兮同壽，與日月兮同光。」〈哀郢〉：「哀州土之平樂兮，悲江介之遺風。」「憎慍惀之脩美兮，好夫人之忼慨。」〈抽思〉：「憍吾以其美好兮，覽余以其脩姱。」「望三五以爲像兮，指彭咸以爲儀。」〈懷沙〉：「變白以爲黑兮，倒上以爲下。」〈思美人〉：「擘大薄之芳茝兮，搴長洲之宿莽。」「登高吾不說兮，入下吾不能。」〈悲回風〉：「糺思心以爲纕兮，編愁苦以爲膺。」「觀炎氣之相仍兮，窺煙液之所積。」又〈悲回風〉一篇單句對甚夥。除單句對外，〈九章〉尚出現複句對，如：〈思美人〉：「令薜荔以爲理兮，憚擧趾而緣木。因芙蓉而爲媒兮，憚蹇裳而濡足。」〈惜往日〉：「乘騏驥而馳騁兮，無轡銜而自載。乘氾泭以下流兮，無舟楫而自備。」〈悲回風〉：「浮江淮而入海兮，從子胥而自適。望大海之洲渚兮，悲申徒之抗迹。」除句中對、單句對、複句對外，〈悲回風〉「愁鬱鬱之無快兮，居戚戚而不解」至「愁悄悄之常悲兮，翩冥冥之不可娛」一段排偶櫛比，纍纍如貫珠；而「紛容容之無經兮，罔芒芒之無紀。軋洋洋之無從兮，馳委移之焉止。漂翻翻其上下兮，翼遙遙其左右。氾潏潏其前後兮，伴張弛之信期。」此八句乃前四句與後四句相對，皆爲長對。〔註 189〕

〈九辯〉之句中對如：「蓄怨兮積思」，「聊逍遙以相佯」。單句對如：「去白日之昭昭兮，襲長夜之悠悠。」「騏驥伏匿而不見兮，鳳皇高飛而不下。」「食不媮而爲飽兮，衣不苟而爲溫。」複句對如：「燕翩翩其辭歸兮，蟬宋漠而無聲；雁廱廱而南游兮，鵾雞啁

〔註 189〕參見趙璧光〈論屈賦之流變〉一文（《成功大學學報》第八卷）。

哳而悲鳴。」〔註 190〕長對如「葉菸邑而無色兮，枝煩挐而交横。顏淫溢而將罷兮，柯彷彿而萎黃。萷櫹槮之可哀兮，形銷鑠而瘀傷。」又，「乘精氣之摶摶兮」至「扈屯騎之容容」亦排偶櫛比，纍纍如貫珠，亦屬長對。

洪邁《容齋續筆》卷三曰：「唐人詩文，或於一句中自成對偶，謂之當句對。蓋起於《楚辭》蕙烝蘭藉，桂酒椒漿；桂櫂蘭枻，斲冰積雪。」洪氏所謂當句對，即句中對。就其所標舉之例皆見於〈九歌〉，且據上述所舉諸例，可知〈九歌〉句中對甚多，此蓋以〈九歌〉句法乃兮字在句中，且多「二兮二」、「三兮三」之句型，故易成對偶。〔註 191〕又〈九歌〉以其爲歌體，無須鋪陳，故未見複句對與長對，僅單句對數見。至若〈九章〉則以兮字多在上句句末，其對句爲單句對，且上句皆較下句多一兮字。又以其爲鋪陳之誦體，故隔句對、長對亦皆有之。〈九辯〉與〈九章〉大抵相類、即對句四類備具，且亦以單句對爲多，然其對句數量則較〈九章〉少。此除其篇幅較〈九章〉九篇短小外，作者之寫作習慣或亦有以致之。

2. 倒　裝

爲求協韻或文字之錯綜變化，三九亦多運用倒裝法〔註 192〕以下試舉例明之：

據翁世華先生之分析，〈九歌〉運用倒裝法者，如：〈東皇太一〉：「吉日兮辰良」，「君欣欣兮樂康」，辰良、樂康乃良辰、康樂之倒裝。〈湘君〉：「君不行兮夷猶」，「蹇誰留兮中洲」，夷猶、中洲乃猶夷、洲中之倒裝。〈東君〉：「載雲旗兮委蛇」，乃「載委蛇兮雲旗」之倒裝。〈河伯〉：「乘水車兮荷蓋」，乃「乘荷蓋兮水車」之倒裝。以上爲詞組之倒裝。又，〈東皇太一〉：「穆將愉兮上皇」，「璆鏘鳴兮琳琅」，乃

〔註 190〕此聯以「鶤雞」對「蟬」，有違對偶工整之原則，然觀其文意確爲對偶，且除此處外其他皆對仗，故錄之。

〔註 191〕同註 189。

〔註 192〕參見張縱逸〈楚辭語法〉一文（收入《楚辭集釋》一書）。

「將穆愉兮上皇」，「璆琳琅兮鏘鳴」之倒裝。〈湘君〉：「君不行兮夷猶」，「沛吾乘兮桂舟」，乃「君猶夷兮不行」，「吾沛乘兮桂舟」之倒裝。〈大司命〉：「紛吾乘兮玄雲」，「孰離合兮可爲」，乃「吾紛乘兮玄雲」，「孰可爲兮離合」之倒裝。〈禮魂〉：「姱女倡兮容與」，乃「姱女容與倡兮」之倒裝。以上乃詞序（或句法）之倒裝。〔註193〕

〈九章〉之造句形式運用倒裝法者，如〈惜誦〉：「心鬱邑余侘傺兮」，當爲「余心鬱邑侘傺兮」之倒裝。〈涉江〉：「帶長鋏之陸離兮，冠切雲之崔嵬」，當爲「帶陸離之長鋏兮，冠崔嵬之切雲」之倒裝。〈哀郢〉：「今逍遙而來東」，乃「今逍遙而東來」之倒裝。〈抽思〉：「憍吾以其美好兮，覽余以其脩姱」爲「以其美好憍吾兮，以其脩姱覽余」之倒裝。〈九辯〉運用倒裝法者，如：「去白日之昭昭兮，襲長夜之悠悠」乃「去昭昭之白日兮，襲悠悠之長夜」之倒裝。「被荷裯之晏晏兮」乃「被晏晏之荷裯兮」之倒裝。又，自「乘精氣之摶摶兮」至「扈屯騎之容容」一段，其聯綿詞居末，皆爲倒裝法之運用。

據以上所舉諸例可知：〈九歌〉倒裝句最多，且除詞序之倒裝外，尚有詞組之倒裝。〈九章〉、〈九辯〉則倒裝句較少，且無詞組之倒裝。此或以〈九歌〉爲歌體，爲求協韻與夫語勢矯健，〔註194〕故而詞序之倒裝不足，則濟以詞組之倒裝，以是倒裝句較〈九章〉、〈九辯〉爲多。

除對偶、倒裝技巧之運用外，三九中尚見「類疊」及「頂眞」技巧之運用，其「類疊」則以疊字爲主，已見於本節三，茲不贅舉。至若「頂眞」之運用，僅得〈九歌・湘君〉：「橫大江兮揚靈，揚靈兮未極」一例。

根據以上之析論，可知〈九歌〉、〈九章〉、〈九辯〉之內容，既有

〔註193〕參見翁世華〈楚辭九歌的倒裝法〉一文（《中華文化復興月刊》八卷六期）。又翁氏將「載雲旗兮委蛇」與「乘水車兮荷蓋」列爲詞組之倒裝，竊以爲或應歸入詞序之倒裝，蓋詞組之倒裝，當指此一詞組之變次，如「良辰」作「辰良」。

〔註194〕洪興祖《楚辭補註》：「沈括存中云：『吉日兮辰良』，蓋相錯成文，則語勢矯健。」

其同，亦有其異。若然，則賴此內容、形式緊密結合，於焉產生之風格，亦必互有異同。以下先援引各家對三九之評騭，復略申論之，以試究三九風格之異同。

《評註昭明文選》引孫鑛曰：

〈九歌〉諸篇，句法稍碎，而特奇陗，在楚騷中最爲精潔。

王夫之《楚辭通釋・九歌序》云：

孰繹篇中之旨，但以頌其所祠之神，而婉娩纏綿，盡巫與主人之敬慕，舉無叛棄本旨，闌及己冤。但其情眞者其言惻，其志菀者其音悲。

何焯《文選》評云：

九歌辭麗而意婉。(《歷代楚辭品評要略》引)

彭毅先生〈析論楚辭九歌的特質〉云：

〈九歌〉那種哀悽的情調，並非要刻意地「託以諷諫」，藉此來揚露自我，應是他的純摯婉轉之情致，不容自已地自然的流露了出來。也同時將其所涵攝的「內美」和「修能」的人格，跟他的卓犖藝術才華，以及檃栝鎔鍊之能，而「自鑄偉辭」，完成了中國文學史上最奇麗的抒情詩——《楚辭・九歌》，一直叩擊著讀者的心靈，被千古的傳誦著。

以上乃諸家對〈九歌〉之評論。

李賀評〈九章〉曰：

其意悽愴，其詞瓌麗，其氣激烈，雖使事間有重複，然臨死時求爲感動庸主，自不覺言之不足，故重言之，要自不爲冗也。〔註 195〕

洪興祖《楚辭補註》卷四〈九章〉云：

〈騷經〉之辭緩，〈九章〉之辭切。

《評註昭明文選》引孫鑛曰：

是〈離騷〉餘韻，而微較清徹。

王夫之《楚辭通釋》卷四〈九章序〉云：

〔註 195〕繆師天華《離騷九歌九章淺釋》頁 268 引。

〈九章〉之詞，直而激，明而無諱。

何焯云：

〈九章〉沈鬱頓挫，足以表裡〈騷經〉。

吳世尚《楚辭疏・敘目》云：

〈九章〉體裁，與騷一也，而各因其時，各紀其事。故雖音節悲涼而部伍分明，頗爲易識。〔註 196〕

夏大霖《屈騷心印・發凡》云：

餘篇之辭微而隱，〈九章〉之辭顯而章。〔註 197〕

何敬群《楚辭精註》云：

〈九章〉之文，非一時一地之作，乃屈子隨感而發者。感非一時，則筆不一致。故〈九章〉有瓌瑋哀麗之作，也有沈鬱深婉，或明快曉暢之作。

以上係諸家對〈九章〉之析評。

《楚辭章句》引陳深曰：

屈氏而後，宋玉其善鳴者也。〈九辯〉深悽眇恍。

《鹿溪子》引王鳳洲（世貞）曰：

談節序則披文見候，敘孤蹇則循聲見寃。

陳第《屈宋古音義》之〈九辯題辭〉云：

愚讀〈九辯〉，其志悲，其託興遠，其言紆徐而婉曲，稍露其本質即輒爲蓋藏，以此傷其抑鬱憤怨之深。

馮紹祖校《楚辭章句・後序》云：

差、玉以下二三君子，法其從容，而祖其辭令，方且以柔情入景語，藻繢易深厚。

《評註昭明文選》引孫鑛曰：

〈九辯〉已變屈子文法，加以參差磊落而多峻急之氣，不若屈子之纏綿，更知古人之文，未有不脫化而能自主者。

騷至宋大夫乃快，其語最醒而俊。

王夫之《楚辭通釋》卷八〈九辯序〉云：

〔註 196〕姜亮夫《楚辭書目五種》頁 159 引。

〔註 197〕同註 196 頁 183 引。

其詞激宕淋漓，異於風雅，蓋楚聲也。

《古文辭類纂》引陳眉公曰：

舉物態而覺哀怨之傷人，敘人物而見蕭條之感候，梗概既具，情色斯章，足令循聲者知冤，感懷者興悼。〔註198〕

《評註昭明文選》卷八〈九辯〉引孫執升曰：

對景抒懷，悽愴婉雅，一似以不辯爲辯者。屈子苦心，可謂曲盡。至其音調悲涼，則又落蘆花於楚澤，冷楓葉于吳江。棄婦孤臣，不堪多聽。

何敬群《楚辭精注》云：

其文意惆悵切至，其文氣迴環俊瑋，其文辭爽朗清妙，其聲情蒼涼抑揚，與屈子之文，各成絕詣，而亦各有面目。

以上乃諸家對〈九辯〉之品評。

《文心・辨騷》云：

故〈騷經〉、〈九章〉，朗麗以哀志；〈九歌〉、〈九辯〉，綺靡以傷情。

陳第《屈宋古音義・自序》云：

屈原之作，變動無常，淜沛不滯，體既獨造，文亦赴之，蓋千古之絕唱也。宋玉之作，纖麗而新，悲痛而婉，體制頗沿於其師，風諫有補於其國，亦屈原之流亞也。

胡應麟《詩藪》內編卷一云：

和平婉麗，整暇雍容，讀之使人一唱三嘆者，〈九歌〉等作是也。惻愴悲鳴，參差繁複，讀之使人涕泣沾襟者，〈九章〉等作是也。

張京元《刪註楚辭》引首云：

夫〈離騷〉寫怨，已盡淋漓，〈九歌〉則瀟湘如畫，誦〈九辯〉則魂斷秋空，驚采絕豔，信哉罕儔。〔註199〕

沈德潛《說詩晬語》云：

〔註198〕《古文辭類纂》卷六十三宋玉〈九辯〉諸家集評。（世界書局版頁1121）

〔註199〕同註196頁81引。

〈九歌〉哀而豔，〈九章〉哀而切。

何焯云：

〈九歌〉近風，〈九章〉近雅。

王邦采《屈子雜文箋略》自序云：

〈九歌〉之音思以慕，……〈九章〉之音思以激。

陳本禮《屈辭精義》卷四〈九章〉發明：

屈子之文，如〈離騷〉、〈九歌〉章法奇特，辭旨幽深，讀者已目迷五色；而〈九章〉谿徑更幽，非〈離騷〉、〈九歌〉比。蓋〈離騷〉、〈九歌〉猶然比興體。〈九章〉則直賦其事，而淒音苦節動天地而泣鬼神，豈尋常筆墨能測。朱子淺視〈九章〉，譏其直致無潤色，而不知其由蠶叢鳥道，巉巖絕壁而出，而耳邊但聞聲聲杜宇啼血於空山夜月間也。

劉熙載《藝概》云：

〈九歌〉，歌也；〈九章〉，誦也。詩如少陵近〈九章〉，太白近〈九歌〉。

誦顯而歌微，故長篇誦，短篇歌；敘事誦，抒情歌。（見卷二詩概）

〈九歌〉與〈九章〉不同，〈九歌〉純是性靈語，〈九章〉兼多學問語。（見卷三賦概）

姜亮夫《屈原賦校注》〈九歌〉解題：

十四篇婉孌以達意，故其辭委曲而謹嚴；〈九歌〉徑直以肆情，故其詞弘放而率眞。〔註200〕

以上乃諸家對三九之較評。

通過上述各家對三九之評論，或亦有助於吾人對三九風格之體會。蓋前人之品評，或有流於主觀、抽象者，然風格既爲內容、形式結合後之精神表現，〔註201〕其本身即屬抽象之意念，故而從古人不

〔註200〕姜氏所謂十四篇，即含〈九章〉九篇。

〔註201〕廖蔚卿先生《六朝文論》：「風格即是內容與形式結合後的精神。」（見頁190）

同角度之主觀、直覺之品評，或許更能加深吾人對三九之全盤性了解，此亦可矯正前文以分析歸納方式比較三九異同之弊。又，前引諸家之說，容有些許出入，然大抵亦可見出三九風格之異同。略而言之：三九皆以瑰瑋靡麗之文辭，寫哀傷悽愴之感情，此其同也。若就其異者言之，則可自文辭、文意、文氣、文情四端析論之。就文辭言：〈九歌〉較綺靡，〈九章〉較明切，〈九辯〉較纖麗。就文意言：〈九歌〉纏綿婉轉，〈九章〉質直沈鬱，〈九辯〉惆悵婉曲。就文氣言：則〈九歌〉平和雍容，〈九章〉激烈高亢，〈九辯〉磊落峻急。就文情言：則〈九歌〉爲眷戀思慕，〈九章〉哀怨憤懣，〈九辯〉爲悲憐憾恨。

華師仲麐以爲言《楚辭》文學之批評與影響，莫妙於劉彥和。〔註 202〕試觀《文心・辨騷》所云：「故〈騷經〉、〈九章〉，朗麗以哀志；〈九歌〉、〈九辯〉，綺靡以傷情。」雖僅寥寥數語，然確能兼顧內容，形式，簡要道出三九風格之異同。蓋朗麗、綺靡者，言其外在之文辭也；哀志、傷情者，論其內在之文思也。「朗麗以哀志」者，以明朗美麗之文辭抒發悲哀之心志也；「綺靡以傷情」者，以綺麗輕靡之文辭發洩悲傷之感情也。二者之同，蓋在其皆有美麗之辭藻，皆寫哀傷之情愫。然二者之異，則在〈九章〉之文辭較明朗確切，而歌、辯之詞則較輕綺靡麗；且〈九章〉所表達者，爲忠君體國之心志，歌、辯所發抒者，則純爲一己之傷懷感遇。〔註 203〕此彥和就其大別言之，若細分之，則〈九歌〉、〈九辯〉雖皆爲「綺靡傷情」，然二者之情略有殊異。蓋〈九歌〉多傷離悼別之情，〈九辯〉則因觸景而悲愁，因不遇而傷懷也。

姚一葦先生以時代與個人，內省與非內省，寫實與反寫實，古典與浪漫四種對立，作爲藝術品風格之四支柱。〔註 204〕今據此四支柱，

〔註 202〕華師仲麐《中國文學史論》第二章第三節《楚辭》：「論文學的批評影響，莫妙於劉彥和。」（見頁 79）

〔註 203〕參見李直方先生〈騷經「哀志」九歌「傷情」說〉一文（收入《漢魏六朝詩論稿》）。

〔註 204〕參見姚一韋先生《藝術的奧秘》第十章論風格。

以對比方式，進一步分析三九之風格。就時代與個人言：〈九章〉受時代影響最深，〈九歌〉則較淺，〈九辯〉則在兩者之間。就內省與非內省言：〈九章〉乃明顯之內省型作品，〈九歌〉則非內省型，〈九辯〉亦介於兩者之間。就寫實與反寫實言之：則〈九章〉近乎寫實，〈九歌〉則近於反寫實，〈九辯〉則在兩可之間。就古典與浪漫言之，則〈九章〉近古典，〈九歌〉近浪漫，而〈九辯〉亦在兩可之間。然此所謂時代與個人，內省與非內省，寫實與反寫實，古典與浪漫，皆為相對性，而非絕對性。

要而言之：〈九歌〉、〈九章〉、〈九辯〉之內容、形式、風格，皆互有異同。自其同者言之，可知三九皆為楚聲，皆具楚文學之特質，故皆當列入《楚辭》。自其異者論之，則固知三九必然各成絕詣，各有價值，故對後代之文學皆產生莫大之影響。宜乎彥和許為：「氣往轢古，辭來切今，驚采絕豔，難與並能。」（《文心・辨騷》語）而沈約亦贊屈宋：「英辭潤金石，高義薄雲天」也。〔註 205〕

〔註 205〕見《宋書》卷六十七〈謝靈運傳〉論。

第四章　三九之藝術價值

〈九歌〉之和平婉麗，整暇雍容；〈九章〉之惻愴悲鳴，參差繁複；〈九辯〉之悽愴婉雅，清姿歷落；〔註1〕可謂既有同然之善，亦有獨造之詣也。此或屈宋所以齊名，三九所以並美歟！爲求對三九同然之善與夫獨造之詣，有所了解，本文已於上章自內容、形式二端，析論其異同。此章則擬就三九展現之藝術價值，略作論述，以見三九之所以能「氣往轢古，辭來切今，驚采絕豔，難與並能」（《文心・辨騷》語）也。歸納言之，三九之藝術價值，可得而言者有四：其一，體製之自由也；其二，風格之多樣也；其三，語言之美麗生動也；其四，表現手法之巧妙也。以下即分四節論述之。

第一節　自由之體製

屈宋既受楚國特殊地理環境之薰陶，復逢戰國諸子散文發達之世，故其所作容有受《詩經》之影響，然以取資於活潑曼妙之南方歌謠，學習自縱橫揮灑之諸子散文，故而三九之體製，可謂極其自由靈動。此可自篇局、章法、句法、用韻數端觀之。

〔註1〕「和平婉麗，整暇雍容」，「惻愴悲鳴，參差繁複」乃胡應麟《詩藪》語。「悽愴婉雅」，孫執升語；「清姿歷落」，宋潛溪語。（參見第三章末）

一、篇　局

三九篇局之自由可自篇什結構及篇幅長短論之。

自篇什結構言：〈九歌〉爲十一首短篇組成，有完整統一結構之祀神舞曲。〈九章〉則爲九首中篇輯成，無必然關係之抒情敘事詩。至若〈九辯〉，則係獨立之長篇抒情寫景樂章

自篇幅長短言：〈九歌〉爲短篇，〈九章〉爲中篇，〈九辯〉爲長篇。若就各分篇觀之，其篇幅之長短亦不一，如〈九歌〉之〈禮魂〉僅二十七字，而〈湘君〉則長達兩百二十五字；〈九章〉則短者若〈橘頌〉之一五二字，長者如〈悲回風〉之七二九字。〔註2〕

凡此皆可知三九乃篇無定章，章無定句，故其篇幅長短不一，而篇什結構亦較爲圓活，以是知其篇局之自由也。〔註3〕

二、章　法

〈九歌〉乃屈原據民歌改創之祀神舞曲，係爲宗教行禮中之表演而寫，故其章法與《楚辭》他篇大異。就〈九歌〉十一篇言，其首篇〈東皇太一〉，末篇〈禮魂〉，蓋爲明顯之序幕與收場白；其餘九篇則爲〈九歌〉主體。〈東君〉、〈雲中君〉兩篇爲起領之歌篇，其次則〈湘君〉、〈湘夫人〉，〈大司命〉、〈少司命〉，〈河伯〉、〈山鬼〉兩兩成雙，最後則爲〈國殤〉。〔註4〕此就〈九歌〉整體結構言之。至若其各分篇，以神之特性及故事有異，故章法亦大不相同。如〈東皇太一〉爲最尊之天神，故篇中總是欲致其敬，以承其歡，以此一意到底。〈東君〉、〈大司命〉則或以神之語氣出之，或以巫之口吻爲之。〈雲中君〉、〈湘君〉、〈湘夫人〉、〈少司命〉、〈河伯〉五篇，雖皆以祭巫之口吻行文，然章法亦異。如〈雲中君〉首言祀神之齋敬，次言神降時情狀，末則寫神之忽逝。而〈湘君〉、〈湘夫人〉則皆以候人不來爲線索，其中有

〔註 2〕據附錄一表二之一、二統計。

〔註 3〕參見李曰剛先生《中國文學流變史（二）辭賦編》頁60。

〔註 4〕參見陳世驤先生〈《楚辭・九歌》的結構分析〉一文。（《幼獅月刊》四十八卷五期，吳菲菲譯）

實寫，有懸想。至若〈山鬼〉一篇則獨以神之口吻出之，且全爲設想之詞。而〈國殤〉則直賦其事，爲祭巫集體演唱之英雄式悲歌。據此可知〈九歌〉之章法不僅與《楚辭》他篇有異，且亦表現多采多姿矣！

〈九章〉多爲單篇直陳，其文隨其鬱勃之情，奔瀉而下，滔滔數百言，往往不便強分章節，〔註5〕然亦有脈絡可尋。蓋其破題多以自我爲中心，而行文大抵以時間爲依據。然各篇亦有殊異，如〈惜誦〉乃以現在、過去、現在交叉敘述；〈哀郢〉則先追敘過去，再言現在；〈橘頌〉則以頌體之故，皆主述現在，而前寫橘之素具，繼寫橘之貞操。又，〈九章〉九篇中有無亂詞者，即〈惜誦〉、〈思美人〉、〈惜往日〉、〈橘頌〉、〈悲回風〉五篇；有有亂詞者，即〈涉江〉、〈哀郢〉、〈抽思〉、〈懷沙〉四篇。〈抽思〉則除亂詞外，尚有「倡」、「少歌」，故陳本禮《屈辭精義》云：「此在〈九章〉中爲另一體」。凡此皆可見〈九章〉之章法亦自由多變矣！

至若〈九辯〉則以悲秋始，以遠遊終。蓋先以因秋生悲總起全文，次則或感事，或感物，或感時；末則以自請去君，放遊雲中總束上文，其章法與〈九歌〉、〈九章〉亦異。

據上所述，可知三九之章法極其自由靈動，蓋皆因情立體，據事構思也。（本小節參見第三章第二節一）

三、句　法

三九句法之自由，可自句子之長短不拘，句型之繁多複雜，兮字位置之變化，散文句法之運用，以及學習民間歌謠之句式數端知之。

三九之句子其長短不拘，計有五字句、六字句、七字句、八字句、九字句、十字句、十一字句、十二字句、十三字句、十四字句、十五字句、十六字句，可謂極長短變化之能事。（參見附錄一表二之四「三九句型分析比較表」）

又，三九句型之繁多複雜，尤可見其句法之自由。若自字數長短

〔註5〕同註3頁59。

及兮字位置之不同觀之，則其出現之句型共計四十二。〔註6〕若自句型之種類觀之，則其既有簡句，亦有繁句，尤多複句。〔註7〕簡句如〈九歌・少司命〉：「悲莫悲兮生別離」，繁句如〈大司命〉：「眾莫知兮余所為」，複句則〈九章〉、〈九辯〉比比皆是，如〈涉江〉：「余幼好此奇服兮，年既老而不衰。」〈九辯〉：「獨申旦而不寐兮，哀蟋蟀之宵征。」又若自句子之性質觀之，則其既多表態句、敘事句，亦有判斷句、有無句。茲以〈惜誦〉一篇為例說明之，如：「心鬱邑余侘傺兮」，表態句也；「晉申生之孝子兮，父信讒而不好」，敘事句也；「忠何罪以遇罰兮，亦非余心之所志」，判斷句也；「有招禍之道也」，有無句也。除上述之外，三九之句型亦有詞組代句，限制詞之冠首及獨用，與夫同義詞之疊用三特色（參見第三章第二節二），尤可見其句型之繁複多變也。

兮字位置之變化，亦形成三九句法自由之因素。蓋〈九歌〉乃兮字在句中；〈九章〉則或在單句句末，或在偶句句尾，偶亦有在句中者；〈九辯〉則兮字或在句中，或在單句句末。以兮字位置之變化，故而三九之句型亦因之繁複，句法亦因而多變矣！

又，三九句型之多變，亦與屈宋運用散文句法，學習民歌句式有關。此亦楚辭所以能突破《詩經》之四言格式之主要原因。舉例明之：如〈惜誦〉：「壹心而不豫兮，羌不可保也。疾親君而無他兮，有招禍之道也。」此以「也」字為語尾助詞，顯受散文句法之影響。又〈九章〉、〈九辯〉之句法所以大異〈九歌〉者，蓋將〈九歌〉之單句化為複句，而以兮字間隔之，且將〈九歌〉中原兮字，代以「之、於、而、以」等虛詞，此亦受散文之影響也。吾人若將章、辯上句之兮字刪去，則尤似散文。如：「吾不能變心而從俗，固將愁苦而終

〔註6〕據附錄一表二之四「三九句型分析比較表」統計，共有句型四十種，復加不列入此表之「眴兮杳杳，孔靜幽默」（〈懷沙〉），及「悲哉秋之為氣也」（〈九辯〉）二句，則共計四十二型矣！

〔註7〕許世瑛先生《中國文法講話》以為句子之種類大率可分為簡句、繁句、複句三大類。

窮。」(〈涉江〉語)「圓鑿而方枘，吾固知其鉏鋙而難入。」(〈九辯〉語)又三九之句型亦有學習自民歌者，如〈湘夫人〉:「沅有茝兮澧有蘭，思公子兮未敢言」，極似〈越人歌〉之「山有木兮木有枝，心說君兮君不知。」〔註8〕

四、用　韻

三九用韻之自由，可從其換韻之頻繁與殊異及其韻字出現位置之不同而知之。

〈九歌〉全篇共換韻五十六次，除〈東皇太一〉、〈禮魂〉一韻到底外；〈雲中君〉換韻二次，〈湘君〉、〈湘夫人〉、〈大司命〉皆換韻七次，〈少司命〉六次，〈東君〉五次，〈河伯〉六次，〈山鬼〉八次、〈國殤〉六次。〈九章〉則〈惜誦〉換韻十八次，〈涉江〉十四次，〈哀郢〉十五次，〈抽思〉二十次，〈懷沙〉十八次，〈思美人〉十五次，〈惜往日〉七次，〈橘頌〉九次，〈悲回風〉十七次，共計一三三次。〈九辯〉則換韻三十九次。據此可知三九換韻之頻繁。此頻頻換韻，可使詩之節奏繁複而不單調，亦可促使體製之自由也。

又，〈九歌〉之換韻，計：三韻一換二十三次，二韻一換十五次，四韻一換十一次，五韻一換二次，其換韻情形頗不一致。〈九章〉則以二韻一換爲主，然間亦有三韻、四韻、五韻、六韻、十韻、十一韻一換者。〈九辯〉則二韻一換十七次爲最多，然亦有三韻、四韻、五韻、六韻、七韻、十一韻、十二韻一換者。故就換韻情形言，三九亦頗不一致，此亦足見其體製之自由。

另外，就韻字出現之位置言:〈九歌〉每節句數不定，或二句、三句、四句、六句一節。其二句、三句一節者，每句末皆押韻；四句一節者以一、二、四句句末用韻最多，然亦有二、四句及二、三、四

〔註8〕〈越人歌〉見《說苑》卷十一〈善說〉，此參見姜書閣先生〈先秦楚歌敘錄〉一文(收入《先秦辭賦原論》一書)。又，姜氏之說或由朱熹發之，見《楚辭集注》卷二(華正版頁71)。

句，或每句句末用韻者。而六句一節者則於一、二、四、六句或二、四、六句句末用韻。〈九章〉則大多以四句爲一節，而於二、四句句末押韻；然亦有六句一節，於二、四、六句句末押韻者；五句一節，於三、五句句末押韻者。且〈九章〉之韻字除出現於句末外、〈橘頌〉全篇及〈涉江〉、〈抽思〉、〈懷沙〉亂詞，韻字在複句之「兮」字上，又有少數句則在「也」字上。（以上參見第三章第二節四之（二））

據上所述，可知三九之用韻，頗爲多變，故其體製亦從而多變矣！

除篇局、章法、句法、用韻之自由外，三九之音節亦頗爲多變。蓋其除大量使用楚辭開創之奇數音節（以三言爲基調）〔註9〕外，復亦保留《詩經》傳統之偶數音節；其奇偶之巧妙相配，不僅使詩之節奏更爲曼妙，且亦使其體製越益生動！

劉永濟先生云：「屈賦之作，蓋集古代文體之大成而變化之者。古詩以四言爲本，屈賦則雜用長短，一以辭氣之緩急爲衡，而絕去拘束，於抒情爲尤宜。古詩篇章局促，故每重疊以發其唱歎之趣，屈賦則迴環往復，而辭意無窮，或淒音促節，而情韵逾永，初無一定之式。可謂『因情立體，即體成勢』，『玉水方流，璇源圓折』者矣。」〔註10〕證諸前文之論述，或可謂三九亦如劉氏所言也。〔註11〕

第二節　多樣之風格

個人主義之浪漫詩風乃《楚辭》傑出之藝術價值，〔註12〕而現實主義與浪漫主義詩風之巧妙結合，尤爲屈宋超軼古今之絕大本領。

〔註9〕姜亮夫先生《楚辭今繹講錄》頁110：「漢語的發音法是雙音節爲主，……而楚辭則把這一傳統打破了。」

〔註10〕見劉永濟先生《屈賦通箋》卷首敘論屈賦論文第五。

〔註11〕蓋劉氏所謂之屈賦指〈離騷〉、〈九辯〉、〈九歌〉、〈天問〉及〈九章〉之〈惜誦〉、〈涉江〉、〈哀郢〉、〈抽思〉、〈懷沙〉等篇，則三九皆在其中矣！（同註10）

〔註12〕參見《中國文學史初稿》頁141。

〔註13〕以是之故，屈宋作品之風格極富多樣性，彥和曾贊曰：「故〈騷經〉、〈九章〉，朗麗以哀志；〈九歌〉、〈九辯〉，綺靡以傷情；〈遠遊〉、〈天問〉，瓌詭而惠巧；〈招魂〉、〈大招〉，耀豔而深華；〈卜居〉標放言之致，〈漁父〉寄獨往之才。故能氣往轢古，辭來切今，驚采絕豔，難與並能矣。」（《文心・辨騷》語）三九之作，其作者不同，作品性質又異，則其風格之異，自不待言。且〈九歌〉十一篇，以所祭之神有異，故情調亦別；而〈九章〉九篇，則屈子隨事感觸之作，不僅寫作時地不同，創作動機亦有殊異，故所抒發之感懷自然不同，其風格自亦有別。職是之故，三九風格之多樣性，自屬必然。以下即分論〈九歌〉、〈九章〉、〈九辯〉各篇之風格，以見其風格之多樣，與夫藝術價值之高妙。

一、〈九歌〉之風格

〈九歌〉「綺靡以傷情」，其和平婉麗，整暇雍容，使人讀之而一唱三歎也。〔註14〕故而後世屢有稱美其風致者。孫鑛謂其「句法稍碎，而特奇陗，在楚騷中最爲精潔。」〔註15〕王夫之則稱之曰：「婉娩纏綿……其情眞者其言惻，其志菀者其音悲。」〔註16〕吳世尙則云：「情致縹緲，……可謂善言鬼神之情狀者矣！」〔註17〕何義門亦云：「〈九歌〉辭麗而意婉。」〔註18〕彭毅先生於〈析論楚辭九歌的特質〉一文尤能生動明確道出〈九歌〉之藝術成就，茲援引於下：

〈九歌〉那種哀悽的情調，並非要刻意地「託以諷諫」，藉

〔註13〕姜亮夫先生《楚辭今繹講錄》頁102：「屈原已經把現實主義和浪漫主義的兩方面結合得很好。」袁梅《屈原賦譯註》頁87亦云：「他（屈原）的作品是現實主義積極浪漫主義相結合的範例。」

〔註14〕胡應麟《詩藪》內編卷一云：「和平婉麗，整暇雍容，讀之使人一唱三歎者，〈九歌〉等作是也。」

〔註15〕繆師天華《離騷九歌九章淺釋》頁92引。

〔註16〕見王夫之《楚辭通釋》〈九歌〉序。

〔註17〕見吳世尚《楚辭疏》敘目（姜亮夫《楚辭書目五種》頁159引）。

〔註18〕同註15。

> 此來揚露自我，應是他的純摯婉轉之情致，不容自已地自然的流露了出來。也同時將其所涵攝的「内美」和「修能」的人格跟他的卓犖藝術才華以及櫽栝鎔鍊之能而「自鑄偉辭」，完成了中國文學史上最奇麗的抒情詩——《楚辭·九歌》，一直叩擊著讀者的心靈，被千古的傳誦著。

以上乃總論〈九歌〉十一篇之風格。然〈九歌〉以所祀之神不同，故各篇風格亦有異。傅師隸樸以爲：「舉其大概，可以分爲莊重、燕昵、陰森、豪壯四種。如〈東皇太一〉爲尊神，故全章語意均極莊重典實；而〈湘君〉、〈湘夫人〉、〈少司命〉諸篇則純用燕昵筆調，寫男女戀慕之私情；至〈山鬼〉則爲陰森之情調，〈國殤〉則豪壯。〔註 19〕姜亮夫先生則以爲：〈東皇太一〉肅穆平靜；以下各篇漸由莊肅而趨活潑；至〈湘君〉、〈湘夫人〉而情詞熱烈；至〈河伯〉、〈山鬼〉而情益放肆至於悲傷，虛構至於其極；至〈國殤〉而激烈尤甚。〔註 20〕劉大杰先生則以〈湘君〉、〈湘夫人〉、〈河伯〉、〈山鬼〉四篇帶濃厚之浪漫情調，其他諸神則莊嚴隆重，〈國殤〉則全劇最悲壯者。〔註 21〕馬茂元先生則以二湘爲豐富多彩而具有特徵性之地方情調和藝術風格。〈少司命〉則爲纏綿宛轉絕妙之情歌。而〈國殤〉之熱烈禮贊與慷慨歌聲，則形成剛健樸質之風格，於〈九歌〉中乃獨標一幟。〈禮魂〉則表現淳樸眞誠之樂觀情感。〔註 22〕王濤則謂：「〈山鬼〉語言凝鍊，辭彩秀美，把對山鬼的心理刻畫和景物描繪交融起來，情中有景，景裏寓情，眞算得上獨具風格的佳作。」〔註 23〕

據上所述，可知〈九歌〉十一篇，或莊嚴肅穆，或浪漫悽惻，或纏綿婉轉，或悲壯樸質，其風格可謂多樣矣！宜乎朱子以爲：「楚騷之美，九歌爲最。」而徐泉聲先生亦云：「〈九歌〉文辭之麗雅，聲調之

〔註 19〕 參見傅師隸樸《中國韻文通論》頁 60、61。
〔註 20〕 參見姜亮夫先生《屈原賦校註》頁 175。
〔註 21〕 參見《中國文學發展史》頁 95（華正版）。
〔註 22〕 參見馬茂元先生〈論九歌〉一文（收入《楚辭研究論文集》）。
〔註 23〕 見王濤選註《屈原賦選》〈山鬼〉解題。

鏗鏘，表情之活潑，敘事之委婉，《楚辭》各篇無出其右者。」〔註24〕而楊宿珍氏更言〈九歌〉浪漫、悒鬱情調之呈現，於文學史上之意義至爲重大。〔註25〕

二、〈九章〉之風格

〈九章〉「朗麗以哀志」（《文心・辨騷》語），「其意悽愴，其辭瓌麗，其氣激烈」。〔註26〕然朱熹則以爲〈九章〉之詞，大抵多直致無潤色。〔註27〕陳本禮則駁之曰：「屈子之文，如〈離騷〉、〈九歌〉，章法奇特，辭旨幽深，讀者已目迷五色，而〈九章〉谿逕更幽，淒音苦節，動天地而泣鬼神，豈尋常筆墨能測？朱子淺視〈九章〉，譏其直致無潤色，而不知其由蠶叢鳥道，巉巖絕壁而出，而耳邊但聞聲聲杜宇啼血於空山夜月間也。」〔註28〕陳氏之言頗能論定〈九章〉之藝術價值，然朱子之言亦有其理也。蓋「〈九章〉之文，非一時之作，乃屈子隨感而發者。感非一時，則筆不一致。故〈九章〉有瓌瑋哀麗之作，也有沈鬱深婉，或明快曉暢之作。」〔註29〕以是知其風格確富多樣性也。

朱熹曰：「此篇（〈惜誦〉）全用賦體，無他寄託，其言明切，最爲易曉，而其言作忠造怨，遭讒畏罪之意，曲盡彼此之情狀。」〔註30〕〈涉江〉一篇乃〈九章〉九篇唯一入選《昭明文選》者，孫月峯以爲其「是〈離騷〉餘韻，而微較清徹。」何義門則謂其「點綴風華」。〔註31〕蔣驥則云：「其命意浩然一往，與〈哀郢〉之嗚咽徘徊，欲行

〔註24〕見徐泉聲《楚辭研究》頁50（師大五十九年碩士論文）。

〔註25〕參見楊宿珍《屈子人格世界與騷、歌之藝術境界》頁 90。（師大六十八年碩士論文）。

〔註26〕李賀評〈九章〉之語，見繆師天華《離騷九歌九章淺釋》頁268引。

〔註27〕朱熹《楚辭集注》卷四〈九章〉序：「今考其詞，大氐多直致無潤色，而〈惜往日〉、〈悲回風〉，又其臨絕之音，以故顛倒重複，倔強疎鹵，尤憤懣而極悲哀，讀之使人太息流涕而不能已。」

〔註28〕見陳本禮《屈辭精義》卷四〈九章〉發明。

〔註29〕見何敬群先生〈楚辭屈宋文研究導論〉（《珠海學報》五期）。

〔註30〕同註27〈九章・惜誦〉題下註語。

〔註31〕孫評、何評具見《評註昭明文選》卷八〈涉江〉篇末。

又止，亦絕不相侔。」〔註 32〕觀其全文，或寫幻想，或寫現實，其前半表現高亢，而至後半則音節轉促，愁憤至極。〈哀郢〉一篇既有對往事之追思，亦有對近事之寫實，其「眷顧楚國，不忘欲反，一篇之中，三致意焉」，故而「表情迴盪，曼聲長引」。其敘述行程，則作風寫實。而抒情、敘事之水乳交融，尤爲難得。〔註 33〕以是王濤《屈原賦選》贊之曰：語言樸實自然，寄情深沈懇切，形象生動逼眞，其思想性、藝術性皆至極高之造詣，與〈離騷〉同爲屈賦中流傳不朽之佳作。〈抽思〉一篇反覆陳述一己心意，辭意悲切感人，蔣驥以爲立言與〈涉江〉、〈哀郢〉諸篇大有逕庭，而林文庚則謂之時時閃動女性之溫柔。由是固知其風格之異於他篇也。〔註 34〕〈懷沙〉一篇則文意質直，王夫之曰：「其詞迫而不舒，其思幽而不著，繁音促節，特異於他篇。」林文庚則以爲本篇雄渾沈靜，乃極度悲哀後而益深之沈默。〔註 35〕〈思美人〉篇，立意與〈抽思〉較近，其情調則明快高亢也。〈惜往日〉則文辭徑直，吳至父曰：「他篇皆奇奧，此則平衍而寡蘊。」〔註 36〕〈橘頌〉一篇則馬子端以爲：「《楚詞》悲感激迫，獨〈橘頌〉一篇，溫厚委曲。」〔註 37〕林文庚亦以爲〈橘頌〉與他篇不類，蓋一以其形式爲嚴謹之改良體，一以其作風之嫻雅平靜也。〔註 38〕〈悲回風〉於〈九章〉中可謂極其突出之一篇。其善用聯綿詞，使音節悲切和諧，聲律鏗鏘有致，而情調之沈痛悽涼，婉轉纏綿，尤爲感人肺腑，其藝術風格之獨到，可謂古今無雙矣。〔註 39〕

〔註 32〕見蔣驥《山帶閣注楚辭》卷四。

〔註 33〕參見《史記・屈原賈生列傳》及陳怡良〈楚辭哀郢篇研究〉（《中華文化復興月刊》十五卷七、八期）。

〔註 34〕同註 32 及林文庚《中國文學發展史》頁 56。

〔註 35〕參見王夫之《楚辭通釋》卷四〈懷沙〉題下及林文庚《中國文學發展史》頁 62。

〔註 36〕見《古文辭類纂》卷六十一〈惜往日〉諸家集評。（世界版）

〔註 37〕見謝榛《四溟詩話》卷二（《海山仙館叢書》）。

〔註 38〕同註 34 頁 53。

〔註 39〕參見繆師《離騷九歌九章淺釋》〈悲回風〉解題，王濤《屈原賦選》

由上述可知〈九章〉各篇之風格確爲多姿多樣也。

三、〈九辯〉之風格

屈宋所以並稱，〈九辯〉所以「清姿歷落，驚才壯逸」〔註40〕者，即在〈九辯〉之作除承襲屈賦外，尚能有所建樹，獨樹一幟也。此由其風格之異於《楚辭》他作即可知之也。

《文心・辨騷》云：「〈九歌〉、〈九辯〉綺靡以傷情」，此就其大較言之也。實歌、辯雖皆傷情，而所傷之情異也，蓋〈九辯〉之情乃悲秋之情，與夫貧士失職之恨歟！作者既異，情亦有別，故詩之風格亦不同也。陳深曰：「屈氏而後，宋玉其善鳴者也。〈九辯〉深悽眇恍。」〔註41〕陳第《屈宋古音義》〈九辯〉題辭則云：「愚讀〈九辯〉，其志悲，其託興遠，其言紆徐而婉曲，稍露其本質，即輒爲蓋藏，以此傷其抑鬱憤怨之深。」自序亦云：「宋玉之作，纖麗而新，悲痛而婉。」馮紹祖則謂之「以柔情入景語，藻績易深厚」。〔註42〕孫鑛則明言：「〈九辯〉已變屈子文法，加以參差磊落，而多峻急之氣，不若屈子之纏綿，更知古人之文，未有不脫化而能自主者。」〔註43〕凡此皆可知〈九辯〉風格之異於屈作。

又，〈九辯〉首段之傾力寫秋，雖或有承於〈九歌・湘夫人〉之「嫋嫋兮秋風，洞庭波兮木葉下」，然卻爲中國詩壇首位有意識且非偶然之揭露悲秋之情者。〔註44〕而全文於形式之開拓，描寫之入神，音節之悽惋動人，亦有其獨造之詣。是以葉師慶炳贊曰：「〈九辯〉之文句雖有模擬屈原作品之痕跡，但論藝術技巧，〈九辯〉實更形成熟。無論口吻之調利，描述之細膩，以及形容詞彙之豐富，均較屈賦更進

〈悲回風〉解題。

〔註40〕宋潛溪曰：「〈九辯〉清姿歷落，驚才壯逸，似此高品，恐不得議其不如屈子也。」（歸有光《鹿溪子》引）

〔註41〕《楚辭章句》卷八引（馮紹祖觀妙齋刊本）。

〔註42〕見《楚辭章句》馮紹祖〈校《楚辭章句》後序〉。

〔註43〕史墨卿先生〈歷代《楚辭》品評要略〉引（《中國國學》第十三期）。

〔註44〕參見林庚〈屈原與宋玉〉一文（收入《中華學術論文集》）。

一步。」〔註45〕

綜上所述，可知不僅〈九歌〉、〈九章〉、〈九辯〉風格有別，而〈九歌〉，〈九章〉各分篇之風格，亦有不同，故知其風格之多樣也。然三九風格之多樣，又有傑出成就者二：其一，浪漫詩風與寫實詩風之巧妙結合；其二，個人主義與社會主義之融合無間。試略論之：〈九歌〉之虛構諸神戀情，乃緣於神話傳說，其神祕而異於人世之想像世界，與夫以輕歌微吟方式，由諸神來去匆匆之聚散中，委婉道出其歡樂與感傷，〔註46〕且又多以悲劇作結，此皆展現其浪漫情調。然以其爲神鬼事蹟之描寫，故寫其事象爲客觀哀樂之象，而無自身感情之移入，亦無所假借於設喻之詞，而爲直陳事狀，故爲寫實化之描寫也。〔註47〕又，〈九歌〉多寫戀情，如二湘、〈河伯〉、〈山鬼〉，則可謂個人主義之作也；然若如〈東皇太一〉、〈東君〉之爲莊嚴肅穆之祭歌，與夫〈國殤〉之禮贊爲國犧牲之英雄，鼓舞人民愛國熱忱者，則又爲社會主義之產品也。〈九章〉之作，大抵出以寫實之筆，其或寫世俗之工巧，奸佞之競進；或抒憂國懷鄉之思，遭讒受害之怨，與夫紀述流放行程等，皆極其寫實而富社會性也。然若各篇之極力運用象徵、隱喻技巧，及〈涉江〉之以崑崙神話寫理想，〈悲回風〉之以在山、在水、在陸之遊寫超現實境界，則又富浪漫氣息也。而其文中反覆發抒一己之失意、矛盾、苦悶，則近個人主義之作也。〔註48〕至若〈九辯〉一篇，極寫一己悲秋之情，及失職離鄉之自憐自艾，與夫以神話人物寫遠遊，皆洋溢濃厚之個人主義浪漫色彩。然如「何時俗之工巧兮」，「竊美申包胥之氣盛兮」，「何泛濫之浮雲兮」，及「堯舜皆有所舉任兮」數段，既反映現實之不辨白黑，又道出君子被鄣，小人當道之情狀，則又爲寫實性、社會性

〔註45〕見葉師慶炳《中國文學史》上冊頁32。

〔註46〕同註25。

〔註47〕參見姜亮夫先生《屈原賦校註》頁188。

〔註48〕同註12。

也。以是知三九之風格不僅各具特色，且兼浪漫與寫實，個人與社會性也。

第三節　美麗生動之語言

《文心・辨騷》云：「〈騷經〉、〈九章〉，朗麗以哀志；〈九歌〉、〈九辯〉綺靡以傷情。」所謂「朗麗」、「綺靡」，皆指文章詞藻之雅麗也。〔註 49〕蓋「朗麗」者，明朗美麗也；「綺靡」者，輕綺豔麗也；其間容有微殊，然皆為美麗生動也。分析三九之文，可知其語言之美麗生動，蓋有五因素也：其一，複詞之大量使用；其二，借助於方言、俗語；其三，虛詞之巧妙運用；其四，多形容比況之語；其五，多用偶詞駢語。

一、複詞之大量使用

複詞可分衍聲複詞及合義複詞兩大類，而衍聲複詞又可分雙音節衍聲複詞、疊字衍聲複詞、帶詞尾之衍聲複詞、帶詞頭之衍聲複詞四類；合義複詞亦可分聯合式合義複詞、組合式合義複詞、結合式合義複詞三類。〔註 50〕上述各類複詞，除帶詞頭之衍聲複詞外，皆見於三九中。此複詞之大量使用，或可增強語言之內蘊及情致，或可加添語言之韻律美、節奏感；故皆可促成語言之生動美麗。以下即舉例略論之。

雙音節衍聲複詞及疊字衍聲複詞，亦即常言之「聯綿詞」。三九之聯綿詞可謂俯拾皆是，（參見第三章第二節三、遣詞之一——聯綿詞）而運用最為巧妙者，即〈九歌〉之〈山鬼〉，〈九章〉之〈悲回風〉，及〈九辯〉之首末兩段。〈山鬼〉：「雷填填兮雨冥冥，猨啾啾兮狖夜鳴；風颯颯兮木蕭蕭，思公子兮徒離憂。」前三句連用六疊字，極寫風疾

〔註 49〕參見李直方先生〈騷經「哀志」九歌「傷情」說〉一文（收入《漢魏六朝詩論稿》）。

〔註 50〕參見許世瑛先生《中國文法講話》第二章第二節複詞的種類。

雨驟之秋夜情景，其語言之凝鍊、秀美的確巧妙至極。而〈悲回風〉及〈九辯〉末段之連用疊字，顧炎武許爲：「後人辭賦亦罕及之者。」〔註51〕至若〈九辯〉首段運用不同形式之聯綿詞，攢簇秋景、秋情，宜乎孫鑛稱之曰：「奇絕！」〔註52〕

又，帶詞尾之衍聲複詞，如〈少司命〉「儵而來兮忽而逝」；〈涉江〉：「霰雪紛其無垠兮」，「忽乎吾將行」；〈橘頌〉：「紛其可喜」，「廓其無求」，「梗其有理」等，加上而、乎、其等詞尾，似乎使語言更生動流利。至若聯合式合義複詞，如〈九歌〉之「芳馨、魂魄、別離」，〈九章〉之「堂壇、沈抑、惸獨」，〈九辯〉之「繩墨、怵惕、慘悽」。組合式合義複詞，如〈九歌〉之「五音、九天、九州」，〈九章〉之「君子、大人、百姓」，〈九辯〉之「農夫、浮雲、詩人」。結合式合義複詞，如〈九歌〉之「離居、目成、靈脩」，〈九章〉之「行媒、折中、參驗」等。凡此合義複詞之使用，亦可增加詞彙之內蘊，而使語言顯得生動有致。〔註53〕

史墨卿先生曰：「重言疊字之用，在加強語氣，增進語勢；或張大語調之和諧，以加倍形容事物，從而增進文辭之優美，加深讀者之印象。」〔註54〕吾意以爲其他複詞亦然。故三九之大量使用複詞，自可增進其語言之流利華美也。

二、借助於方言、俗語

時人每謂吸收民間句調，運用方言詞彙，乃屈原作品於語言方面最成功處。〔註55〕屈宋作品所以能「自鑄偉辭」，創造美麗生動之語

〔註51〕顧炎武《日知錄》卷二一。

〔註52〕《評註昭明文選》卷八孫鑛評。

〔註53〕以上所引〈九歌〉、〈九章〉之複詞乃錄自傅錫壬先生〈楚辭語法〉第二編。

〔註54〕見史墨卿先生〈楚辭重言觀〉一文（《高雄師院學報》第五期）。

〔註55〕如湯炳正《屈賦新探・招魂些字的來源》一文云：「考屈原作品的特點之一，就是採用民間文學形式和方言土語加以創造性的提煉和發展。」詹安泰《離騷箋疏》亦云：「吸收民間句調，運用方言詞彙，

言，實有賴其精確之運用方言、俗語也。

〈九歌〉十一篇中，方言詞彙出現最多者，爲〈湘君〉、〈湘夫人〉二篇（參見附錄一表五）。何焯曰：「二篇情致風華，婉曲動人。首尾俱見丰姿秀絕。」（《歷代楚辭品評要略》引）此或與其運用方言、俗語有關也。如〈湘君〉：「蹇誰留兮中洲」，「邅吾道兮洞庭」，「女嬋媛兮爲余太息」，「搴芙蓉兮木末」，其「蹇、邅、嬋媛、搴」等詞之運用，不僅使音韻特出，且使全句因得一、二字而躍然紙上矣！

〈九章〉九篇中，方言詞彙出現最多者爲〈惜誦〉、〈抽思〉。〈惜誦〉，朱熹云：「此篇全用賦體，無它寄託，其言明切，最爲易曉。」〔註56〕其既爲賦體，且全文又反覆言己之以進言得罪，則其文或易有枯澀平衍之病，然今讀此文，唯覺「其情切激，其氣憤勃，曲盡作忠造怨，遭讒畏罪之意」。〔註57〕蓋其靈活運用方言俗語所致乎！文既曰：「吾誼先君而後身兮，羌眾人之所仇。」又云：「壹心而不豫兮，羌不可保也。」藉語氣詞「羌」，使人如親聞其聲也。而「心鬱邑余侘傺兮，又莫察余之中情」；「申侘傺之煩惑兮，中悶瞀之忳忳」；其「侘傺」之用，頗能道盡其鬱結之煩悶。又，篇中屢用民間俗語，如：「眾口其鑠金」、「懲於羹者而吹韲」、「釋階而登天」、「九折臂而成醫」等，亦使其語言通俗易懂、生動有力。〔註58〕

由上所述可知三九之語言得方言、俗語之助而益加生動流利也。

三、虛詞之巧妙運用

《文心・章句》論虛詞之用云：「據事似閒，在用實切。巧者迴運，彌縫文體，將令數句之外，得一字之助矣！」史墨卿先生亦云：

這是屈原作品在語言方面最成功的地方。」（見頁139）

〔註56〕朱熹《楚辭集注》卷四〈惜誦〉題下註。

〔註57〕姜亮夫《屈原賦校註》卷四〈九章・惜誦〉題下註（頁400）。

〔註58〕《國語》卷三〈周語〉下：「諺曰：『眾心成城，眾口鑠金。』」又《新編中國文學史》第一冊頁111：「此外屈原還運用了一些民間俗語，如『九折臂而成醫』、『懲於羹者吹於韲』、『釋階而登天』等。這些都是通俗易懂，生動有力的。」

「《楚辭》之作，多長篇、巨構，然讀之者非惟不覺其枯澀板滯，反見其變化多端，波瀾迭起，生動感人至極。究其原因，除其善於用韻外，而虛字運用靈活之藝術化，亦爲其主因也。」〔註 59〕三九語言之美麗生動亦有賴其虛詞之巧妙運用也。

三九使用虛詞之最大特色，即在其通篇用「兮」字。兮字於三九中，其兮字在句中者，「有表達情感之用」，「有調節聲音長短，以適合其當句樂調之用」，「有助於本句辭意，兼作其他介詞之義」；其兮字在單句句末者，則有調整音節之用，其在偶句句末者，則作句末語氣詞用。據此而言，其兮字或在句中，或在句末，皆有助於語勢之發揚，而可表舒緩之情思。〔註 60〕若然，則亦有助於語言之美麗生動也。吾人若將三九之兮字刪去而後讀之，即可發現不僅節奏迫促，且幾無詩味矣！

除「兮」字外，尚有其他關係詞、語氣詞之運用，亦有助於三九語言之美麗生動也。如〈九歌〉之關係詞以「既、以、與」使用最多。試觀〈山鬼〉:「歲既晏兮孰華予」，其因「既」字之用，而益添對歲晏之恐懼。又如章、辯之關係詞以「之、而」二字使用最頻。而「之、而」二字之用，可使一句中含多層意義，不僅有助於敘事、抒情，且可使文順詞健。至如語氣詞則本即爲表驚訝、讚賞、慨歎、希冀、疑問、肯定者，〔註 61〕其有助語言之生動，自屬必然。若〈九章·惜誦〉:「懲於羹者而吹虀兮……又何以爲此援也。」孫作雲以爲用「也」字落尾、其搶地呼天、悲慟欲絕之情亦可見。〔註 62〕

據上所述，可知三九之巧妙運用虛詞，確實使其語言更流利生動也。（本小節參見第三章第二節三、遣詞之（二）虛詞）

〔註 59〕見史墨卿先生〈楚辭虛字藝術觀〉一文（《高雄師院學報》第八期）。

〔註 60〕同註 59。

〔註 61〕見許世瑛先生《中國文法講話》頁 32。

〔註 62〕孫作雲〈從離騷的寫作年代說到離騷、惜誦、抽思、九辯的相互關係〉一文云：「這些話幾乎全用『也』字落尾，『也』字等於今天的『呀』，其搶地呼天，悲慟欲絕之情亦可見。」

四、多形容比況之語

《文心・物色》云：「及〈離騷〉代興，觸類而長，物貌難盡，故重沓舒狀，於是嵯峨之類聚，葳蕤之群積矣！」三九之文，或述神之容止、特性，或抒遭讒被放之心聲，或狀時變歲移之景物，故多形容比況之詞；尤以〈九辯〉爲然。以下試舉例明之：

如〈九歌・山鬼〉中被薜荔、帶女蘿、既含睇、又宜笑、乘赤豹、從文貍、辛夷車、結桂旗、被石蘭、帶杜衡等語皆用以狀山鬼之神態、車乘及服飾。而〈國殤〉之車錯轂、短兵接、旌蔽日、敵若雲、矢交墜、士爭先、凌余陣、躐余行、左驂殪、右刃傷、霾兩輪、縶四馬等語皆形容戰況之激烈。〈九章・橘頌〉之綠葉、素榮、曾枝、剡棘、圓果摶、青黃雜糅、文章爛、精色內白等語皆形容橘樹也。而〈悲回風〉一篇寫己之鬱悶則曰：「愁鬱鬱之無快兮，居戚戚而不可解。心鞿羈而不形兮，氣繚轉而自締。」凡此皆可知其多用形容比況之語，以突出其思維之形象。至若〈九辯〉一文以「詩人感物，聯類不窮」（《文心・物色》語）故其形容比況之語尤多。如首段之「蕭瑟兮草木搖落而變衰，憭慄兮若在遠行」，「泬寥兮天高而氣清，寂寥兮收潦而水清」，「燕翩翩其辭歸兮，蟬宋漠而無聲。雁廱廱而南游兮，鵾雞啁哳而悲鳴」，皆形容秋之淒清也。又三段形容秋氣之殺物則云：「白露既下白草兮，奄離披此梧楸」，「葉菸邑而無色兮，枝煩挐而交橫……萷櫹槮之可哀兮，形銷鑠而瘀傷。」

由上舉諸例可知三九以多用形容比況之語，故能「狀難寫之景，如在目前；含不盡之意，見於言外」。〔註 63〕而詩之語言能至如斯者，豈非生動美麗耶！

五、多用偶詞駢語

李曰剛先生云：「《詩經》多用重字複句，以質樸婉約勝；《楚辭》

〔註 63〕歐陽修《六一詩話》引梅聖俞之言。

則多用偶詞駢語，以閎博富麗勝。」〔註64〕而大量使用偶詞駢語，正爲三九語言所以美麗生動之重要原因。

三九之偶詞駢語可謂俯拾皆是。如〈九歌・東皇太一〉之「桂酒、椒漿，揚枹、拊鼓」，〈雲中君〉之「翱遊、周章」，〈湘君〉之「蓀橈、蘭旌，桂櫂、蘭枻」，〈湘夫人〉之「蓀壁、紫壇，桂棟、蘭橑」，〈大司命〉之「壹陰、壹陽，疏麻、瑤華」，〈少司命〉之「綠葉、素枝，回風、雲旗」，〈東君〉之「展詩、會舞，應律、合節」，〈河伯〉之「衝風、橫波，龍堂、朱宮」，〈山鬼〉之「被薜荔、帶女蘿，石磊磊、葛蔓蔓」，〈國殤〉之「矢交墜、士爭先，援玉枹、擊鳴鼓」。〈九章・惜誦〉之「發憤、抒情，鬱邑、侘傺」，〈涉江〉之「被明月、佩寶璐，駕青虯、驂白螭」，〈哀郢〉之「慍惀、脩美，超遠、逾邁」，〈抽思〉之「搖起、橫奔，好姱、佳麗」，〈懷沙〉之「鬱結、紆軫，撫情、效志」，〈思美人〉之「媒絕、路阻，容與、狐疑」，〈惜往日〉之「參驗、考實，鄣壅、蔽隱」，〈橘頌〉之「綠葉、素榮，曾枝、剡棘」，〈悲回風〉之「眇眇、默默，高巖、峭岸」。〈九辯〉之「天高、氣清，愴怳、懭悢，悲憂、窮戚，蓄怨、積思，瞀亂、迷惑」。凡此皆於一句中自相對之駢詞。至若儷句則亦多，舉凡句中對、單句對、複句對、長對皆有之。（參見第三章第二節五）

三九之多用偶詞駢語，乃造成其語言閎博富麗之主要原因。至若〈九歌・湘君〉之「采薜荔兮水中，搴芙蓉兮木末。心不同兮媒勞，恩不甚兮輕絕。」〈湘夫人〉之「麋何食兮庭中，蛟何爲兮水裔」等駢詞儷句皆後世駢儷文所常推崇模擬之絕妙好詞也！

綜上所論，可知〈九歌〉、〈九章〉、〈九辯〉語言之美麗生動也！無怪乎沈約《宋書・謝靈運傳》論贊之曰：「英辭潤金石！」而《文心・辨騷》亦許爲「朗麗」、「綺靡」、「驚采絕豔」！且以「自鑄偉辭」爲《楚辭》之特殊成就！

〔註64〕同註3頁58。

第四節　巧妙之表現手法

三九巧妙之表現手法，亦其極傑出之藝術價值也。蓋〈九歌〉、〈九章〉、〈九辯〉所以「敘情怨，則鬱伊而易感；述離居，則愴快而難懷；論山水，則循聲而得貌；言節候，則披文而見時」（《文心・辨騷》語）者，端賴其表現手法之多方而巧妙也！而其中尤其超軼者有四：其一，運用比興技巧之純熟也；其二，靈活運用歷史、神話也；其三，想像之豐富奇特也；其四，描寫之生動逼真也！

一、純熟之比興技巧

王逸《楚辭章句・離騷序》云：「〈離騷〉之文，依詩取興，引類譬喻。」《文心・比興》亦云：「楚襄信讒，而三閭忠烈，依詩製騷，諷兼比興。」觀三九之文，亦可知其運用比興技巧之純熟，試舉例略論之：

〈九歌〉以其爲寫實化之描寫，故較少運用比興技巧。然若〈湘君〉：「采薜荔兮水中，搴芙蓉兮木末。」雖以平凡事物比喻所求不得，而極生動優美也。繆師以爲「是民歌本色，見率眞之情。」〔註65〕又，〈湘夫人〉：「鳥何萃兮蘋中，罾何爲兮木末。」王逸注：「喻所願不得，失其所也。」「麋何食兮庭中，蛟何爲兮水裔。」亦比喻失其所也。二喻皆自然生動，宜乎爲後之擬作者所模仿。〔註66〕

至若〈九章〉，〈九辯〉之運用比興技巧，則尤爲純熟多樣也。蓋既有以動植物爲喻者，亦有以人物、器物爲喻者，更有以自然現象、歷史故事、神話傳說爲喻者。（參見第三章第二節五之（二）1.隱喻）其隱喻素材之多而且廣，可見其比興技巧運用之廣泛與多樣。而尤爲可貴者，在其比興之運用不僅複雜變化，且極其靈活自然。如有以之承接上下文者，有以之補足或強調上下文者，亦有以之爲

〔註65〕見繆師天華《離騷九歌九章淺釋》頁109。

〔註66〕如夏完淳〈九哀・臨清流〉：「萍何爲兮崖際，鶴何爲兮林間。」（《夏內史集》卷二）尤侗〈九訟〉：「萍何聚兮水中，花何開兮木末。」（《西堂雜組》三集卷二）

章節間之轉折者，甚有以其重疊形成結構特色者。茲舉例明之：〈惜誦〉：「矰弋機而在上兮，罻羅張而在下。」二句即上承作忠造怨，下接己願側身而無所。〈九辯〉：「猛犬狺狺而迎吠兮，關梁閉而不通。」此上承君門九重，下接己之不蒙重用而獨守也。以上即運用比興以承接上下文也。〈抽思〉：「昔君與我成言兮，曰黃昏以為期。羌中道而回畔兮，反既有此他志。憍吾以其美好兮，覽余以其修姱。與余言而不信兮，蓋為余而造怒。」前四句以男女婚期之不成為喻，後四句補敘「君」心難測。此運用比興，增加對言而不信之感傷。〈九辯〉：「霜露慘悽而交下兮，心尚幸其弗濟，霰雪雰糅其增加兮，乃知遭命之將至。」乃以霜露、霰雪之交下，渲染環境之惡劣。以上即運用比興以補足或強調上下文也。〈悲回風〉：「鳥獸鳴以號群兮……蘭茝幽而獨芳。」〈九辯〉：「竊悲夫蕙華之曾敷兮……從風雨而飛揚。」則皆作為章節間之轉折也。〈懷沙〉：「玄文處幽兮……雞鶩翔舞。」此不同隱喻之重疊出現，無形中加強喻義共指之方向，故可成為全文結構之重心。〈九辯〉第五段則鳳凰、騏驥之重覆出現，亦形成迴旋往復，如同連環式之結構。〔註67〕故前人評曰：「前鳳凰騏驥兩層分寫，此驥鳳三層並寫，章法亦整亦變。」（見《評註昭明文選》卷八）

由上所述，可知三九運用比興技巧之純熟，宜乎傅錫壬先生以為大量運用比興手法，而使之成為文學創作主力，乃《楚辭》之獨創，亦其藝術技巧之成功。〔註68〕

二、活用神話與歷史

三九之運用神話乃現實與超現實之混合，不單純是敘述神話，而是作者之參與，不僅賦予神話中人、物以主觀感情，且作者往往主動

〔註67〕本段參考彭毅先生〈屈原作品中隱喻和象徵的探討〉一文之四（收入《文學評論》第一集）。

〔註68〕參見傅錫壬先生《新譯楚辭讀本》緒論三《楚辭》的藝術技巧：(4)比興的運用。

駕馭神話中之人、物。又，三九之引用歷史亦極其生動，不僅使歷史人物栩栩如生，且尚能與作者晤言接遇，如親謦咳。以下試舉例說明之：

神話傳說爲〈九歌〉之源，而〈九歌〉中之寫諸神故事，不僅有神與神間之戀愛，亦有神與巫間之交通往來。如〈湘君〉、〈湘夫人〉之寫湘水男神、女神間纏綿悱惻之愛情。〈大司命〉：「君迴翔兮以下，踰空桑兮從女。」「吾與君兮齋速，導帝之兮九坑。」則神與巫之交通。若〈少司命〉：「夫人自有兮美子，蓀何以兮愁苦。」「竦長劍兮擁幼艾，蓀獨宜兮爲民正。」則寫出神對生民之眷顧。凡此皆可見其活用神話傳說之技巧。又如〈九章・涉江〉之駕青虯、驂白螭；〈思美人〉之寄言於浮雲，而豐隆不將；〈九辯〉之乘精氣、騖諸神、驂白霓、歷群靈、左朱雀、右蒼龍、屬雷師、通飛廉；凡此或寫諸神爲其所馭，或寫神之不助己，皆作者與神話人物同時出現，故無人神之隔也，運用神話之巧妙至此，眞可謂匠心獨運，鬼斧神工也！〔註69〕

〈九章・惜誦〉：「令五帝以枏中兮，戒六神與嚮服。俾山川以備御兮，命咎繇使聽直。」則請歷史人物爲己仲裁作證。〈涉江〉：「吾與重華遊兮瑤之圃」，則與歷史人物同遊也。〈抽思〉：「望三五以爲像兮，指彭咸以爲儀。」則以歷史人物爲楷模。〈思美人〉：「勒騏驥而更駕兮，造父爲我操之」，則歷史人物爲己御也。又若寫申生之孝，鯀之婞直（〈惜誦〉）；接輿之髡首，桑扈之臝行、伍子之逢殃，比干之菹醢（〈涉江〉）；堯舜之抗行（〈哀郢〉）皆極生動。而〈惜往日〉一篇自「聞百里之爲虜兮」至「因縞素而哭之」，更援引六段史事，以寄寓國君任賢之重要；其生花妙筆，使歷史人物恍若再生。至若〈九辯〉之寫堯舜抗行、伯樂善相及齊桓之舉用甯戚，亦極其生動。以是可知，由於屈宋之生動引用，使得〈九章〉、〈九辯〉中之歷史人物恍若有生，故謂之活用歷史也。〔註70〕

〔註69〕同註68（3）神話的活用。

〔註70〕參見傅錫壬先生〈楚辭的文學價值〉一文。（收入《中國文學講話》

由上所述，可知三九之能活用歷史與神話，亦爲其傑出之藝術成就。而此活用神話、歷史之技巧尤足爲後之創作者取資。

三、想像豐富奇特

屈原豐富奇特之想像力乃前無古人，後無來者。而宋玉受其影響，亦有豐富之想像力，以是三九之文，其想像之豐富奇持，亦爲其極高妙之表現才能也。

〈九歌〉十一篇，每寫一神，即將此神之身分、意識寫出，其想像之豐富瑰偉，恐爲古今中外文人所鮮及。〔註71〕如〈雲中君〉:「靈皇皇兮既降，猋遠舉兮雲中。覽冀州兮有餘，橫四海兮焉窮。」〈大司命〉:「廣開兮天門，紛吾乘兮玄雲。令飄風兮先驅，使涷雨兮灑塵。」〈少司命〉:「孔蓋兮翠旍，登九天兮撫彗星。」其或誇張、或幻想，儵忽奇詭，可謂驅策洸洋之辭，遨遊無窮之域也。〔註72〕至若〈湘君〉、〈湘夫人〉二篇，則全於想像中著筆，而極其傳神，尤可見其想像之豐富奇特。而〈山鬼〉一篇塑造一多情美麗而神祕之女神形象，尤見其想像之高妙。臺靜農先生云:「楚地多山陵，使人有神祕感，本不足異；所異者山鬼之構想，美而多情，同於生人，〈九歌〉之前未必有，〈九歌〉而後亦成絕響！」〔註73〕凡此皆可見〈九歌〉想像之豐富奇特也！

〈九章〉、〈九辯〉以文章性質與〈九歌〉不同，故未若〈九歌〉想像之多也。然若〈惜誦〉:「所非忠而言之兮，指蒼天以爲正。令五帝以枂中兮，戒六神與嚮服。俾山川以備御兮，命咎繇使聽直。」其作品中同時出現蒼天、山川、人神，而皆與作者交通往來，亦可見其想像之豐偉奇特也。又若〈涉江〉、〈悲回風〉中之超現實之遊及〈九辯〉末段之遠遊，亦可見其想像之豐富奇特也！（參見第三章第二節（一））

〔註71〕參見梁啓超〈屈原研究〉（收入《國學研究會演講錄》）。

〔註72〕參見黃國彬《中國三大詩人新論》頁3。

〔註73〕見臺靜農先生〈讀騷析疑〉（《東吳文史學報》第二期）。

五之（二）4. 想像）

由上所述，可知三九想像之豐富奇特亦其超軼古今之藝術成就也！

四、描寫生動逼眞

描寫生動逼眞，亦屈宋傑出之創作才能也。

〈九歌〉描寫人物，可謂既鮮明又逼眞。如〈少司命〉:「荷衣兮蕙帶，儵而來兮忽而逝。」淡淡幾筆，少司命即荷衣蕙帶而來。又〈山鬼〉:「若有人兮山之阿，被薜荔兮帶女蘿。既含睇兮又宜笑，子慕予兮善窈窕。」短短四句，已將場景、氣氛與主角衣飾、樣貌、心態畢陳無遺。〔註 74〕除描寫人物之成功外，〈九歌〉於景色之描繪亦極生動有致。如〈湘夫人〉:「嫋嫋兮秋風，洞庭波兮木葉下。」雖僅以十數字白描秋景，然其寫景之妙，屢爲後代文人稱譽並模仿。〔註 75〕又，〈山鬼〉:「杳冥冥兮羌晝晦，東風飄兮神靈雨。」陳本禮曰:「寫鬼景亦妙。」〔註 76〕而〈國殤〉一篇對戰士英勇之描述，於戰況激烈之刻劃，〈弔古戰場文〉亦因之而失色。〔註 77〕至若〈九章〉寫景之生動如畫若〈涉江〉者，狀物之鮮明貼切如〈橘頌〉者，亦足見其表現手法之高妙。而〈九辯〉一文對秋景之描繪，尤爲千古絕唱！（參見第三章第二節五之（二）3. 摹寫）

然三九描寫之所以生動逼眞，除其寫景、寫人之妙外，尤其重要者，在其能以景襯情，情景交融也。如〈山鬼〉之以淒風冷雨、幽冥陰森之環境，映襯多情女神因思念公子而不得見之愁懷離緒。〈涉江〉

〔註 74〕同註 72 頁 5。

〔註 75〕如林沅曰:「『嫋嫋秋風』二句，是寫景之妙。」繆師天華曰:「『嫋嫋兮秋風』二句，寫蕭瑟之況，極清麗自然。」而謝莊〈月賦〉:「洞庭始波，木葉微脱」即脱胎於此。（參見《離騷九歌九章淺釋》頁 171）

〔註 76〕見陳本禮《屈辭精義》卷五頁 20。

〔註 77〕參見黃志高先生《六十年來之楚辭學》頁 55（《國立臺灣師範大學國文研究所集刊》第二十二號）。

則以深山密林、幽晦淒清之景象烘托詩人之悲憤、孤獨、悵惘，亦且反襯其窮而彌堅，忠直不屈之意志。〔註 78〕〈九辯〉則以蕭瑟憭慄之秋景襯托失職貧士之惆悵自憐；以秋氣之殺物，景物之殊異，襯寫才子之恐懼歲月飛逝也。

綜上所述，可知三九寫人物，則栩栩若生；「論山水，則循聲而得貌；言節候則披文而見時」（《文心・辨騷》語）；其描寫之生動逼真，可謂「寫氣圖貌，既隨物以宛轉；屬采附聲，亦與心而徘徊也。」（《文心・物色》語）

以上從三九體製之自由、風格之多樣、語言之美麗生動、表現手法之巧妙四端，可知其藝術價值之特出，足可「與天地兮同壽，與日月兮齊光」，宜乎其對後代文學之影響既深且遠也。

〔註 78〕〈山鬼〉：「雷填填兮雨冥冥……思公子兮徒離憂。」〈涉江〉：「深林杳以冥冥兮……固將愁苦而終窮。」此段參見袁梅《屈原賦譯註》頁 83。

第五章　三九對後世文學之影響

夫三九之作也，既有同然之善，亦有獨造之美；其體製之自由，風格之多樣，語言之美麗生動，表現手法之巧妙，皆極特出之藝術成就。以是自漢以還，不僅模擬之作，歷代常有，且無論辭賦、詩歌、文章、詞曲、戲劇、小說，皆多所取資。而「才高者菀其鴻裁，中巧者獵其豔詞，吟諷者銜其山川，童蒙者拾其香草」（《文心・辨騷》語）。蓋無論何種文體，不管才情高低，悉能獲其助益，其衣被詞人，斯可謂既深且遠！以下即試就辭賦、詩歌、文章、詞曲、小說五端，略探〈九歌〉、〈九章〉、〈九辯〉對後世文學之影響。

第一節　三九對辭賦之影響

《楚辭》爲後代辭賦之祖，〔註 1〕故三九對辭賦之影響最鉅。屈宋之後，以九名篇而取則於〈九歌〉、〈九章〉、〈九辯〉者，可謂代代皆有。如：漢王褒之〈九懷〉、劉向之〈九歎〉，魏曹植之〈九詠〉、〈九愁〉，晉陸雲之〈九愍〉，唐皮日休之〈九諷〉，宋鮮于侁之〈九誦〉、高似孫之〈九懷〉，金趙秉文之〈黃河九昭〉，元揭傒斯之〈九招〉，明劉基之〈九嘆〉、王禕之〈九誦〉，清尤侗之〈九訟〉、

〔註 1〕徐師曾〈文體明辨序〉：「屈平後出，本詩義以爲騷，蓋兼文義而『賦』之義居多。厥後宋玉繼作，並號楚辭。自是辭賦之家，悉祖此體。」

淩廷堪之〈九慰〉等。〔註 2〕除以九名篇諸作外，三九對其他辭賦亦影響甚大。此可自體製、命意、題材、遣詞、技巧、風格六端論之：

一、體　製

三九以體製自由，且各具風貌，故對後世辭賦之體製頗有影響。此可自篇局、章法、句法、用韻四端言之：

自篇局言：如東方朔〈七諫〉，以「七」名篇，而由初放、沈江、怨世、怨思、自悲、哀命、謬諫七章組成；盧照鄰〈五悲〉，以「五」名篇，而由悲才難、悲窮通、悲昔遊、悲今日、悲人生五章合成；〔註 3〕此則受〈九章〉由九篇輯成之影響。若枚乘〈七發〉之說七事，而未分章、無分題，則有擬於〈九辯〉。

自章法言：〈涉江〉、〈哀郢〉、〈懷沙〉篇末之亂詞，亦影響後之辭賦。如賈誼〈弔屈原賦〉：「誶曰：『已矣國其莫吾知兮，子獨壹鬱其誰語……橫江湖之鱣鯨兮，固將制乎螻蟻。』」〔註 4〕班固〈幽通賦〉：「亂曰：『天造草昧，立性命兮……尙越其幾，淪神域兮。』〔註 5〕又，〈抽思〉一篇有少歌之詞、倡曰之詞、亂曰之詞，此三疊之意，〔註 6〕亦影響後之辭賦。如謝惠連〈雪賦〉首敘梁王告相如曰：「抽子祕思，騁子妍辭，侔色揣稱，爲寡人賦之。」而後則接以相如之賦，鄒陽之歌，枚叔之亂。〔註 7〕

自句法言：如漢武帝〈秋風辭〉：「蘭有秀兮菊有芳，懷佳人兮不

〔註 2〕三九對後世辭賦影響最直接而密切者，即以九名篇諸擬騷之作，此於本論文下編專論之，故此僅各代列舉一、二篇名，不加論述。

〔註 3〕盧照鄰〈五悲〉一文見《幽憂子》卷四、卷五。

〔註 4〕賈誼〈弔屈原賦〉見朱熹《楚辭集注》卷八。

〔註 5〕班固〈幽通賦〉見《文選》卷十四。

〔註 6〕陳本禮《屈辭精義》卷四〈抽思〉箋：「少歌之詞，略言之也；倡曰之詞，放言之也；亂曰之詞，聊以言之也：此在〈九章〉中爲另一體，迨三疊之意，皆形容抽字義也。」

〔註 7〕謝惠連〈雪賦〉見《文選》卷十三。

能忘。」〔註8〕淮南小山〈招隱士〉:「王孫遊兮不歸，春草生兮萋萋。」〔註9〕蓋二文皆用〈九歌〉句法也。至若莊忌〈哀時命〉、東方朔〈七諫〉對〈九章〉之摹擬，可謂字規句仿。〔註10〕大體漢賦之近楚辭一系者，其句法皆同於三九；而漢賦成熟後之體製亦多六言句，如司馬相如〈上林賦〉:「頫杳眇而無見，仰扳橑而捫天」，此顯係受騷章句法影響。而此第四字用語助詞之六言句式，亦影響漢以後之駢賦、文賦。如謝莊〈月賦〉:「升清質之悠悠，降澄輝之藹藹。」〔註11〕蘇軾〈赤壁賦〉:「縱一葦之所如，凌萬頃之茫然。」〔註12〕

自用韻言：如息夫躬〈絕命詞〉:「玄雲泱鬱，將安歸兮……冤頸折翼，庸得往兮。」〔註13〕及蘇軾〈服胡麻賦〉:「我夢羽人，頎而長兮。……嗟此區區，何與於其間兮。」〔註14〕皆與〈橘頌〉句系同爲押兮字上韻。而若〈惜誦〉、〈懷沙〉之雜也字上韻亦見於後世辭賦。如柳宗元〈懲咎賦〉:「曩余志之脩蹇兮，今何爲此戾也……將顯身以直遂兮，眾之所宜蔽也。」〔註15〕蘇軾〈赤壁賦〉:「逝者如斯，而未嘗往也。盈虛者如彼，而卒莫消長也。」又若賈誼〈鵩鳥賦〉除前後爲三韻、五韻相叶外，其他皆四句二韻相叶，與〈離騷〉、〈九章〉之二進法正同。〔註16〕另外，張正體先生以爲〈國殤〉之隨意押韻法，亦爲歐陽修、蘇軾之文賦襲用。〔註17〕

〔註8〕漢武帝〈秋風辭〉見朱熹《楚辭後語》卷二。

〔註9〕淮南小山〈招隱士〉見王逸《楚辭章句》卷十二。

〔註10〕參見袁顯相先生〈屈原及其九章研究〉一文（《嘉義農專學報》第二期）。

〔註11〕謝莊〈月賦〉見《文選》卷十三。

〔註12〕蘇軾〈赤壁賦〉見《蘇東坡全集》卷十九。

〔註13〕息夫躬〈絕命詞〉見朱熹《楚辭後語》卷三。

〔註14〕蘇軾〈服胡麻賦〉見《蘇東坡全集》卷十九。

〔註15〕柳宗元〈懲咎賦〉見朱熹《楚辭後語》卷五。

〔註16〕參見許世瑛先生〈談鵩鳥賦的用韻〉一文（《大陸雜誌》二十九卷十、十一期），及本人〈鵩鳥賦與鸚鵡賦之比較研究〉一文（《中華文化復興月刊》十八卷九期）。

〔註17〕參見張正體先生〈楚辭體製音韻之辨識〉一文（《中華文化復興月刊》

以上從篇局、章法、句法、用韻四端，可知三九對後世辭賦之體製影響匪淺。又，劉申叔〈論文雜記〉云：「〈七發〉始於枚乘，蓋《楚辭》〈九歌〉、〈九辯〉之流亞。」又曰：「〈七發〉乃〈九辯〉之遺。」若然，則〈九辯〉對後世「七」體成林，或亦有其影響焉！

二、命　意

三九以性質殊異，其命意自有不同。若〈九歌〉之寫祭祀，寫愛情；〈九章〉之主諷諫，抒憂國戀鄉之哀志；〈九辯〉之因秋而悲，因不遇而傷懷。然其命意雖有殊異，而對後世辭賦產生影響則同也。試舉例略論之。

江淹〈山中楚辭〉之二：「予將禮於太一，乃雄劍兮玉鉤。日華粲於芳閣，月金披於翠樓。舞燕趙之上色，激河淇之名謳。薦西海之異品，傾東岳之庶羞。乘文魚兮錦質，要靈人兮中洲。」王船山云：「此倣〈九歌〉之作，但言所以要神者。」〔註18〕又，王維〈魚山迎送神曲〉：「坎坎擊鼓，魚山之下。吹洞簫，望極浦。女巫進，紛屢舞。陳瑤席，湛清酤。風淒淒兮夜雨，神之來兮不來……山青青兮水潺湲。」〔註19〕此亦寫祭祀之事，蓋擬於〈九歌〉也。至若二湘、〈少司命〉、〈河伯〉、〈山鬼〉諸篇之寫戀情，纏綿婉孌，亦影響後之辭賦。如司馬相如〈長門賦〉寫陳皇后獨居思君之悲愁，文曰：「忽寢寐而夢想兮，魄若在君之旁……夜曼曼其苦歲兮，懷鬱鬱其不可再更。」〔註20〕可謂善寫思人之情也。又，曹植〈洛神賦〉，雖有寄託，然全文主意亦在寫戀情。劉熙載《藝概》以為〈長門賦〉出於〈山鬼〉，〈洛神賦〉出於〈湘君〉、〈湘夫人〉。〔註21〕由是可知

十七卷十一期）。

〔註18〕見王夫之《楚辭通釋》卷十三。

〔註19〕王維〈魚山迎送神曲〉見朱熹《楚辭後語》卷四。

〔註20〕司馬相如〈長門賦〉見《文選》卷十六。

〔註21〕劉熙載《藝概》卷三〈賦概〉云：「長卿〈大人賦〉出於〈遠遊〉，〈長門賦〉出於〈山鬼〉，王仲宣〈登樓賦〉出於〈哀郢〉，曹子建〈洛神賦〉出於〈湘君〉、〈湘夫人〉，而屈子深遠矣！」

〈九歌〉之寫眷戀之情亦影響於後之辭賦也。

《文心·辨騷》:「〈騷經〉、〈九章〉朗麗以哀志。」蓋〈離騷〉、〈九章〉之寫哀志,抒「憂愁幽思」〔註22〕對漢以後之辭賦影響尤大。蓋賢人失志,每多爲賦以寄意也,若賈誼之賦鵩鳥,史遷之悲士不遇,劉歆之〈遂初賦〉,馮衍之〈顯志賦〉,〔註23〕皆承騷、章之寫哀志,抒憂思也。而〈九章〉九篇以「隨事感觸,輒形於聲」,〔註24〕故雖皆寫哀志,抒憂思,而命意或有殊異。茲舉其對後世辭賦影響較彰著者略論之:如王粲〈登樓賦〉:「雖信美而非吾土兮,曾何足以少留……情眷眷而懷歸兮,孰憂思之可任……悲舊鄉之壅隔兮,涕橫墜而弗禁……人情同於懷土兮,豈窮達而異心。」蓋其思鄉憂亂之意實與〈哀郢〉無二。若庾信〈哀江南賦〉「以身世之感,亡國之痛,爲一篇之綱領」,〔註25〕觀其命篇,則知其命意亦同於〈哀郢〉也。故而李直方先生以爲「文辭雖不類楚騷,然其志則似屈子也。」〔註26〕又,班彪〈北征賦〉:「余遭世之顛覆兮,罹填塞之阨災……朝發軔於長都兮,夕宿瓠谷之玄宮……涉長路之緜緜兮,遠紆回以樛流……飛雲霧之杳杳,涉積雪之皚皚。」〔註27〕觀全文所述,可知其命意亦同於〈涉江〉。蔡邕〈述行賦〉:「歎馬蹯而不進兮,心鬱悒而憤思。聊弘慮以存古兮,宣幽情而屬詞。」全文乃記敘役途中所見,並聯想許多古人古事,旨在借古刺今,抒發對人民貧困生活之同情及志士仁人被壓抑之憤慨。〔註28〕蓋與〈涉江〉之藉紀行述憂思之命意同也。又,〈橘頌〉之藉

〔註22〕《史記·屈原列傳》:「故憂愁幽思而作〈離騷〉。」

〔註23〕賈誼〈鵩鳥賦〉見《史記·賈誼列傳》,史遷〈悲士不遇賦〉見《藝文類聚》卷三十,劉歆〈遂初賦〉見《藝文類聚》卷二十七,馮衍〈顯志賦〉見《後漢書·馮衍傳》。

〔註24〕朱熹《楚辭集注》卷四〈九章〉序。

〔註25〕見王禮卿先生《歷代文約選詳評》(三)庾子信〈哀江南賦〉。

〔註26〕見李直方先生〈騷經「哀志」九歌「傷情」說〉一文(收入《漢魏六朝詩論稿》)。

〔註27〕班彪〈北征賦〉見《文選》卷八。

〔註28〕蔡邕〈述行賦〉見《全後漢文》卷六十九,此並參見李曰剛先生《中

橘之貞德自喻，尤予後之辭賦極大影響。如禰衡〈鸚鵡賦〉，即以鸚鵡自喻，而宋文同〈蓮賦〉、〈松賦〉之作，亦體物以詠志，皆〈橘頌〉之意也。〔註 29〕

又，〈九辯〉所抒悲秋及懷才不遇之情，久已深植人心，故其對後世辭賦影響亦鉅。就悲秋言，若漢武帝之〈秋風辭〉，潘岳之〈秋興賦〉，歐陽修之〈秋聲賦〉，皆爲千古傳誦之悲秋絕唱，然皆自〈九辯〉之悲秋出。〈秋風辭〉:「秋風起兮白雲飛，草木黃落兮雁南歸。」觀其首二句即可知其與〈九辯〉之密切關係。〈秋興賦〉，李善注:「感秋而興此賦，故因名之。」而文中即援引〈九辯〉之言加以暢演申述。〔註 30〕〈秋聲賦〉，林西仲云:「總是悲秋一意。」〔註 31〕至若司馬遷之〈悲士不遇賦〉:「悲夫士生之不辰，愧顧影而獨存。時悠悠而蕩蕩，將遂屈而不伸。」其寫知識分子之生不逢時，有能而不能陳，亦與〈九辯〉之「貧士失職而志不平」同也。而韓愈〈閔己賦〉開篇即云:「余悲不及古之人兮，伊時勢而則然。獨閔閔其曷已兮，憑文章以自宣。」蓋寫君子懷才不見用，而止能以文章自宣。故而朱熹云:「自傷其不遇」。〔註 32〕

以上僅略舉後世辭賦命意受三九影響者數篇，由此可知三九對後世辭賦之命意影響頗大。

三、題　材

三九之命意影響後之辭賦既大，則與命意息息相關之題材自亦對後之辭賦有所影響。且三九以命意不同，題材有異，加以屈宋之生花妙筆，使其作品深入人心，故後之作者往往多所取資。若〈九歌〉諸

國文學流變史（二）辭賦編》頁 127。

〔註 29〕姜亮夫先生《楚辭書目五種》頁 438，以爲〈蓮賦〉、〈松賦〉「皆體物以詠志，〈橘頌〉之意也。」

〔註 30〕潘岳〈秋興賦〉見《文選》卷十三。

〔註 31〕見林雲銘注評《古文析義》卷五。

〔註 32〕見朱熹《楚辭後語》卷四。

神之生動美麗，曼妙多情，尤易引人遐思。而〈九章〉之紀行、寫景、詠物，〈九辯〉之極寫秋景，遨遊雲中，亦皆提供後人無數之寫作題材，以下試舉例論之：

曹植〈洛神賦〉自序：「黃初三年，余朝京師，還濟洛川。古人有言，斯水之神，名曰宓妃。感宋玉對楚王神女之事，遂作斯賦。」蓋子建此作乃描敘洛水女神事，與宋玉〈高唐神女賦〉之寫巫山神女事，或有取於〈九歌〉之二湘、〈山鬼〉矣！又王維〈山中人〉：「山寂寂兮無人，又蒼蒼兮多木。群龍兮滿朝，何為兮空谷……誓解印兮相從，何詹尹兮可卜。」「山中人兮欲歸，雲冥冥兮雨霏霏……平蕪綠兮千里，眇惆悵兮思君。」〔註33〕觀其文，可知亦取材於〈九歌〉之〈山鬼〉也。

〈涉江〉述被遷在道之事，〈哀郢〉則追憶流放出郢都之情景，故二文皆有紀行之詞。此「紀行」題材引發後人無數創作。如《文選》卷九、卷十即收錄班彪〈北征賦〉、曹大家〈東征賦〉、潘岳〈西征賦〉三作。〈北征賦〉乃班彪「避難涼州，發長安，至安定作」。〈東征賦〉乃曹大家「發洛至陳留，述所經歷也。」〈西征賦〉則「述行歷，論所經人物山水也。」〔註34〕又，〈橘頌〉向被許為詠物之祖，〔註35〕兩漢之世，以賦體詠物之作，可謂不勝枚數，如淮南王安之〈屏風賦〉、〈薰籠賦〉，鄒陽之〈酒賦〉、〈几賦〉，枚乘之〈柳賦〉、〈笙賦〉，孔臧之〈楊柳賦〉、〈鴞賦〉……。〔註36〕而其最著者為王褒之〈洞簫賦〉。魏晉以下，詠物之賦亦常見。若張耒〈種菊〉，乃擬〈橘頌〉；有明胡翰〈少梅賦〉自序云：「少梅者，以其抽毫象物，

〔註33〕王維〈山中人〉見朱熹《楚辭後語》卷四。

〔註34〕參見《文選》卷九、卷十各賦題下李善注引〈流別論〉及《晉書》語。

〔註35〕《古文辭類纂》卷六十一〈橘頌〉諸家集評劉須溪曰：「此賦與《荀子・鍼賦》俱後來詠物之祖」。

〔註36〕參見曹淑娟《論漢賦之寫物言志傳統》第一章第三節兩漢辭賦總目（《國立臺灣師範大學國文研究所集刊》第二十七號）。

託意于梅而命之也。余為之賦，則屈子所謂置以為像者。」據此即可知其擬〈橘頌〉也。〔註 37〕

〈湘夫人〉:「嫋嫋兮秋風，洞庭波兮木葉下。」寫景極妙。〈山鬼〉一篇描述深山幽晦淒清之景甚佳；〈涉江〉之狀景則「山水生愁，雲物增慨」；〔註 38〕〈九辯〉之描摹秋景則為千古傳誦。故三九寫景之佳妙，亦提供後人甚多寫作題材。若潘岳〈秋興賦〉之寫秋景，謝惠連〈雪賦〉之狀雪景，謝莊〈月賦〉之描繪月色。又，〈九歌〉之實寫諸神遨遊，〈涉江〉之以神話象徵一己之心路歷程，〈九辯〉之駕馭諸神群靈以放游志乎雲中，亦提供後之辭賦家甚多寫作題材。如司馬相如之〈大人賦〉、張衡之〈思玄賦〉。〈大人賦〉:「世有大人兮，在于中洲。宅彌萬里兮，曾不足以少留。悲世俗之迫隘兮，朅輕舉而遠遊。垂絳幡之素蜺兮，載雲氣而上浮」〔註 39〕〈思玄賦〉:「歷眾山以周流兮，翼迅風以揚聲……遊塵外而瞥天兮，據冥翳而哀鳴……且余沐於清源兮，晞余髮於朝陽。」觀其內容，可知其題材亦有得自於三九者。

綜上所述，可知三九豐富之內容，提供後世辭賦甚多創作題材。

四、遣　詞

三九語言之美麗生動在於複詞之大量使用，虛詞之巧妙運用，借助於方言、俗語，多形容比況之語，多用偶詞駢語。而此等遣詞特色亦影響後之辭賦。

游國恩先生以為後世辭賦家多喜以聯綿字入辭賦，乃受楚辭之影響。且自此以後，多用聯綿詞，乃成辭賦之重要特質。如司馬相如〈長門賦〉之「逍遙、漂漂、怳怳、窈窈、殷殷……」，而〈子虛〉、〈上林〉二賦所用尤多。〔註 40〕又如郭璞〈江賦〉之「淼茫、漫漭、溯沛、

〔註 37〕參見姜亮夫《楚辭書目五種》頁 436、447。

〔註 38〕陸時雍曰:「〈涉江〉山水生愁，雲物增慨，此便是後來詩賦之祖。」(《楚辭疏》卷二)。

〔註 39〕見《史記》卷一一七〈司馬相如列傳〉。

〔註 40〕參見游國恩先生《楚辭概論》頁 58。

磐礴、湔滓」，顯然有意學習〈悲回風〉之運用脣音聯綿詞。〔註 41〕

三九之巧妙運用虛詞亦影響漢以後之辭賦。以朱子《楚辭後語》所錄爲例：若漢司馬相如〈哀二世賦〉、班倢伃〈自悼賦〉，東漢張衡〈思玄賦〉，魏王粲〈登樓賦〉，唐韓愈〈復志賦〉、柳宗元〈懲咎賦〉，宋蘇軾〈服胡麻賦〉、黃庭堅〈毀璧〉等，皆與三九同爲通篇用「兮」字。若陶淵明〈歸去來辭〉：「歸去來兮！田園將蕪胡不歸」，「歸去來兮！請息交以絕游」；蘇軾〈赤壁賦〉：「桂棹兮蘭槳，擊空明兮泝流光。渺渺兮予懷，望美人兮天一方。」皆間或用「兮」字，而益添句調之生動。又若〈惜誦〉、〈懷沙〉之用「也」字落尾，亦爲後之辭賦所仿，如柳宗元〈懲咎賦〉、蘇軾〈赤壁賦〉。（參見本節一）而三九使用最多之關係詞「既、以、與、之、而」，亦爲後之辭賦常採。

簡宗梧先生以爲楚辭多楚語，漢賦亦承其收納口語語彙之方法。〔註 42〕以是知三九之借助於方言、俗語亦影響後之辭賦。又，漢以後辭賦亦多形容比況之語，如司馬相如〈上林賦〉：「終始灞滻，出入涇渭……東注太湖，衍隘陂池。」此段運用一連串之形容詞，將流水之狀貌、姿態、聲音，及所有變化，形容曲盡。〔註 43〕謝惠連〈雪賦〉：「其爲狀也：散漫交錯，氛氳蕭索，藹藹浮浮、瀌瀌弈弈……至夫繽紛繁鶩之貌，皓旰皦絜之儀，迴散縈積之勢，飛聚凝曜之奇，固展轉而無窮，嗟難得而備知。」此段以形容比況之語，寫雪之形狀，可謂宛轉詳密，筆能肖物。〔註 44〕

三九之多用偶詞駢語，乃造成其語言閎博富麗之主因，故此影響後之辭賦尤甚。劉申叔〈論文雜記〉云：「〈七發〉始於枚乘，蓋楚辭〈九歌〉、〈九辯〉之流亞也！」而〈七發〉一文之駢語偶詞正多，如：「愓愓怵怵、聰明眩曜、洞房清宮、素葉紫莖、從容猗靡……」此駢

〔註 41〕郭璞〈江賦〉見《文選》卷十二。

〔註 42〕參見簡宗梧先生〈漢賦的文學價值〉一文（收入《中國文學講話》（一））。

〔註 43〕同註 42。

〔註 44〕參見王禮卿先生《歷代文約選詳評》（三）頁 894。

詞也；「溫淳甘膬，脭醲肥厚」，「縱耳目之欲，恣支體之安」，「皓齒蛾眉，命曰伐性之斧；甘脆肥醲，命曰腐腸之藥」，此儷語也。又若王褒〈洞簫賦〉騈詞儷句尤多，此亦有得於三九者。魏晉以後，運用儷句益趨普遍，以是有騈賦之產生，此亦有受三九之影響也。

後之辭賦除受三九遣詞特色之影響外，亦有沿襲、點竄其字句者。如〈湘夫人〉：「嫋嫋兮秋風，洞庭波兮木葉下。」謝莊〈月賦〉：「洞庭始波，木葉微脫。」孫月峯以爲「〈月賦〉得此二句，一篇增色。」〔註45〕戴震《屈原賦注．九歌．山鬼》「歲既晏兮孰華余」下云：「〈思玄賦〉『恃己知而華余』句本此。」江淹〈別賦〉「舟凝滯於水濱」，乃用〈涉江〉「淹回水而疑滯」語。〔註46〕張衡〈思玄賦〉「心勺濼其若湯」，則全襲〈悲回風〉「心踴躍其若湯」。〔註47〕而傅毅〈舞賦〉「舒恢炱之廣度兮」，亦取則於〈九辯〉「收恢台之孟夏兮」。〔註48〕

綜上所論，可知三九美麗生動之語言，對後世辭賦之遣詞造語多有影響。

五、技　巧

三九巧妙之寫作技巧，亦其傑出之藝術成就，故後之辭賦家每多取則。其中尤以純熟之比興技巧、豐富奇特之想像、生動逼眞之描寫，影響後之辭賦最大。

就比興技巧之運用言：如賈誼〈弔屈原賦〉：「鸞鳳伏竄兮鴟鴞翺翔」，「鳳飄飄其高逝兮，固自引而遠去」。此實受〈懷沙〉「鳳皇在笯兮，雞鶩翔舞」；〈九辯〉：「鳧雁皆唼夫粱藻兮，鳳愈飄翔而高

〔註45〕見《評註昭明文選》卷八〈湘夫人〉引。

〔註46〕洪興祖《楚辭補註》卷四〈涉江〉「淹回水而疑滯」注：「江淹賦云：『舟凝滯於水濱』，杜子美詩云：『舊客舟凝滯』，皆用此語。」

〔註47〕參見臺靜農先生〈讀騷析疑〉（《東吳文史學報》第二卷）。

〔註48〕洪興祖《楚辭補註》卷八「舒恢台之孟夏兮」注：「〈舞賦〉云：『舒恢炱之廣度』。」

舉」之影響。又如柳宗元〈閔生賦〉:「騏驥之棄辱兮，駑駘以爲騁」，〔註49〕亦有擬於〈九辯〉之「卻騏驥而不乘兮，策駑駘而取路」。張衡〈思玄賦〉:「旌性行以製珮兮，佩夜光與瓊枝。纗幽蘭之秋華兮，又綴之以江離。」〔註50〕此以香草、明珠之佩飾象徵一己之好修，正與〈惜誦〉之「擣木蘭以矯蕙兮，糳申椒以爲糧」，及〈涉江〉之「被明月兮佩寶璐」同。至若以美人象徵國君，則如曹植〈洛神賦〉，以美麗之宓妃象徵魏文帝曹丕。凡此皆受三九比興技巧之影響。

屈宋豐富奇特之想像力，對後世辭賦影響尤大。蓋漢賦之無中生有，運用虛構故事，安排虛構情節，恣其鋪衍，肆其筆墨，亦受楚辭之影響。〔註51〕若司馬相如〈子虛〉、〈上林〉二賦之鋪敘雲夢之澤、上林之苑，蓋受〈湘夫人〉「築室兮水中……建芳馨兮廡門」一段鋪敘築室芳潔之影響。而〈湘夫人〉所塑造之水中之室，與相如所描繪之雲夢澤、上林苑，蓋皆出於作者豐富之想像力也。又若揚雄〈羽獵賦〉:「荷垂天之畢，張竟壄之罘。靡日月之朱竿，曳彗星之飛旗。青雲爲紛，紅蜺爲繯。」此據天象之想像，頗有仿擬〈九歌·東君〉章。至若曹植〈洛神賦〉寫女神之去也:「騰文魚以警策，鳴玉鸞以偕逝。六龍儼其齊首，載雲車之容裔。」則其想像亦有取於〈九歌〉諸神之遨遊，與夫章、辯中之遠遊矣！

〈九歌〉描寫諸神之栩栩如生，〈橘頌〉刻劃橘樹之形似，以及〈九辯〉描寫景色之細緻，亦影響後世辭賦。如曹植〈洛神賦〉之摹寫宓妃:「柔情綽態，媚於語言……披羅衣之璀粲兮，珥瑤碧之華琚……微幽蘭之芳藹兮，步踟躕於山隅。」此實有擬於二湘及〈山鬼〉矣！又若江淹〈蓮花賦〉:「方翠羽而結葉，比碧石而爲莖；蕊金光而絶色，藕冰拆而玉清；載紅蓮以吐秀，披絳花以舒英。」〔註52〕其刻劃蓮花，

〔註49〕柳宗元〈閔生賦〉見朱熹《楚辭後語》卷五（華正版頁566）。
〔註50〕張衡〈思玄賦〉見《文選》卷十五。
〔註51〕同註42。
〔註52〕江淹〈蓮花賦〉見《御定歷代賦彙》卷一二二（中文出版社版頁1648）。

頗類〈橘頌〉「綠葉素榮」一段。姜亮夫先生亦云其「體物諸賦，皆近〈橘頌〉」。〔註 53〕至若〈九辯〉寫景之細緻，對後之辭賦頗有影響。後之賦家多以纖細筆法描摹景物，實受宋玉影響。〔註 54〕如劉歆〈遂初賦〉:「野蕭條以寥廓兮，陵谷錯以盤紆；飄寂寥以荒昒兮，沙埃起之杳冥……漂積雪之皚皚兮，涉凝露之降霜……颯悽愴以慘怛兮，感風漻以洌寒。」〔註 55〕王國瓔先生以爲此段描寫旅途所見野外悲涼之景，字裡行間瀰漫作者感世傷時之情懷，頗有〈九辯〉餘味。〔註 56〕

綜上所述，可知三九巧妙之寫作技巧，實爲後世辭賦家開無數方便法門。

六、風　格

《文心・辨騷》云:「枚賈追風以入麗，馬揚沿波而得奇，其衣被詞人，非一代也。」蓋楚辭影響後世辭賦之風格亦既深且遠矣！〈九章〉之朗麗哀志，歌辯之綺靡傷情，已足動人心魄，復以〈九歌〉、〈九章〉各分篇之風格多樣，尤令人心儀。以是之故，三九對後世辭賦之風格亦影響頗深。

〈九歌〉「和平婉麗，整暇雍容，讀之使人一唱三歎」，〔註 57〕故其風格多爲詩歌所趨，〔註 58〕然對後之辭賦亦頗有影響。如王夫之《楚辭通釋》謂淮南小山〈招隱士〉「於空山岑寂孤危之情景三致意焉」，「且其辭致磅礴弘肆，而意唯一致，眞得騷人之遺韻」，〔註 59〕

〔註 53〕 見姜亮夫先生《楚辭書目五種》頁 427。
〔註 54〕 《新編中國文學史》第一編第六章七宋玉:「『九辯』描寫很細緻，這種纖細的手筆，是表現方法上的一種發展，它對漢賦頗有影響，後來的賦家們描寫景物，多向這方面發展，並把它推向極端。」
〔註 55〕 劉歆〈遂初賦〉見《全漢文》卷四十。
〔註 56〕 參見王國瓔先生〈「漢賦」中的山水景物〉一文（《中外文學》九卷五期）。
〔註 57〕 見胡應麟《詩藪》內編卷一。
〔註 58〕 同註 26。
〔註 59〕 見《楚辭通釋》卷十二。

蓋其風格乃有得於〈九歌·山鬼〉者。至若曹植之〈洛神賦〉，以豔詞寫悲思。首段敘見洛神之由，於未見時先寫神動，使全賦皆由想成，不墮實相；二段寫洛神形態之豔，刻劃至細，鑄詞絕妍，而一種天然風韻，灑落於字裡行間；三段抑揚婉轉，宕漾低徊；四段寫洛神感誠之情，寫多述少，純以含蓄出之；五段痛良會之絕，誓寄心之願，竝纏綿悱惻，感人深至；末段則遺情緜邈，餘韻悠然。〔註60〕據此則其情調頗類〈湘君〉、〈湘夫人〉。〔註61〕

〈九章〉著力於抒發「憂愁幽思」，〔註62〕「其意悽愴，其辭瓌麗，其氣激烈」，〔註63〕故影響後之辭賦尤鉅。蓋以辭賦多爲賢人失志之作也，以是承襲騷、章「朗麗以哀志」者尤多。如賈誼〈惜誓〉，王夫之云：「其文詞瑰瑋激昂，得屈宋之遺風。」觀其全文乃哀惜屈原之志也，而詞意明白曉暢，風格與〈九章〉近也。又如韓愈〈復志賦〉乃「自傷幼學，既壯而弗獲，思復其志以晉，知己欲去未可。」（朱熹序）其文云：「居悒悒之無解兮，獨長思而永歎……進既不獲其志願兮，退將遁而窮苦。排國門而東出兮，嗟余行之舒舒……恐誓言之不固兮，斯自誦以成章。往者不可復兮，冀來今之可望。」〔註64〕觀其文意詞采，其神理韻味或近〈九章〉也。

〈九辯〉已變屈子文法，其文「纖麗而新，悲痛而婉」，且「以柔情入景語，藻績易深厚」（參見本編第四章第二節三、〈九辯〉之風格），蓋與〈九歌〉、〈九章〉有別；然對後世辭賦影響亦鉅。如潘岳〈秋興賦〉，情文兼似〈九辯〉，歐陽修〈秋聲賦〉、亦從〈九辯〉出。〔註65〕蓋二賦皆因秋得感，其傷歲時之遒盡，可謂「悲痛而婉」；而

〔註60〕參見王禮卿先生《歷代文約選詳評》卷四曹子建〈洛神賦〉（頁734～736）。

〔註61〕同註26。

〔註62〕同註22。

〔註63〕李賀評〈九章〉之語，見繆師天華《離騷九歌九章淺釋》頁268引。

〔註64〕韓愈〈復志賦〉及朱熹序見朱熹《楚辭後語》卷四。

〔註65〕同註26。

於秋景之描繪亦得〈九辯〉之「纖麗而新」，風格有承於九辯也。又，何敬群先生云：「〈九辯〉之作，其文意惆悵切至，其文氣迴環俊瑋，其辭句爽朗清妙，其聲情蒼涼抑揚，與屈原文各成絕詣，而亦各有面目。魏晉人得其運辭造句，輕倩明靈之一體，遂以蔚成江左辭賦之聲華矣！」〔註66〕此則可見〈九辯〉影響江左辭賦之風格也。

以上乃舉例略言三九風格之影響後之辭賦也。孫梅《四六叢話‧敘騷篇》亦有云：「〈甘泉〉、〈藉田〉，齋肅典雅，〈東皇〉、〈司命〉之麗則也。〈長門〉、〈洛神〉，哀怨婉轉，〈湘君〉、〈湘夫人〉之縹渺也。〈感舊〉、〈歎逝〉，悲涼幽秀，〈山鬼〉之奇幻也。〈馬汧督誄〉、〈祭古冢文〉，激昂痛切，〈國殤〉、〈禮魂〉之苦調也。〈西征〉、〈北征〉，敘事記遊，發揮景物，〈涉江〉、〈遠遊〉之殊致也。〈鵩鳥〉、〈鸚鵡〉，曠放沈摯，〈懷沙〉之遺響也。〈哀江南賦〉，有黍離麥秀之感，〈哀郢〉之賡載也。〈小園〉、〈枯樹〉，體物瀏亮，〈橘頌〉之亞匹也……〈七發〉觀濤，浩瀚清壯，〈九辯〉之體勢也。」此亦可說明三九風格與後代辭賦之密切關係。

綜上所述，可知後世辭賦之體製、命意、題材、遣詞、技巧、風格皆有承襲自三九者，則三九對辭賦影響之深且遠亦可知矣！

第二節　三九對詩歌之影響

蔣驥云：「詩文有不從《楚辭》出者，縱傳弗貴也。能于《楚辭》出者，愈玩愈佳，如太史公文，李太白、李長吉詩是也。」〔註67〕劉熙載則謂「詩以出於騷者爲正」。〔註68〕李曰剛先生以爲「《楚辭》與《詩經》同爲百代韵文之祖。後世辭賦效其體式，固無論矣，即摛風裁興之詩歌」，亦未嘗不是脫胎於《楚辭》。〔註69〕據此可知《楚辭》

〔註66〕見何敬群先生〈楚辭屈宋文研究導論〉一文（《珠海學報》五期）。

〔註67〕見蔣善國編《楚辭》引言頁8引。

〔註68〕見劉熙載《藝概》卷二〈詩概〉頁10。

〔註69〕參見李曰剛先生《中國文學流變史（二）辭賦編》頁62。

與詩歌之密切關係。若然則三九對後世詩歌之影響亦不可忽視。以下亦試據體製、命意、題材、遣詞、技巧、風格六端，略探三九對後世詩歌之影響。

一、體　製

三九體製自由，句式多樣，以是對後世詩體頗有影響。蓋漢以後之詩歌，一改《詩經》之四言體，而有三言、五言、七言、雜言詩體之產生，此蓋受《楚辭》之影響，而三九居功尤偉。其中更以促成五言詩、七言詩之發展影響後世詩壇爲最鉅。茲略論於下：

（一）三九為五言詩之濫觴

鍾嶸《詩品》序云：「夏歌曰：『鬱陶乎予心』，楚謠曰：『名余曰正則』。雖詩體未全，然是五言之濫觴也。」然〈夏書〉五子之歌，五言僅一、二句，〔註 70〕影響甚微。而三九中則五言恆見，尤以〈九歌〉爲然。〔註 71〕〈九歌〉中〈東皇太一〉、〈雲中君〉、〈湘君〉、〈湘夫人〉、〈大司命〉、〈少司命〉、〈東君〉、〈禮魂〉皆有「二兮二」之句式，總計〈九歌〉出現此句式共計四十九次，僅次於「三兮二」、「三兮三」之句式。（參見附錄一表二之一）此「二兮二」句式，即爲五言。若將句中之兮字代以他字，即成五言詩。如〈湘夫人〉：「築室於水中，葺之以荷蓋，蓀壁而紫壇，匊芳椒以成堂。」少司命：「秋蘭與麋蕪，羅生於堂下，綠葉而素華，芳菲菲然襲予。」〔註 72〕二段除末句爲六言句外，頗類未成熟之五言詩。又，九章有「三兮五」、

〔註 70〕《夏書·五子之歌》五言句慬「鬱陶乎予心，顏厚有忸怩」二句（見《尚書注疏》卷七）。

〔註 71〕參見趙璧光先生〈論屈賦之流變〉一文（《成功大學學報》八卷）。趙氏以爲屈賦五言單句固所恒見，此則是也。然其以爲影響五言詩者，乃如〈雲中君〉「浴蘭湯兮沐芳」，〈東君〉「暾將出兮東方」等「三兮二」之句式。竊以爲或可商榷，蓋後世之五言詩多上二下三句法，而少上三下二句法。

〔註 72〕此據聞一多〈怎樣讀九歌〉一文中「九歌兮字代釋略說」將兮字換爲其他語詞。

「四兮五」、「五兮三」、「五兮四」、「五兮五」、「五兮六」、「五兮七」、「六兮五」、「七兮五」、「四五兮」、「五三兮」、「六五兮」等有五言之句式，其五言句共計五十句。〔註73〕〈九辯〉五言句較少，然亦有「二兮五」句式兩句，「四兮五」句式兩句，「五兮六」、「五兮九」句式各一句。據此可知三九之五言固所恆見。竊以爲自〈九歌〉之「二兮二」句式，演爲〈九章〉、〈九辯〉之「□□○□□」之句式，如〈懷沙〉:「離慜而長鞠」；再演爲上二下三之五言句式，如〈懷沙〉:「知死不可讓」，蓋先以其他虛詞代兮字，繼而轉以實詞，末則演變爲詩眼，實爲五言詩由濫觴而發展而成熟也。觀早期之五言詩，如：李延年〈佳人歌〉之「北方有佳人，絕世而獨立。」〔註74〕張衡〈同聲歌〉:「灑掃清枕席，鞮芬以狄香……樂莫斯夜樂，沒齒焉可忘。」其第三字或偶有虛詞。又若秦嘉〈贈婦詩〉:「人生譬朝露，居世多屯蹇。憂艱常早至，歡會常苦晚。」〔註75〕若將其第三字改以「兮」字代之，則爲:「人生兮朝露，居世兮屯蹇。憂艱兮早至，歡會兮苦晚。」似亦無害文意。凡此皆可說明〈九歌〉之「二兮二」句式，及〈九章〉、〈九辯〉中之五言句，實爲五言詩之遠祖，宜乎《詩品》序以楚謠爲五言詩之濫觴。

（二）三九促進七言詩之發展

前人每以楚辭爲七言詩之祖，而楚辭所以被目爲七言詩之祖，雖亦有因〈離騷〉、〈遠遊〉之多七言句，然主要則受三九之影響也。〈九歌〉「三兮三」之句式，即爲七言句，此七言句式爲〈九歌〉之主要句型，總計出現七十次，其中尤以〈山鬼〉、〈國殤〉兩篇，幾爲通篇七言。試觀後世較早之七言詩，如：項羽〈垓下帳中歌〉:「力拔山兮

〔註73〕據附錄一表二之二「〈九章〉句型分析表」統計，「三兮五」、「四兮五」、「五兮二」、「五兮四」、「五兮五」、「五兮六」、「五兮七」、「六兮五」、「七兮五」、「四五兮」、「五三兮」、「六五兮」句式共四十二句，而「五兮五」乃上下皆五言句，故總計出現之五言句有五十句。

〔註74〕李延年〈佳人歌〉見《漢書》卷九七〈外戚傳〉。

〔註75〕張衡〈同聲歌〉、秦嘉〈贈婦詩〉並見《玉臺新詠》卷一。

氣蓋世，時不利兮騅不逝，騅不逝兮可奈何，虞兮虞兮奈若何。」〔註76〕李陵〈別歌〉：「徑萬里兮度沙幕，爲君將兮奮匈奴。路窮絕兮矢刃摧，士眾滅兮名已隤。老母已死，雖欲報恩將安歸。」〔註77〕蔡琰〈悲憤詩〉：「嗟薄祐兮遭世患，宗族殄兮門戶單……還顧之兮破人情，心怛絕兮死復生。」〔註78〕凡此皆仍採〈九歌〉「三兮三」之句式。至若〈九章・橘頌〉及〈涉江〉、〈抽思〉、〈懷沙〉三篇之亂詞乃以「四三兮」之句式爲主，而其末之兮字僅爲語氣詞，故刪去亦不影響文意。如〈橘頌〉：「后皇嘉樹橘徠服，受命不遷生南國。」此實與後世七言詩無異。至若張衡〈四愁詩〉首句皆「三兮三」句式，而其後則爲上四下三之句式，〔註79〕則尤可見從〈九歌〉「三兮三」之七言句式，經〈橘頌〉句系「四三兮」之句式，邁向七言詩「上四下三」句式之發展。而曹丕之〈燕歌行〉向被許爲七言詩成立期之代表作，其辭曰：「秋風蕭瑟天氣涼，草木搖落露爲霜……牽牛織女遙相望，爾獨何辜限河梁？」〔註80〕從文中尚可見其受〈九歌〉、〈九辯〉之影響。除〈九歌〉「三兮三」句式及〈橘頌〉句系之「四三兮」句式促進七言詩之發展外，〈九章〉中尚有「四兮七」、「五兮七」、「六兮七」、「七兮五」、「七兮六」「七兮七」、「八兮七」之句式，〈九辯〉中則有「二兮七」、「六兮七」、「七兮六」、「七兮七」、「七兮八」之句式，對七言詩之成立，或亦有推波助瀾之功。〔註81〕而尤應特別標出者，則〈九辯〉除「三兮三」句式十句外，又有「四兮三」句式四句，如「登山臨水兮送將歸」，此句式，去其兮字，亦與七言詩無異，而早期之七言詩，往往雜用「三兮三」、「四兮三」句式，如漢高祖〈大風歌〉：「大風起兮雲飛揚，威如海內兮歸故鄉，安得猛士兮守四方。」而〈烏

〔註76〕項羽〈垓下帳中歌〉見朱熹《楚辭後語》卷一。
〔註77〕李陵〈別歌〉見《漢書》卷五十四〈蘇武傳〉。
〔註78〕蔡琰〈悲憤詩〉見朱熹《楚辭後語》卷三。
〔註79〕張衡〈四愁詩〉見《文選》卷二十九。
〔註80〕曹丕〈燕歌行〉見《文選》卷二十七魏文帝樂府二首之一。
〔註81〕〈九歌〉、〈九章〉、〈九辯〉句式參見附錄一表二。

孫公主歌〉:「吾家嫁我兮天一方……願爲黃鵠兮歸故鄉。」〔註82〕則悉採「四兮三」句式,則〈九辯〉此句法與七言詩之形成亦有關係焉。

三九對後代詩歌體製之影響,除促成五言、七言詩之發展外,尚對樂府詩之體製產生若干影響。《漢書・禮樂志》云:「高祖樂楚聲,其〈房中樂〉爲楚聲。」《文心・樂府》:「暨武帝崇禮,始立樂府。總趙代之音,撮齊楚之氣,延年以曼聲協律,朱馬以騷體製歌。」日人藤野岩友亦以爲漢之〈房中祠歌〉、〈郊祀歌〉等宮廷祭歌,均因用〈九歌〉,或近其句法。〔註83〕如《史記・樂書》所錄〈太一〉、〈天馬〉之歌,即採〈九歌〉句法。〔註84〕再者,〈九歌〉「三兮三」之句式,若去其兮字,則成三字句。如〈國殤〉:「操吳戈,被犀甲……子魂魄,爲鬼雄。」而《宋書・樂志》所錄之〈陌上桑曲・今有人〉,係改〈九歌・山鬼〉爲三、七言句。〔註85〕此既可見三言、七言句與〈九歌〉之密切關係,亦可由是推知三言句,乃受〈九歌〉「三兮三」句式影響而形成者。而此三字句,不僅影響漢之〈郊祀歌〉,如〈練時日〉、〈天馬歌〉;〔註86〕亦影響其後之郊祀歌、相和歌、鼓吹歌等,如謝莊〈宋明堂歌〉、曹操〈陌上桑〉、傅玄〈古朱鷺行〉。〔註87〕甚

〔註82〕漢高祖〈大風歌〉、〈烏孫公主歌〉見朱熹《楚辭後語》卷一、卷二。

〔註83〕見集英社出版《漢詩大系》三藤野岩友《楚辭》頁9。

〔註84〕《史記》卷二十四〈樂書・太一之歌〉:「太一貢兮天馬下,霑赤汗兮沫流赭。騁容與兮跇萬里,今安匹兮龍爲友。」〈天馬之歌〉:「天馬來兮從西極,經萬里兮歸有德。承靈威兮降外國,涉流沙兮四夷服。」

〔註85〕《宋書》卷二十一〈樂志〉三〈今有人〉:「今有人,山之阿,被服薜荔帶女蘿。既含睇,又宜笑。子戀慕余善窈窕……杳冥冥,羌晝晦,東風飄颻神靈雨。風瑟瑟,木搜搜,思念公子徒以憂。」

〔註86〕《漢書》卷二十二〈禮樂志・郊祀歌十九章〉之一:「練時日,候有望……澹容與,獻嘉觴。」之十:「太一況,天馬下……今安匹,龍爲友。」

〔註87〕謝莊〈宋明堂歌〉:「地紐謐,乾樞回……景福至,萬宇歡。」曹操〈陌上桑〉:「駕虹霓,乘志雲。登彼九疑歷玉門。濟天漢,至崐崘……景未移,行數千,壽如南山不忘愆。」傅玄〈古朱鷺行〉:「靈之祥,石瑞章……萬國安,四海寧。」(以上並見《宋書・樂志》)。

至到有唐之七言古詩，亦有雜三言句者，如李白〈將進酒〉：「岑夫子，丹丘生，將進酒，君莫停……五花馬，千金裘，呼兒將出換美酒，與爾同銷萬古愁。」凡此皆可見三九對詩歌體製之影響。

除句法之影響外，〈九歌〉之用韻、結構亦有影響後代詩歌體製者。如〈大司命〉、〈少司命〉皆於一、二、四句句末押韻，此亦影響後世絕句之用韻。〔註 88〕又，〈九歌〉由十一章組成，〈九章〉則輯合九章以成篇；〈九辯〉雖未分章，然以每段各有主意，亦似連合數章成篇，此或亦開後世詩人連章詠懷之先路。〔註 89〕華師仲麐以爲《文心・通變》歷述九代詠歌，赫然將楚國與八代王朝並稱，即因楚辭對詩歌體裁有承先啓後之作用。〔註 90〕證諸上文所述，師說皭然也！

二、命　意

〈九歌〉之敘祭祀、言戀情，〈九章〉之寫憂思、主諷諫，〈九辯〉之感不遇、抒秋悲，乃三九之主要義旨，此亦影響後代詩歌之命意也，茲舉例略論之：

〈九歌〉之敘祭祀，對後世之郊祀歌影響頗鉅。如〈漢郊祀歌〉首章〈練時日〉：「練時日，候有望……牲繭栗，粢盛香。尊桂酒，賓

〔註 88〕聞一多先生《楚辭校補》云：「〈大司命〉，〈少司命〉二篇組織皆以三韻四句爲一解，一如後世絕句之體。」（見《古典新義》一書頁 382）。

〔註 89〕劉永濟《屈賦音注詳解》：「此篇（〈九辯〉）似非一氣作成者，其每一章可作一篇看，故名爲章而不稱節。實開後世詩人連章詠懷的先路。」（見頁 58）劉氏之說尚值商榷，蓋〈九辯〉當爲獨立之一篇，然以各段自有主題，故若可分；又據《文選》卷三十三選錄本篇，止錄五段，且標明「〈九辯〉五首」，則或魏晉以下之文士以〈九辯〉各篇獨立，故受其影響，而有連章詠懷之作。又，劉氏止云〈九辯〉開連章詠懷之先路，實〈九歌〉、〈九章〉之組詩形式更有以致之。李正治《六朝詠懷組詩研究》以詠懷組詩產生之主要因緣有二：甲、先秦兩漢的言志傳統，乙、《楚辭》的組詩形式。並云：「組詩形式，則是受〈九歌〉、〈九章〉與漢代古詩的影響。」（見《國立臺灣師範大學國文研究所集刊》第二十五號頁 409）。

〔註 90〕見華師仲麐《中國文學史論》頁 61。

八鄉……俠嘉夜，茝蘭芳。澹容與，獻嘉觴。」〔註 91〕從其文句即可知其命意乃直承〈東皇太一〉。又，其末章〈赤蛟結〉以：「禮樂成，靈將歸。託玄德，長無衰。」亦與〈禮魂〉：「成禮兮會鼓……長無絕兮終古」數句用意全同。又其〈日出入〉一章乃祀日之歌，等於〈東君〉；〈天門〉一章亦相當於〈大司命〉、〈少司命〉。〔註 92〕至若李白〈日出入行〉：「日出東方隈，似從地底來……吾將囊括大塊，浩然與溟涬同科。」〔註 93〕此雖非言祭祀之事，然其寫日之出入，乃有承於〈東君〉也。

〈九歌〉之擅於寫情，亦影響後之詩歌。陸侃如以爲〈古詩十九首〉中言情者，頗多取法於〈大司命〉：「折疏麻兮瑤華，將以遺兮離居。」「結桂枝兮延佇，羌愈思兮愁人。」〔註 94〕若「〈涉江〉采芙蓉，蘭澤多芳草。采之欲遺誰，所思在遠道。還顧望舊鄉，長路漫浩浩。同心而離居，憂傷以終老。」此首無論命意、遣詞皆受〈九歌〉之影響。〔註 95〕又如〈少司命〉「悲莫悲兮生別離，樂莫樂兮新相知」二句，《藝苑巵言》許爲千古情語之祖。〔註 96〕其影響後之詩歌甚大。蓋〈古詩十九首〉「行行重行行，與君生別離」一首命意即從此二句出，且後之樂府尚有以此爲題者。而後代詩人尤喜抒寫此命題。如李白〈遠別離〉：「遠別離，古有皇英之二女，乃在洞庭之南，瀟湘之浦。海水直下萬里深，誰人不言此離苦。日慘慘兮雲冥冥，猩猩啼煙兮鬼嘯雨……蒼梧山崩湘水絕，竹上之淚乃可滅。」從其文中可見此詩不僅命意直承〈少司命〉「悲莫悲兮生別離」，且

〔註 91〕〈漢郊祀歌〉見《漢書》卷二十二〈禮樂志〉。
〔註 92〕參見孫作雲〈九歌非民歌說〉一文（收入《語言與文學》一書）。
〔註 93〕見《李太白全集》卷之三（華正版頁 211）。
〔註 94〕見陸侃如〈什麼是九歌〉一文（收入北京述學社編《國學月報彙刊》）。
〔註 95〕馬茂元《古詩十九首探索》云：「本篇（涉江采芙蓉）表現得最突出的，無論造句、遣詞都是從《楚辭》脫化而出……本篇的精神實質，全詩的意境，完全繼承了《楚辭》的優良傳統。」（河洛版頁 86）。
〔註 96〕王世貞《藝苑巵言》卷二：「『悲莫悲兮生別離，樂莫樂兮新相知』，是千古情語之祖。」

亦受二湘及〈山鬼〉之影響。宜乎胡孝轅曰：「體幹於楚騷，而韻調於漢鐃歌諸曲。」〔註 97〕又若李賀〈帝子歌〉：「洞庭帝子一千里，涼風雁啼天在水。九節菖蒲石上死，湘神彈琴迎帝子。山頭老桂吹古香，雌龍怨吟寒水光。沙浦走魚白石郎，閒取眞珠擲龍堂。」王琦評曰：「此篇全仿《楚辭．九歌》」。〔註 98〕蓋其命意亦有承於二湘。

〈九章〉之抒憂思、主諷諫對辭賦影響最鉅，然其於詩歌亦頗有影響。如張衡〈四愁詩〉序：「時天下漸弊，鬱鬱不得志，爲〈四愁詩〉。屈原以美人爲君子，以珍寶爲仁義，以水深雪雰爲小人，思以道術相報，貽於時君，而懼讒邪不得以通。」其辭四章皆以「我所思兮在××」起，而以「路遠莫致」「何爲懷憂」爲結，足證其詩要在寫思君而以路遠莫致，故而懷憂也。據此其命意乃承〈九章〉來。又，阮籍之〈詠懷詩〉：「夜坐不能寐，起坐彈鳴琴……徘徊將何見，憂思獨傷心。」「二妃遊江濱，逍遙順風翔……如何金石交，一旦更離傷。」「步出上東門，北望首陽岑……素質遊商聲，悽愴傷我心。」「湛湛長江水，上有楓樹林……一爲黃雀哀，涕下誰能禁。」〔註 99〕凡此皆極寫宗國將亡之抑鬱。沈德潛《古詩源》云：「其原自〈離騷〉來」，則亦步武〈離騷〉、〈九章〉之哀志也。再者，陶淵明之〈擬古〉及〈雜詩〉，類多悼國傷時託諷之詞，〔註 100〕亦爲承騷、章之命意也。〔註 101〕又，劉熙載云：「曲江〈感遇〉出於騷。」〔註 102〕觀其「江南有丹橘」一首，即屈子〈橘頌〉之意，而「漢上有游女」一首，劉大櫆曰：「爲君臣間託意，猶屈子美人

〔註 97〕參見《唐宋詩舉要》卷二引（學海版頁 155）。

〔註 98〕參見楊鍾基〈楞伽、楚辭與李賀的悲劇〉一文（《中國學人》第六期）。

〔註 99〕阮籍〈詠懷詩〉見《文選》卷二十三。

〔註 100〕陶澍注《靖節先生集》卷四〈擬古〉下引劉履曰：「凡靖節退休之後，類多悼國傷時託諷之詞，然不欲顯斥，故以擬古、雜詩名其篇云。」

〔註 101〕同註 26。

〔註 102〕見《藝概》卷二〈詩概〉。

之旨。」則張九齡〈感遇詩〉之命意亦有出於〈九章〉者。〔註 103〕又，李白之〈鳴皋歌送岑徵君〉云：「若有人兮思鳴皋，阻積雪兮心煩勞。」「獨處此幽默兮，愀空山而愁人。」「雞聚族以爭食，鳳孤飛而無鄰。」蓋命意亦有承於〈九章〉者。〔註 104〕

〈九辯〉之悲秋乃千古絕唱，其影響後世詩歌之命意尤鉅。曹丕之〈燕歌行〉：「秋風蕭瑟天氣涼，草木搖落露爲霜。群燕辭歸雁南翔，念君客遊思斷腸。慊慊思歸戀故鄉，何爲淹留寄佗方……牽牛織女遙相望，爾獨何辜限河梁。」觀此詩之文詞內容，可知其命意實直承〈九辯〉。其後如謝惠連、韓愈之〈秋懷詩〉皆因秋興感，其命意亦受〈九辯〉影響。《唐宋詩舉要》卷一韓愈〈秋懷詩〉下引方扶南曰：「按自宋玉悲秋而有〈九辯〉，六朝因之有〈秋懷詩〉。（謝惠連有〈秋懷詩〉）皆以搖落自比也。」又，〈九辯〉之感士不遇，實承〈離騷〉、〈九章〉來。其後如曹植之〈美女篇〉、左思之〈詠史詩〉、陶潛之〈飲酒詩〉、鮑照之〈擬行路難〉、王維之〈不遇詠〉、李白之〈行路難〉、杜甫之〈醉時歌〉皆不出感士不遇之主題。〔註 105〕至若李賀〈贈陳商〉：「長安有男兒，二十心已朽；楞伽堆案前，《楚辭》繫肘後。」〈傷心行〉：「咽咽學楚吟，病骨傷幽素。秋姿白髮生，木葉啼風雨。」〈南園〉：「尋常摘句老雕蟲，曉月當簾挂玉弓。不見年年遼海上，文章何處哭秋風。」此類詩中充分表露懷才不遇之感，蓋受《楚辭》之影響。

除上所述外，三九對後代之遊仙詩或亦有某種程度之影響。前人每以〈離騷〉、〈遠遊〉開遊仙詩之先河。〔註 106〕然〈九歌〉中之諸

〔註 103〕參見高步瀛《唐宋詩舉要》卷一（學海版頁 9）。

〔註 104〕見《李太白全集》卷之七（華正版頁 393～396）。

〔註 105〕參見陳貽焮〈論李賀的詩〉一文（《文學遺產增刊》五輯）。

〔註 106〕《方東樹評古詩選》卷五郭璞〈遊仙詩〉下評曰：「本屈子〈遠遊〉之恉而擬其辭，遂成佳製。」唐亦璋〈神仙思想與遊仙詩研究〉一文第三章即標「開〈遊仙詩〉先河的〈離騷〉、〈遠遊〉」爲章名（《淡江學報》十四期）。

神遨遊及〈九章・涉江〉、〈悲回風〉之遠遊，〈九辯〉之雲中遊對遊仙詩之命意或有影響焉！

三、題　材

〈九歌〉諸神纏綿悱惻之戀愛故事，〈九章〉中若〈涉江〉、〈哀郢〉之寫景、紀行，〈橘頌〉之詠物，及〈九辯〉之悲秋及自憐亦提供後世詩歌豐富之寫作題材。試略論於下：

二湘美麗動人之愛情故事，最常爲後代詩人詠贊。如梁沈約〈湘夫人〉：「瀟湘風已息，沅澧復安流。揚蛾一含睇，嫂娟脩且好。捐玦置澧浦，解珮寄中流。」王僧孺亦云：「桂棟承薜帷，眇眇川之湄。白蘋徒可望，綠芷竟空滋。日暮思公子，銜意嘿無辭。」〔註 107〕凡此皆取材自〈九歌〉之故實。又如李賀〈神絃詩〉：「女巫澆酒雲滿空，玉爐炭火香鼕鼕。海神山鬼來座中，紙錢窸窣鳴旋風……終南日色低平灣，神兮長在有無間。神嗔神喜師更顏，送神萬騎還青山。」此則取材於〈九歌・山鬼〉。〔註 108〕

〈涉江〉：「深林杳以冥冥兮，猨狖之所居。山峻高以蔽日兮，下幽晦以多雨。霰雪紛其無垠兮，雲霏霏而承宇。」六句極寫荒涼幽暗，卑濕不堪之景。方廷珪以爲謝靈運遊仙諸詩多脫胎於此。〔註 109〕蓋三九之「論山水，則循聲而得貌」，對後世之山水詩頗有影響。又〈哀郢〉「去故鄉而就遠兮」至「今逍遙而來東」一段，追敘昔日流亡之事，歷歷如繪，頗類紀行詩。〔註 110〕此亦影響後代詩歌。如《文選》卷二十六所收錄行旅之詩，如潘岳〈在懷縣作〉、陸機〈赴洛〉二首、〈赴洛道中作〉二首皆紀行之詩。而杜甫〈北征詩〉「揮涕戀行在」

〔註 107〕沈約、王僧孺〈湘夫人〉見《樂府詩集》卷五十七。

〔註 108〕李賀〈神弦詩〉見《昌谷集》卷二，此並參見黃永武先生《中國詩學思想篇》（頁 213）。

〔註 109〕《評註昭明文選》卷八引方曰：「深林六句，極寫荒涼幽暗、卑濕不堪光景。謝靈運遊山諸詩多脫胎於此。」

〔註 110〕參見譚介甫《屈賦新編》附錄〈屈原哀郢的研究〉一文。

至「遂令半秦民，殘害爲異物」，〔註111〕亦歷敘征途所見之景，蓋亦有受〈哀郢〉紀行之影響也。至若〈橘頌〉之詠物託意，對後代詩歌影響尤大。蓋後世多有以詠物爲詩之題材者，如沈約〈詠桃〉，何遜〈詠早梅〉，蕭綱〈詠螢〉。〔註112〕

至若〈九辯〉之悲秋，影響所及，後之詩歌多有以寫秋景、秋思、秋懷爲題材者。如謝惠連〈秋懷〉:「蕭瑟含風蟬，寥唳度雲雁。」鮑照〈秋夜〉:「江介早寒來，白露先秋落。」謝朓〈秋夜〉:「思君隔九重，夜夜空佇立。」〔註113〕蓋皆受〈九辯〉之影響也。又，〈九辯〉第二段:「悲憂窮戚兮獨處廓，有美一人兮心不繹……私自憐兮何極，心怦怦兮諒直。」呂正惠以爲已近後代詩人之閨怨詩、棄婦詩。〔註114〕若然則後代之閨怨詩、棄婦詩或亦有受〈九辯〉之影響。如謝朓〈玉階怨〉:「夕殿下珠簾，流螢飛復息。長夜縫羅衣，思君此何極」與〈九辯〉「專思君兮不可化」,「私自憐兮何極」若有妙契焉！〔註115〕

綜上所述，可知後世詩歌或言情，或寫景，或詠物，其題材皆有受三九影響者。

四、遺　詞

杜牧《昌谷集》序評李賀詩云:「蓋騷之苗裔，理雖不及，辭或過之。」由是可知李賀極力學習楚騷之遺辭。蓋三九語言之美麗亦多爲後世詩人取則。

〔註111〕參見楊倫《杜詩鏡銓》卷四（華正版頁335、336）。

〔註112〕參見張仁青《魏晉南北朝文學思想史》「魏晉南北朝詩分類略表」詠物類下。又黃婷婷《六朝宮體詩研究》一文分六朝宮體詩爲言情、寫景、詠物三大類，其詠物類，或詠花草果樹，或詠飛禽蟲魚，或詠日常器用。

〔註113〕謝惠連〈秋懷詩〉見《方東樹評古詩選》卷七、鮑照〈秋夜〉見卷八、謝朓〈秋夜〉見卷九。

〔註114〕參見呂正惠《澤畔的悲歌——楚辭》頁386。

〔註115〕謝朓〈玉階怨〉見《樂府詩集》卷四十三。

王遠以爲李長吉詩「遙望齊州九點煙，一弘海水杯中瀉」二句乃從〈雲中君〉「覽冀州兮有餘，橫四海兮焉窮」二語化出。〔註 116〕又，〈湘夫人〉「嫋嫋兮秋風，洞庭波兮木葉下」二句屢爲詩人襲用。如何遜〈詶雀妓〉「秋風木葉落」，陳子昂〈感遇〉「嫋嫋秋風生」，溫庭筠〈贈少年〉「秋風葉下洞庭波」〔註 117〕皆襲此二句。〈大司命〉：「折疏麻兮瑤華」，謝靈運〈從斤竹澗越嶺溪行〉作「折麻心莫展」，〈南樓中望所遲客〉作「瑤華未堪折」。而〈從斤竹澗越嶺溪行〉中「想見山阿人，薜蘿若在眼」，則承〈山鬼〉「若有人兮山之阿，被薜荔兮帶女羅」二句。〔註 118〕

〈涉江〉「淹回水而疑滯」下，洪興祖補註曰：「江淹賦云：『舟凝滯於水濱』，杜子美詩云：『舊客舟凝滯』，皆用此語。」〈哀郢〉：「悲江介之遺風」，曹植〈雜詩〉作：「江介多悲風。」〔註 119〕〈抽思〉「悲秋風之動容兮，何回極之浮浮。蔣驥《山帶閣注楚辭》以爲杜詩「風連西極動」即此意。〈悲回風〉「邈漫漫之不可量兮……託彭咸之所居」下，王萌《楚辭評註》引可亭曰：「連用疊字，甚有逸態，〈青青河畔草〉等詩祖此。」

〈九辯〉：「何曾華之無實兮，從風雨而飛颺。」王萌《楚辭評註》云：「少陵哀李光弼『風雨秋一葉』，即此意。」〈九辯〉：「生天地之若過兮，功不成而無效。」朱熹《楚辭集註》云：「古詩云：『人生天地間，忽如遠行客』是也。」

以上或援引各家之說，或舉出後人詩句，雖僅各舉數例，然參見前列體製、命意、題材三端所標舉者，亦足證明三九對後代詩歌遺詞之影響。

〔註 116〕王萌《楚辭評註》卷二〈雲中君〉王遠按語。

〔註 117〕所引何遜、陳子昂詩並見《方東樹評古詩選》。溫庭筠〈贈少年〉見《溫庭筠詩集》卷五（四部叢刊本）。

〔註 118〕所引謝靈運詩見《謝康樂詩註》卷三。

〔註 119〕曹植〈雜詩〉見丁晏《曹集詮評》卷四雜詩之五。

五、技　巧

三九巧妙多方之寫作技巧對後世詩人亦多有影響，試略論於下：

三九寫作技巧影響後代詩歌最鉅者爲「象徵」。〈九章〉之香草美人象徵、〈九辯〉之自然景物象徵乃最突出之寫作技巧，其影響後代詩歌最深。張衡〈四愁詩〉序云：「屈原以美人爲君子，以珍寶爲仁義，以水深雪雰爲小人。」〔註 120〕蓋明指屈子之運用象徵技巧。故其詩一思曰：「美人贈我金錯刀，何以報之英瓊瑤」，二思曰：「美人贈我金琅玕，何以報之雙玉盤」，蓋亦以美人象徵君子，珍寶象徵仁義也。而詩中所謂「梁父艱」、「湘水深」、「隴阪長」、「雪紛紛」，則以自然景物象徵惡劣環境。於此可知其有意學習〈九章〉、〈九辯〉之象徵技巧也。又，曹植〈美女篇〉：「美女妖且閑，采桑歧路間……佳人慕高義，求賢良獨難。眾人徒嗷嗷，安知彼所歡。盛年處房室，中夜起長歎。」劉履曰：「子建志在輔君匡濟，策功垂名，乃不克遂。雖授爵封，而其心猶爲不仕，故託處女以寓怨慕之情焉。」朱乾亦曰：「賢女必得佳配，賢臣必得聖主，摽梅所以歎求士之難也。」〔註 121〕此皆可說明子建實以佳人象徵一己之賢而不見用。阮籍〈詠懷詩〉：「徘徊蓬池上，還顧望大梁。綠水揚洪波，曠野莽茫茫。走獸交橫馳，飛鳥相隨翔。是時鶉火中，日月正相望。朔風厲嚴寒，陰氣下微霜。羈旅無儔匹，俛仰懷哀傷。小人計其功，君子道其常。豈惜終憔悴，詠言著斯章。」〔註 122〕從詩中文字可見其以自然環境象徵處境之惡劣，蓋有得於〈九辯〉者。李白〈登金陵鳳凰臺〉：「總爲浮雲能蔽日，長安不見使人愁。」〔註 123〕以浮雲蔽日，喻小人蒙蔽君主；長安不見，言自己不見用於君主。此象徵手法亦得自章、辯。〔註 124〕

〔註 120〕同註 79。

〔註 121〕見黃節《曹子建詩注》卷二引（世界版頁 78）。

〔註 122〕阮籍〈詠懷詩〉見《文選》卷二十三。

〔註 123〕見《李太白全集》卷二十一（華正版頁 986）。

〔註 124〕參見吳宏一先生〈楚辭對後代文學的影響〉一文（收入《中國文學講話》（二））。

除「象徵」外，三九之「隱喻」技巧對後世詩歌亦有影響。如〈抽思〉:「有鳥自南兮，來集漢北。」蓋屈子以鳥自喻。左思〈詠史詩〉:「習習籠中鳥，舉翮觸四隅。落落窮巷士，抱影守空廬。出門無通路，枳棘塞中塗……巢林棲一枝，可爲達士模。」〔註 125〕蓋亦以籠中鳥喻窮巷士也。又，陶淵明〈飲酒詩〉「栖栖失群鳥，日暮猶獨飛。徘徊無定止，夜夜聲轉悲……託身已所得，千載不相違。」蔣丹厓曰:「失群之鳥，託身孤松，先生借以自比」。〈歸園田居〉:「少無適俗韻，性本愛邱山……羈鳥戀舊林，池魚思故淵……久在樊籠裡，復得返自然。」此亦以鳥自喻，故前謂「羈鳥戀舊林」，末云「久在樊籠裡」。又，〈歸鳥詩〉四章亦皆以鳥自比。〔註 126〕

又，〈橘頌〉之以擬人法詠物，亦影響後世之詠物詩。如庾肩吾〈詠長信宮草〉:「委翠似知節，含芳如有情。全由履迹少，併欲上階升。」其寫〈長信宮草〉曰「知節」、「有情」、「併欲上階升」，蓋擬人法也。至若徐陵〈詠柑子〉:「朱實挺江南，苞品擅珍淑。上林雜嘉樹，江潭間修竹。萬室擬封侯，千株挺荊國。綠葉萋以布，素榮紛且郁。得陳終宴歡，良垂雲雨育。」〔註 127〕其「朱實挺江南」，則〈橘頌〉「受命不遷，生南國兮」;「苞品擅珍淑」，則擬「紛緼宜脩」也。其學習〈橘頌〉之擬人法則顯然可見也。

洪邁《容齋續筆》云:「唐人詩文，或於一句中自成對偶，謂之當句對，蓋起於《楚辭》蕙烝蘭藉，桂酒椒漿;桂櫂蘭枻，斲冰積雪。自齊梁以來，江文通、庾子山諸人亦如此。」又，《評註昭明文選》卷八引陸曰:「唐人詩多或于一句中自成對偶，謂當句對。」此則明謂唐詩受此技巧之影響。另外洪興祖《楚辭補注》卷二〈九歌・東皇太一〉「吉日兮辰良」下引沈括存中云:「吉日兮辰良，蓋相錯

〔註 125〕左思〈詠史詩〉見《文選》卷二十一。

〔註 126〕所引陶淵明詩及蔣氏之評並見溫謙山《陶詩彙評》(新文豐《零玉碎金集刊》頁 17、27、73)。

〔註 127〕庾肩吾〈長信宮草〉見《玉臺新詠》卷十，徐陵〈詠柑〉見《徐孝穆集》卷一。

成文，則語勢矯健，如杜子美詩云：『紅豆啄餘鸚鵡粒，碧梧棲老鳳凰枝。』韓退之云：『春與猿吟兮，秋鶴與飛』，皆用此體也。」

以上或舉例證明，或援引各家之說，皆足可說明三九寫作技巧之影響後代詩歌也。

六、風　格

鍾嶸《詩品》「深從六藝溯流別」（章學誠《文史通義‧詩話》語），以《楚辭》與〈國風〉、〈小雅〉並列爲詩之三源。《楚辭》乃代表詞藻綺靡而感情悽怨之詩。〔註 128〕而《文心‧辨騷》評三九之風格爲：〈九章〉「朗麗以哀志」，歌辯「綺靡以傷情」。據此觀之，則鍾嶸所列《楚辭》一系之作家二十四人，有屬於悽愴清怨者，有屬於綺麗華豔者，有屬於巧構形似者，有屬於峻切清遠者，有屬於眞古惋愜者；〔註 129〕蓋皆有得於三九也。準此，亦可知三九對後代詩風影響之深遠。

又，李白〈古風〉云：「自從建安來，綺麗不足珍。」〔註 130〕雖爲批判建安以還之詩風，然亦指出「綺麗」爲建安以還之詩風，而此「綺麗」風格，則亦與三九之朗麗哀志、綺靡傷情關係密切。而近人游國恩先生亦以爲漢魏詩人愛用「比興」體，喜藉「女人」作爲象徵，乃承襲屈原之作風。〔註 131〕馬茂元〈論九歌〉一文，則指出〈九歌〉乃中國古典詩歌形成浪漫主義之光輝起點。〔註 132〕而〈九章〉之以「朗麗」之文詞，抒發「憂愁幽思」之「哀志」，則亦影響阮籍

〔註 128〕參見廖蔚卿先生《六朝文論》頁 295。
〔註 129〕參見馮吉權《文心雕龍與詩品之詩論比較》頁 122。
〔註 130〕見李白〈古風〉五十九首之一（《李太白全集》卷二）。
〔註 131〕參見游國恩《楚辭論文集》〈《楚辭》女性中心〉一文。
〔註 132〕馬茂元〈論九歌〉云：「如果說，我國古典詩歌發展史上有現實主義與浪漫主義兩個基本潮流，則〈九歌〉是形成浪漫主義的光輝起點，而此後著名詩人如晉代的郭璞、唐代的李白、李商隱，基本上都是屬於這個潮流之內的。」（見余崇生編《楚辭研究論文集》頁 421）。

之〈詠懷詩〉，陶淵明之〈擬古〉及〈雜詩〉。〔註 133〕至若〈九辯〉之趨於個人主義與純藝術化之作風，〔註 134〕對後代詩歌亦影響匪淺，蓋自〈九辯〉之後，詩人以綺靡之文詞，抒個人不遇之傷情者，可謂歷代皆有。

以上乃泛論三九對後代詩風之影響。以下依時代爲次，舉其風格受三九影響較彰著之詩人及其詩作略論之：

《詩品》評曹植詩云：「其源出于〈國風〉，骨氣奇高，詞采華茂，情兼雅怨，體被文質，粲溢今古，卓爾不群。」據此則子建之詩，雖出于國風，然其「詞采華茂，情兼雅怨」則有得於楚騷也。〔註 135〕蓋子建以其身世遭遇有類屈宋，故喜模擬楚騷，而所得于屈宋者多矣。〔註 136〕以是其所爲詩每多運用香草美人之象徵，且亦注意文采之藻飾，形成浪漫之詩風，此則有受三九之影響也。如〈蒲生行・浮萍篇〉：「浮萍寄清水，隨風東西流……茱萸自有芳，不若桂與蘭。」不止以浮萍自喻，且又以蘭、桂象徵一己之修美，此比興作風有承於〈九章〉也。又，〈贈白馬王彪〉：「踟躕亦何留，相思無終極。秋風發微涼，寒蟬鳴我側。原野何蕭條，白日忽西匿。歸鳥赴喬林，翩翩厲羽翼。孤獸走索群，銜草不遑食。感物傷我懷，撫心長太息。」此詩寫感物傷懷，觸景生情，無論詞采、情志皆有類〈九辯〉，蓋亦「綺靡傷情」之作也。而〈雜詩〉：「南國有佳人，容華若桃李。朝遊江北岸，夕宿瀟湘沚。時俗薄朱顏，誰爲發皓齒。俛仰歲將暮，榮耀難久恃。」此詩情韻頗類二湘。至若〈白馬篇〉

〔註 133〕同註 26。

〔註 134〕見《中國文學發達史》頁 99（中華書局版）。

〔註 135〕《文心・辨騷》云：「昔漢武愛騷，而淮南作傳，以爲〈國風〉好色而不淫，〈小雅〉怨誹而不亂。若〈離騷〉者，可謂兼之。」而古直以爲詩品評子建詩「情兼雅怨，謂兼有〈國風〉〈小雅〉之長也。」（汪師履安《詩品注》頁 74 引）若然則亦與楚騷同也。

〔註 136〕子建擬騷之作〈洛神賦〉、〈九詠〉、〈九愁〉皆是。姜亮夫先生云：「子建在三國諸人，爲賦最多，而寄慨亦最深切。集中諸賦，皆有麗則之規，而所得于屈、宋者多矣。」（見《楚辭書目五種》頁 421）。

一詩，方東樹評曰「奇警」，以爲出自〈國殤〉！凡此皆可證明子建之詩風實有受三九影響者。〔註 137〕

除子建外，詩風受三九影響之建安詩人，尚有七子之首——王粲。《詩品》評王粲詩云：「其源出於李陵。發愀愴之詞，文秀而質羸。」而李陵詩，《詩品》謂其源出《楚辭》，則王粲之詩亦承《楚辭》而來。蓋其「遭亂流寓，自傷情多」，〔註 138〕故其詩流連哀思，直仿楚騷遺調。〔註 139〕觀其詠史詩頗類〈九章〉之朗麗哀志，方東樹以爲「其意亦本屈子」。〔註 140〕劉熙載《藝概》云：「曹子建、王仲宣之詩出於騷。」觀二子之作，劉氏之說良有以也。

阮籍詩，鍾嶸以爲源出〈小雅〉，何義門則謂出於騷。方東樹則云：「愚謂騷與〈小雅〉特支體不同耳！其憫時病俗憂傷之指，豈有二哉？阮公之時與世，眞〈小雅〉之時與世也，其心則屈子之心也，以爲騷，以爲〈小雅〉，皆無不可，而其文之宏放高邁，沈痛幽深，則於騷、雅皆近之。」〔註 141〕陳祚明亦以爲其詩「悲在衷心，乃成楚調」，係學自〈離騷〉。〔註 142〕據此可知阮詩風格有得自楚騷者。觀其〈詠懷〉諸作，如「二妃遊江濱」發交不忠者怨長之旨，情韻頗類二湘；「徘徊蓬池上」，則全從屈子〈惜誦〉同極異路，〈九辯〉羈旅而無友生等意出；「西方有佳人」則亦屈子〈九歌〉之意，「壯士何慷慨」則原本〈九歌・國殤〉。〔註 143〕大抵其詩多用象徵手法抒寫「憂愁幽思」，風格或在三九之間。（就文情言，近騷章之「哀志」；就詞采言，近歌辯之「綺靡」。）

陳祚明《采菽堂古詩選》卷十七云：「詳謝詩格調，深得《三百

〔註 137〕所引曹植詩及方東樹評語並見《方東樹評古詩選》卷二。
〔註 138〕見謝靈運〈擬魏太子鄴中集王粲詩序〉（《全宋文》卷三十三）。
〔註 139〕參見張仁青先生《魏晉南北朝文學思想史》頁 37。
〔註 140〕見《方東樹評古詩選》卷二。
〔註 141〕見《方東樹評古詩選》卷三。
〔註 142〕見《采菽堂古詩選》卷八（《魏晉南北朝文學史資料》頁 206 引）。
〔註 143〕同註 141。

篇》旨趣，取澤於〈離騷〉、〈九歌〉，江水、江楓、斵冰、積雪，是其所師也。」方東樹亦云：「謝公全用〈小雅〉、〈離騷〉意境字句，而氣格緊健沈鬱。」〔註144〕黃節則謂：「康樂之詩，合詩、易、聃、周、騷、辯、僊、釋以成之。」〔註145〕三家皆指出謝詩與《楚辭》之密切關係，則謝詩風格或有受三九影響也。觀其〈石門新營所住四面高山迴溪石瀨茂林脩竹詩〉云：「躋險築幽居，披雲臥石門……嫋嫋秋風過，萋萋春草繁。美人遊不還，佳期何由敦……匪爲眾人說，冀與智者論。」此詩多襲〈九歌〉文句與造境，方東樹亦以爲「美人遊不還」一段，幽憂怨慕淒涼之意，全得屈子餘韻。又，〈從斤竹澗越嶺溪行〉詩云：「想見山阿人，薜蘿若在眼。握蘭勤徒結，折麻心莫展。」及〈夜宿石門〉詩云：「朝搴苑中蘭，畏彼霜下歇……鳥鳴識夜棲，木落知風發……美人竟不來，陽阿徒晞髮。」二詩亦有擬於〈九歌〉。據此可知謝詩風格確有得於三九者。

李白乃屈原浪漫詩風最傑出之繼承者。歷代學者每多指出其詩乃宗風、騷，如宋濂〈答章秀才論詩書〉云：「李太白宗風、騷及建安七子，其格極高，其變化若神龍之不可羈。」李詩通亦云：「太白詩宗風、騷，薄聲律，開口成文，揮翰霧散，似天仙之詞。」李詩緯則云：「若太白五律，猶爲古詩之遺，情深而詞顯，又出乎自然，要其旨趣所歸，開鬱宣滯，特於風、騷爲近焉。」〔註146〕又劉熙載〈詩概〉則謂「太白詩以莊、騷爲大源。」凡此諸家皆以楚騷爲李白詩作之大源。而近代論文者則多謂李白之浪漫詩風取則於屈原。蓋李白之詩亦如屈宋之大量拾取神話傳說、歷史人物、日月風雲以構成其浪漫詩風。〔註147〕準是觀之，李詩之風格實與《楚辭》關係密切，故其或亦受有三九之影響。試觀其〈遠別離〉、〈鳴皋歌送岑

〔註144〕本段所引謝靈運詩及方氏評語並見《方東樹評古詩選》卷七。
〔註145〕見黃節《謝康樂詩註》序。
〔註146〕以上諸家評語並見王琦輯注《李太白全集》卷三十四附錄叢說。
〔註147〕參見黃師錦鋐〈論屈原〉一文（收入《中國文學講話》（二））。

徵君〉二詩即可知也。〈遠別離〉:「遠別離，古有皇英之二女，乃在洞庭之南，瀟湘之浦。海水直下萬里深，誰人不言此離苦。日慘慘兮雲冥冥，猩猩啼煙兮鬼嘯雨……蒼梧山崩湘水絕，竹上之淚乃可滅。」全詩不僅以二湘故事爲題材，且遣詞、造境皆受二湘、〈山鬼〉之影響。胡孝轅以爲「體幹於楚騷」，范德機評曰:「〈遠別離〉篇最有楚人風，所貴乎楚言者，斷如復斷，亂如復亂，而詞意反復屈折，行乎其間，實未嘗斷而亂也，使人一唱三嘆而有遺音。」其風格殆幾於〈九歌〉矣！又，〈鳴皋歌送岑徵君〉:「若有人兮思鳴皋，阻積雪兮心煩勞……交鼓吹兮彈絲，觴清冷之池閣，君不行兮何待？若返顧之黃鶴……望不見兮心氛氳，蘿冥冥兮霰紛紛……塊獨處此幽默兮，愀空山而愁人。雞聚族以爭食，鳳孤飛而無鄰……白鷗兮飛來，長與君兮相親！」全文造境、遣詞或得於〈山鬼〉。「望不見兮以下寫己之離憂」，有歌、辯韻致，而文末援引雞鳳之比，嫫母、西施之事，則亦類〈九章〉，至若其文句或長或短，則「聲響逼似〈九辯〉」(吳摯甫語)，殆其風格在三九之間歟！〔註 148〕

有唐詩人受三九風格影響最甚者，蓋即鬼才詩人李賀也。李賀之詩，源出楚騷，嘗自云其學曰:「咽咽學楚吟」(〈傷心行〉)，「斫取青光寫《楚辭》」(〈昌谷北園新筍〉四首之二)，「《楚辭》繫肘後」(〈贈陳商〉)；由是可知其確乎有取於騷也。杜牧《昌谷集》序謂其詩「蓋騷之苗裔，理雖不及，辭或過之。」《漁隱叢話》亦云:「李長吉、玉川子詩，皆出于〈離騷〉。」王琦《李長吉歌詩編》序則云:「其源實出自楚騷，步趨于漢、魏古樂府。」而宋琬《昌谷集註》序則更進一步指出賀以王孫憂宗國，故哀憤楚激，嘔心作詭譎之辭。《李賀詩集》後記所云尤爲確切，茲援引於下:

> 李賀承襲了《楚辭》的精神，創造出他獨有的奇崛憤激、淒涼幽冷的詩歌，形式是唐代一般的古詩歌，而意境、風調却完全承繼了《楚辭》……單就承襲《楚辭》的風調、

〔註 148〕所引李白詩評見高步瀛《唐宋詩舉要》卷二。

> 意趣講，李賀是成功的、傑出的。……至於他的「絕去翰墨畦徑」，不肯「蹈常襲故」和喜歡變換詞彙，紆曲句意，這一方面固然是他的特性，一方面也是承襲了《楚辭》的傳統。《楚辭》用「荃」和「美人」來代表君王，用「蘭蕙」、「杜衡」來比喻道德，用汪洋恣肆、迷離惝恍的話，來抒寫自己忠君、愛國的熱情和憤鬱，這對李賀的作品有很大的影響。

據上述各家之論述，可知李賀詩確與楚騷有極密切關係。以是其詩之風格受三九影響蓋亦大矣！楊鍾基先生以爲李賀之得於楚騷，一則在《楚辭》之「詭異之辭」、「譎怪之談」，二則在《楚辭》之綺靡傷情，寄其幽怨。〔註 149〕而所謂「綺靡傷情，寄其幽怨」則同於〈九歌〉、〈九辯〉也。楊氏又云：

> 李賀的一生，最失意的是不克登第，屈於卑官，而此種懷才莫遇、文章何價的感情，時或出之於「鯨呿鼇擲」式的咒詬，亦有自憐自傷，寄情於與自己同一命運的宮人、神仙，以至於女鬼，構成了如杜牧所謂的「雲烟綿聯」、「水之迢迢」、「春之盎盎」及「秋之明潔」的風格。追源其始，屈原的〈山鬼〉、〈湘君〉早著先鞭。

此亦可明賀詩風格受〈九歌〉之影響。試觀其〈蘇小小墓〉、〈秋來〉、〈帝子歌〉、〈湘妃〉、〈貝宮夫人〉諸詩即可知其風格蓋有得於三九也。〈蘇小小墓〉：「幽蘭露，如啼眼……西陵下，風吹雨。」此詩蓋從〈九歌·山鬼〉等篇來。〈秋來〉：「桐風驚心壯士苦……恨血千年土中碧。」此詩因秋得感，運思悽苦，意境沈鬱，頗有〈九辯〉況味。〈帝子歌〉：「洞庭明月一千里，涼風雁啼天在水……沙浦走魚白石郎，閑取眞珠擲龍堂。」此詩風格、意趣與〈九歌〉二湘神似，宜乎王琦評曰：「此篇全仿《楚辭·九歌》。」〈湘妃〉：「筠竹千年老不死，長伴神娥蓋湘水……幽愁秋氣上青楓，涼夜波間吟古龍。」此詩意境幽冷、縹緲、

〔註 149〕參見楊鍾基先生〈楞伽、楚辭與李賀的悲劇〉一文（《中國學人》第六期）。

趣味、格調與〈山鬼〉、二湘神似。〈貝宮夫人〉:「丁丁海女弄金環，雀釵翹揭雙翅關……秋肌稍覺玉衣寒，空光帖妥水如天。」此詩風格亦有得於〈山鬼〉、二湘也。據上所述，可知賀詩風格確與〈九歌〉、〈九辯〉相關矣！〔註 150〕

朱偰《李商隱詩新詮》以爲義山詩之淵源，蓋拓宇於〈離騷〉，接響於漢魏，師承少陵，開創西崑。並謂「義山之詩，比興爲多，如〈碧城〉、〈燕臺〉、〈河陽〉、〈聖女祠〉諸篇，好用星娥、月姊、桂宮、瑤臺、銀漢、七夕、風車、雨馬故事，仙姿婉約，接武歌、辯。讀其詩，頗有『鳳凰承旂，高翔翼翼；八龍蜿蜿，雲旗委蛇』之思。吟〈碧城〉三首，宛如重讀〈湘君〉、〈湘夫人〉篇也。」〔註 151〕此則明指義山詩風之直承〈九歌〉、〈九辯〉也。馬茂元〈論九歌〉一文，亦以爲〈九歌〉是形成浪漫主義之光輝起點，唐之李白、李商隱皆屬此潮流。〔註 152〕繆師天華則以爲義山之詩以麗句寄苦情，乃得於屈子。〔註 153〕此即歌、辯之「綺靡以傷情」也。張淑香《李義山詩析論》則謂屈子憂愁幽思之抒情下傳至阮籍詠懷，直至晚唐李商隱之詩作。而義山詩表現內心衝突、矛盾所流露之悲劇意味之風格，與屈子同佔中國詩綺靡傷情之大半。兩者均以最穠麗綺靡之辭藻，寫最強烈之哀傷。屈子之「九死其猶未悔」與義山「蠟炬成灰淚始乾」，均代表其一往情深之痴。〔註 154〕據此可知義山詩風殆與三九有密切關係矣！

綜上所述，可知三九之風格影響後代詩風，蓋自漢魏以迄晚唐也。而其所影響之詩家若曹植、王粲、阮籍、謝靈運、李白、李賀、李商隱諸人，皆一代大家，以是可知劉熙載所謂「詩以出於騷者爲正」

〔註 150〕本段所引李賀詩及其評語未註出處者，皆見於里仁書局印行之《李賀詩集》。

〔註 151〕見朱偰等著《李商隱和他的詩》頁 119～120。

〔註 152〕同註 132。

〔註 153〕繆師天華於講授《楚辭》課程所云。

〔註 154〕參見張淑香《李義山詩析論》頁 252～256。

(《藝概》詩概語)，或不我欺也。

以上乃從體製、命意、題材、遣詞、技巧、風格六端論述三九之影響後世詩歌。據此所論可知《楚辭》之影響後代詩歌，乃甚或在三百篇之上。再者，從前兩節之論述亦可知辭賦受《楚辭》影響者，以走向朗麗哀志、憂愁幽思者較多；而詩歌則趨向於綺靡傷情、優遊婉順一途，此殆以歌、辯較富於詩意與美感之故歟！〔註155〕

第三節　三九對駢文、散文之影響

一、三九對駢文之影響

孫梅《四六叢話》卷三〈敘騷〉云:「屈子之詞，其殆詩之流、賦之祖、古文之極致、儷體之先聲乎！」劉申叔〈文說・宗騷篇〉亦云:「粵自風詩不作，文體屢遷，屈宋繼興，爰創騷體，擷六藝之精英，括九流之奧旨，信夫駢體之先聲，文章之極則矣。」日人鈴木虎雄《賦史大要》序亦云:「中國文章極侈麗者有四六文，欲知四六文，必解一般駢文，欲知一般駢文，必解漢賦，欲知漢賦，必解楚騷。」據以上諸家所論可知《楚辭》實與駢文有密切關係。若然則三九對後世之駢文亦必有甚彰著之影響。歸納言之，三九之影響後世駢文者，可自設喻隸事之繁富、多以複句成篇、對仗方法之美備、句法之固定畫一及詞藻之朗麗綺靡五端〔註156〕言之：

（一）設喻隸事之繁富

三九設喻隸事極繁富，此從其隱喻之多方，象徵之巧妙及援用歷史故事之豐富即可知之。(參見第三章第二節五、寫作技巧及第四章

〔註155〕同註26。

〔註156〕張仁青《中國駢文發展史》指出屈宋諸賦與駢文之關係有五：一曰設喻隸事之繁富也，二曰悉以複句成篇也，三曰對仗方法之美備也，四曰句法之固定畫一也，五曰開通篇屬對之先河(見頁142～151)。除第五點爲三九所無外，餘四點皆三九之特色，又三九詞藻之朗麗綺靡亦影響後之駢文，故加入此條。

第四節巧妙之表現手法）此特質影響後之駢文甚大，蓋駢文特色之一，即用典繁複。試以丘遲〈與陳伯之書〉爲例說明之：「棄燕雀之小志，慕鴻鵠以高翔」；「朱鮪喋血於友于，張繡剚刃於愛子，漢主不以爲疑，魏君待之若舊」；「呑舟是漏」，「松柏不翦」；「以慕容超之強，身送東市；姚弘之盛，面縛西都」；「將軍魚游於沸鼎之中，燕巢於飛幕之上」；「廉公之思趙將，吳子之泣西河」；「白環西獻，楛矢東來」。凡此可知其設喻隸事之繁富蓋有得於三九也。

（二）多以複句成篇

三九除〈九歌〉及〈九章・涉江〉、〈九辯〉少數句爲單句外，餘皆複句組成。「或二句爲一聯，或四句爲一聯，或六句爲一聯。每一聯中，上下句之字數容有參差，而意思則已完足，駢體之雛形，蓋已孕育於斯矣！」〔註 157〕如〈哀郢〉：「鳥飛反故鄉兮，狐死必首丘。」〈九辯〉：「白露既下百草兮，奄離披此梧楸。」此多以複句成篇對後代辭賦、駢文皆有鉅大影響。以劉峻〈送橘啓〉爲例：「南中橙甘，青鳥所食。」「采之風味照座，劈之香霧噀人。」「脈不黏膚，食不留滓。甘踰萍實，冷亞冰壺。可以薰神，可以芼鮮。」凡此亦皆以複句成篇，顯受騷章句系之「六兮六」，〈懷沙〉句系之「四兮四」之複句影響，且亦如〈九章〉、〈九辯〉之多以複句成篇也。

（三）對仗方法之美備

三九之多對偶，如〈九歌〉之多句中對、單句對，〈九章〉之多單句對，亦間有複句對、長對，〈九辯〉亦同九章。（參見第三章第二節五之（二）形式設計 1. 對偶）又《文心・麗辭》指出對句有四：言對、事對、反對、正對也。此皆並見於三九。如〈大司命〉：「令飄風兮先驅，使涷雨兮灑塵」，言對也。〈惜往日〉：「呂望屠於朝歌兮，甯戚歌而飯牛」，事對也。〈惜誦〉：「檮木蘭以矯蕙兮，鑿申椒以爲糧」，正對也。〈哀郢〉：「眾踥蹀而日進兮，美超遠而逾邁」，反對也。而以

〔註 157〕同註 156。

上諸種對仗方式皆並見於後之駢文。試以王勃〈滕王閣序〉為例，如：「襟三江而帶五湖」，句中對也。「潦水盡而寒潭清，煙光凝而暮山紫」，單句對也。「十日休暇，勝友如雲；千里逢迎，高朋滿座」，複句對也。「儼驂騑於上路，訪風景於崇阿。臨帝子之長洲，得天人之舊館」，長對也。「落霞與孤鶩齊飛，秋水共長天一色」，言對也。「孟嘗高潔，空懷抱國之心；阮籍猖狂，豈效窮途之哭」，事對也。「山原曠其盈視，川澤紆其駭矚」，正對也。「爽籟發而清風生，纖歌凝而白雲遏」，反對也。於此可見後世駢文之對仗實受三九對仗方法美備之影響也。

（四）句法之固定畫一

張氏云：「屈宋諸賦，句法皆固定畫一，且以四字句與六字句為最多，後世四六文之句法，實即奪胎於此。」〔註 158〕觀三九之句型有「四兮四」、「四兮六」、「五兮五」、「六兮六」、「七兮七」、「四四兮」諸句型。（參見附錄一表二之四「三九句型分析比較表」）此等句型若去兮字，即成「上四下四」、「上四下六」、「上五下五」、「上六下六」、「上七下七」之句型，而此諸句型乃後世駢文常用者。試以汪容甫〈漢上琴臺之銘并序〉為例說之：「東對大別，左界漢水」，此「上四下四」之例也。「石隄亙其前，月湖周其外」，此「上五下五」之例也。「聽漁父之鼓枻，思遊女之解佩」，此「上六下六」之例也。「無尋幽陟遠之勞，靡登高臨深之懼」，此上七下七之例也。至若「上四下六」之例，則於四六文中恆見，如徐陵〈在北齊與梁太尉王僧辯書〉：「雲師火帝，無非戰陣之風；堯誓湯征，咸用干戈之道。」庾信〈謝滕王集序啓〉：「紫微懸映，如傳闕里之書；青鳥遙飛，似送層城之璧。」據此可知三九之句法亦影響後代駢文矣。又三九之句型以「六兮六」句式最夥，且此「六兮六」句式，其虛詞多在第四字，如〈悲回風〉：「悲回風之搖蕙兮，心冤結而內傷。」此虛詞多在第四字之用法亦影響駢

〔註 158〕同註 156。

文頗鉅。如徐陵〈在北齊與楊僕射書〉:「一言所感，凝暉照於魯陽；一志冥通，飛泉湧於疏勒。」又,「吾無從以躡屩，彼何路而齊鑣。」

（五）詞藻之朗麗綺靡

〈九章〉「朗麗以哀志」，歌辯「綺靡以傷情」，蓋三九美麗生動之語言亦爲其傑出之藝術價值。（參見第四章第三節）而詞藻華麗亦駢文構成之要件，故後世之駢文多有取法於三九詞藻之朗麗綺靡者。何敬群先生以爲漢人學屈原文華贍富麗之鋪陳，即成漢賦；而六朝人學其工緻清麗之風格，即成南北朝文學之駢儷文。〔註 159〕此說然也。試觀三九語言之靡麗，蓋以複詞之大量使用，借助於方言、俗語，虛詞之巧妙運用，多形容比況之語，多用偶詞駢語；而此五要素除借助於方言俗語及虛詞之巧妙運用外，其餘三項，後代駢文皆有所承襲。複詞之大量使用，如鮑照〈凌煙樓銘〉:「巖巖崇樓，藐藐層隅。階基天削，戶牖雲區。瞰江列楹，望景延除。積清風露，合綵煙塗。」多形容比況之語，如顏延年〈祭屈原文〉:「蘭薰而摧，玉縝則折。物忌堅芳，人諱明潔」,「溫風怠時，飛霜急節」,「聲溢金石，志華日月。如彼樹芳，實穎實發。」至若多用偶詞駢語，則駢文之主要特色也，可謂俯拾即是，不煩贅舉。凡此或可推知後代駢文亦有受三九詞藻朗麗綺靡之影響也。〔註 160〕

綜上所述，可知三九對駢文之影響匪淺矣！

二、三九對散文之影響

三九對散文之影響，雖不若駢文之著，然亦有其不可輕忽者焉！孫梅《四六叢話》卷三云:「屈子之詞，其殆詩之流，賦之祖，古文之

〔註 159〕參見何敬群《楚辭精注》之〈離騷經〉序。

〔註 160〕本節所舉範文，丘遲〈與陳伯之書〉見《文選》卷四十三，顏延年〈祭屈原文〉見《文選》卷六十，劉峻〈送橘啓〉見臧勵龢選註《漢魏六朝文》，鮑照〈凌煙樓銘〉、徐陵〈在北齊與梁太尉王僧辯書〉、庾信〈謝滕王集序啓〉、汪容甫〈漢上琴臺之銘并序〉見張仁青《駢文學》，王勃〈滕王閣序〉見《王子安集》卷五。

極致，儷體之先聲乎。」蔣驥亦云：「詩文有不從《楚辭》出者，縱傳弗貴也。能于《楚辭》出者，愈玩愈佳，如太史公文，李太白、李長吉詩是也。」而姜南更將屈原作品與六經並列，以其爲言情者之祖。氏云：「文章自六經語孟之外，惟莊周、屈原、左氏、司馬遷最著。後之學者，言理者宗周，言性情者宗原，言事者宗左氏、司馬遷。」至若蔣善國先生則逕謂屈子爲散文家之祖。〔註 161〕據此可知《楚辭》與後代散文亦關係密切矣！若然則三九對後世散文之影響或亦匪淺。以下即援引前人論及歷代散文家受三九影響者爲證，並略就其文以說明之：

王萌《楚辭評註・惜誦》：「九折臂而成醫兮，吾至今乃知其信然」句下，引可亭曰：「鄒陽語本此，極徘徊之致。」試觀其〈獄中上書自明〉一文，論讒毀之禍，最爲痛切。文首即曰：「臣聞忠無不報，信不見疑。臣常以爲然，徒虛語耳。」又曰：「故女無美惡，入宮見妬；士無賢不孝，入朝見嫉。」「夫以孔墨之辯，不能自免於讒諛，而二國以危。何則？眾口鑠金，積毀銷骨。」據此可知本文不僅文詞本諸〈惜誦〉，其命意亦與〈惜誦〉同也。〔註 162〕

高似孫《子略》卷四《淮南子》下云：「淮南之奇，出於〈離騷〉；淮南之放，得於莊列。」陳麗桂先生更指出淮南多炫煒奇詭之文字或辭彙，大多沿用或脫化於莊子與楚騷，尤其是楚騷。而此比漢賦更雕縟奇詭，與楚騷同樣曼衍馳騁，與莊子同等瓌瑋之文字氣味，正爲《淮南子》所特有而大別於漢代諸子之文字風格。又，陳氏更進一步指出淮南多楚語。〔註 163〕準此觀之，淮南多楚語，正與三九之借助於方言俗語同也。如《淮南・脩務》：「帽憑而爲義」，〈時則〉：「山雲草莽」，〈本經〉：「曲拂邅迴」；其所用之「憑、莽、邅迴」亦三九所用之楚語也。〔註 164〕據此或可推知淮南之用語及風格皆有承自三九者也。

〔註 161〕以上蔣驥、姜南、蔣善國諸氏之說並見蔣善國編《楚辭》一書之引言。

〔註 162〕鄒陽〈獄中上書自明〉一文見《文選》卷三十九。

〔註 163〕參見陳麗桂先生〈淮南多楚語〉一文（《漢學研究》二卷一期）。

〔註 164〕此所引淮南之例並見陳氏〈淮南多楚語〉一文，三九所用之方言參

劉熙載《藝概》卷一〈文概〉云：「太史公文兼括六藝百家之旨，第論其惻怛之情，抑揚之致，則得於詩三百篇及〈離騷〉居多。」又云：「學〈離騷〉，得其情者爲太史公。」觀其所爲〈屈子賈生列傳〉於屈子之繫心懷王，不忘欲反，「其存君興國而欲反覆之，一篇之中三致志焉。」而文中又錄屈子〈懷沙〉全文，其末之論贊更曰：「余讀〈離騷〉、〈天問〉、〈招魂〉、〈哀郢〉，悲其志。適長沙，觀屈原所自沈淵，未嘗不垂涕，想見其爲人。」則其「惻怛之情，抑揚之致」，蓋有出於〈九章〉者也。又，《司馬遷之人格與風格》一書亦以史遷散文乃奇而韻，奇係來自秦文之矯健，而變爲疏蕩；韻則爲經《楚辭》之洗禮，故可使疏蕩處不走入偏枯躁急。〔註 165〕據此則《史記》之韻致或亦有得於歌、辯之「優游婉順」也。〔註 166〕

劉熙載《藝概》卷一〈文概〉又云：「酈道元敘山水峻潔層深，奄有《楚辭》〈山鬼〉、〈招隱士〉勝境。柳柳州遊記，此其先導也。」觀其《水經注》江水注云：「自三峽七百里中，兩岸連山，略無闕處。重巖疊障，隱天蔽日，自非亭午夜分，不見曦月……每至晴初霜旦，林寒澗肅，常有高猿長嘯，屬引淒異，空谷傳響，哀轉久絕。故漁歌曰：『巴東三峽巫峽長，猿鳴三聲淚沾裳！』」此段頗有〈山鬼〉韻致，劉氏之說或然也。

游國恩先生以爲〈國殤〉首敘初戰情形，次敘戰敗情形，中寫死者之勇敢，末贊死後之英靈，極有步驟，爲一最古且最佳之「〈弔古戰場文〉」。〔註 167〕而有唐李華之〈弔古戰場文〉則取法於〈國殤〉也。其文曰：「鼓衰兮力盡，矢竭兮弦絕，白刃交兮寶刀折，兩軍蹙兮生死決。」其文字、文意皆與〈國殤〉有同曲之悲也。〔註 168〕

見附錄一表五：三九所見楚方言分析表。

〔註 165〕參見《司馬遷之人格與風格》一書頁 269。

〔註 166〕王逸〈離騷經後敘〉：「屈原之詞，優游婉順。」而李直方先生以爲倣效九歌——以情爲主之作品，皆「優游婉順」（同註 26）。

〔註 167〕見游國恩《楚辭概論》頁 85。

〔註 168〕〈弔古戰場文〉見《李遐叔文集》卷四。

《林泉隨筆》云:「宋玉〈九辯〉曰:『今世豈無騏驥兮,誠莫之能善御。見執轡者非其人兮,遂踼跳而遠去。』又見:『變古易俗兮世衰,今之相者兮舉肥。』」韓子〈襍說〉曰:『世有伯樂,然後有千里馬。千里馬常有,而伯樂不常有。』一篇主意自此變化來。故曰:師其意,不師其辭,此題是也。」〔註 169〕據此可知韓愈〈雜說〉此文命意乃從〈九辯〉出。又韓愈〈進學解〉假弟子之口言一己爲文取資:「上規姚姒,渾渾無涯……下逮莊、騷。」則其爲文亦取法於《楚辭》也。

柳宗元〈答韋中立論師道書〉云:「參之〈離騷〉,以致其幽。」則其爲文亦有取法於三九者。觀其〈答韋中立論師道書〉,引屈子〈懷沙〉「邑犬群吠吠所怪也」之語,加以申說,即可知也。又其謫放永州,乃楚地也,又與屈子同有遭讒被放之悲,故自放山水間,嘗倣〈離騷〉數十篇。而其永州諸記,描寫山水風物,峭拔勁潔,簡古清麗,而又寄興曠遠,託意遙深,誠可謂兼《國語》之筆,〈離騷〉之情,《水經注》之神而一之者。〔註 170〕而其寫山水之幽靜,頗有〈山鬼〉之況味,藉山水抒鬱勃之情,則有類〈涉江〉「入溆浦余儃佪兮」至「固將愁苦而終窮」一段。

劉熙載《藝概》卷一〈文概〉云:「歐陽文公,幾於史公之潔,而幽情雅韻,得騷人指趣爲多。」觀其〈秋聲賦〉之作,顯受〈九辯〉影響,而〈醉翁亭記〉運用虛詞「也」字,以表達深厚委婉之情,或有得於〈九章〉之啓示,而其行文如詩,確乎有得騷、歌之幽情雅韻也。

從上舉諸家可知後代之散文,無論命意、遣詞、題材、風格蓋皆有受三九之影響也。至若〈懷沙〉、〈哀郢〉、〈涉江〉之亂詞,〈抽思〉

〔註 169〕見張綸撰《林泉隨筆》(《百部叢書集成》明高鳴鳳輯刊今獻彙言本,頁 12)。

〔註 170〕參見《大學國文選》柳宗元〈答韋中立論師道書〉作者欄(幼獅六十五年版)。

之亂、倡及少歌或亦後世論贊體之濫觴。〔註 171〕又，竊以爲騷章之以朗麗語言寫哀志，或亦對後代散文有所影響；而〈九辯〉參差錯落之文氣，於後代散文之影響或更甚焉！

第四節　三九對詞曲之影響

一、三九對詞之影響

三九與詞之關係雖不若詩之密切，然亦予詞相當之影響，此可就體製、題材、遣詞、技巧、風格數端言之。

就體製言：如辛棄疾〈水調歌頭〉「我志在寥闊，疇昔夢登天……少歌曰：『神甚放，形則眠。鴻鵠一再高舉，天地睹方圓。』欲重歌兮夢覺，推枕惘然獨念：人事底虧全？有美人可語，秋水隔嬋娟。」此闋詞之「少歌曰」，蓋擬〈九章・抽思〉之體製也，而「欲重歌兮夢覺」，以「兮」字入詞，且採「三兮二」句式，正見其受〈九歌〉之影響也。又，其〈醉翁操〉「長松，之風」一首，亦以兮字入詞，且用〈九歌〉句系，亦受三九體製之影響也。

就題材言：屈宋之偉大人格及不幸遭際，與夫〈九歌〉美妙動人之神話，亦予詞家不少寫作題材。如賀鑄〈望湘人〉：「厭鶯聲到枕……淚竹痕鮮，佩蘭香老，湘天濃暖……不解寄，一字相思，幸有歸來雙燕。」此闋詞即取材自二湘故事。又，周密〈花犯〉：「楚江湄，湘娥再見，無言灑清淚，淡然春意……冰絲寫怨更多情，騷人恨，枉賦芳蘭幽芷……幽夢覺，涓涓清露，一枝燈影裏。」此亦取材自二湘。而辛棄疾〈山鬼謠〉自序：「雨巖有石，狀怪甚，取〈離騷〉、〈九歌〉，名曰〈山鬼〉。」蓋亦有取於〈山鬼〉之作。至若〈賀新郎〉：「靈均千古懷沙恨」，〈踏莎行〉：「是誰秋到便淒涼，當年宋玉悲如許。」則有感於屈宋際遇，遂取以入詞也！

〔註 171〕參見傅師隸樸《中國韻文通論》頁 71。

就遺詞言：三九之遺詞影響詞家尤甚。據傅錫壬先生稼軒與楚辭一文之統計，棄疾引用《楚辭》文句有一百零五見之夥，其櫽栝剪裁自三九者，計有 7、8、15、22、24、29、31、32、33、35、36、37、39、40、41、49、50、55、56、62、64、65、67、68、69、73、74、75、76、77、78、82、83、88、93、101、102、103、104、105 共四十見，舉凡〈東皇太一〉、〈東君〉、〈雲中君〉、〈湘君〉、〈湘夫人〉、〈大司命〉、〈少司命〉、〈山鬼〉、〈禮魂〉、〈惜誦〉、〈涉江〉、〈哀郢〉、〈抽思〉、〈懷沙〉、〈九辯〉諸篇之文字皆與之相涉。據此亦可知辛詞於字句運化之受三九影響匪淺。又若彭元遜〈疏影〉（尋梅不見）一詞：「江空不渡，恨蘼蕪杜若……望望美人遲暮……事闊心違，交淡媒勞……遺佩環，浮沈澧浦。有白鷗、淡月微波，寄語逍遙容與。」其遣詞受〈九歌〉之影響亦極彰然也。

就技巧言：溫庭筠〈菩薩蠻〉：「小山重疊金明滅，鬢雲欲度香顋雪，懶起畫蛾眉，弄妝梳洗遲。」張惠言《詞選》以為「此感士不遇也」，「首章有〈離騷〉初服之意。」吳宏一先生則云：「藉美人寫懷才不遇，寓有《楚辭》香草美人之意。」〔註 172〕若然則溫庭筠此詞，或亦有取則於騷章香草美人之象徵技巧。又李清照〈聲聲慢〉：「尋尋覓覓，冷冷清清，淒淒慘慘戚戚。」連下十四疊字，或亦有受〈山鬼〉、〈悲回風〉、〈九辯〉連用疊字之影響也。再者，清照每於詞作中，以香花自況，如〈鷓鴣天〉「詠桂花」「自是花中第一流」；〈慶清朝慢〉「詠杏花」「誰人可繼芳塵」，此或亦有學自〈九章〉者。

就風格言：蘇軾〈水調歌頭〉「明月幾時有，把酒問青天」一詞，前闋言天上宮闕，高不勝寒，彷彿神魂歸去，幾不知身在人間，乃天仙化人之筆；而後闋轉入人世離合，纏綿惋惻，其風格或有得於〈九歌〉者。而〈念奴嬌〉「大江東去」一詞則援引史事，發千古興亡之慨，頗類騷章之朗麗哀志。又如前引賀鑄〈望湘人〉一詞，黃

〔註 172〕參見吳宏一先生〈楚辭對後代文學的影響〉一文（《中國文學講話》（二））。

蓼園評曰：「意致濃腴，得騷、辯之遺韻。張文潛稱其樂府妙絕一世，幽索如屈、宋，悲壯如蘇、李，斷推此種。」〔註 173〕則方回之詞風或亦受騷、辯之影響也！又李清照〈漁家傲〉：「天接雲濤連曉霧，星河欲轉千帆舞」一闋，措辭豪邁，氣勢壯濶，極富浪漫色彩，何廣棪先生以為精神面貌雅近〈九章・惜誦〉。〔註 174〕

以上乃據體製、題材、遣詞、技巧、風格數端，舉例略論三九對詞之影響，雖援引不廣，然亦可略窺三九之與詞相涉也。又自上文之略論，可知詞家受三九影響最深者，蓋稼軒也。此亦以稼軒生當南宋危墜之時，目擊國破家亡之苦，而懷驅敵興國之大志，然以奸讒當道，壯志難酬，其抑鬱悲憤，蓋有同於屈子也。以是可知後之作者喜藉楚騷抒發感懷，蓋有其所以然也，此亦可見屈宋人格、作品感人之既邃且遠矣！〔註 175〕

二、三九對戲曲之影響

三九與戲曲之關係，可自〈九歌〉為戲曲之先聲及後世戲曲之主題、題材皆有取自三九二端論之。

（一）〈九歌〉為戲曲之先聲

〈九歌〉乃屈子修潤之祀神歌曲，以其為祀神歌曲，故「或以陰巫下陽神，或以陽主接陰鬼」，〔註 176〕其辭非出一神之口，故有賓主爾我之詞，有類後世劇本，再加以其為敘神之行事容止，故有戲劇性之悲歡離合情節，亦有人物之典型性格，故〈九歌〉雖非戲劇，而戲劇雛形已略具其中。是以王國維《宋元戲曲考》以為「浴蘭沐芳，華衣若英，衣服之麗也；緩節安歌，竽瑟浩倡，歌舞之盛也；乘風載雲之詞，生別新知之語，荒淫之意也。是則靈之為職，或偃蹇以象神，

〔註 173〕唐圭璋《宋詞三百首箋注》引寥園詞選評語。

〔註 174〕參見何廣棪先生《李清照研究》一書頁 32。

〔註 175〕本節所引各家之詞，除稼軒詞見鄧廣銘先生《稼軒詞編年箋注》一書外，餘各家之詞悉見唐圭璋先生《宋詞三百首箋注》。

〔註 176〕見朱熹《楚辭辯證》卷上（華正版頁 351）。

或婆娑以樂神，蓋後世戲劇之萌芽，已有存焉者矣。」〔註 177〕據此可知〈九歌〉實爲戲曲之先聲。

（二）後世戲曲之命意、題材或有取自三九者

就命意言：孔尚任《桃花扇》蓋「借離合之情，寫興亡之感」。第十三齣〈哭主〉寫明思宗之殉社稷，〔前腔〕云：「宮車出，廟社傾，破碎中原費整……報國讐早復神京」；蓋寫國破君亡之恨。第三十八齣〈沈江〉，寫史可法殉難。末齣餘韻以〔哀江南〕散套哀弔失陷之山河。末以〔離亭宴帶歇指煞〕總弔南明之亡。辭云：「俺曾見金陵玉殿鶯啼曉，秦淮水榭花開早，誰知道容易冰消……謅一套哀江南，放悲聲唱到老。」蓋其哀故國之淪亡，故都之荒蕪，其命意與〈哀郢〉似也。又如尤侗之《讀離騷》共四折，正目爲「湘纍問天呵壁，漁父說客垂綸，巫女朝雲感夢，宋子午日招魂」。尤侗自序云：「〈懷沙〉之痛，亂以〈招魂〉」，而全劇蓋抒懷才不遇之抑鬱，〔註 178〕其命意頗類〈九辯〉。又嵇永仁《續離騷》自云寫作動機：「屈大夫行吟澤畔，憂愁幽思，而騷作。語曰歌哭笑罵皆是文章，僕輩遘此陸沈，天昏地慘，性命既輕，眞情於是乎發，眞文於是乎生。雖塡詞不可抗騷，而續其牢騷之遺意，未始非楚些別調云。」〔註 179〕據此則此劇亦類〈九章〉之抒憂愁幽思矣！

就題材言：元睢景臣、吳仁卿皆有屈原投江之劇。明汪道崑之《高唐夢》，以〈高唐賦〉爲底本，兼採屈原作品及旨意，末以〈九歌．少司命〉「樂莫樂兮新相知，悲莫悲兮生別離」語爲結。又，清張堅《玉燕堂四種曲》，其一爲《懷沙記》，亦衍屈原故事。周樂清《紉蘭佩》則寫屈原投江遇救，再爲楚王重用事。凡此諸劇，皆演屈宋故事，則其取材亦必與〈九歌〉、〈九章〉、〈九辯〉相涉矣！〔註 180〕

〔註 177〕見王國維《宋元戲曲考》一、上古至五代之戲劇。
〔註 178〕參見姜亮夫先生《楚辭書目五種》頁 461。
〔註 179〕參見孟瑤《中國戲曲史》第二冊頁 353 引。
〔註 180〕本段諸戲曲見姜亮夫先生《楚辭書目五種》引。

〈九歌〉既爲戲曲之先聲，而後世戲曲之命意、題材亦有取自三九者，則三九對戲曲之影響雖不若詩賦之甚，然亦不可輕忽焉！

第五節　三九對小說之影響

三九雖非小說，然〈九歌〉以敘述神之行事，章、辯以蘊含豐富神話，故亦與小說相涉。蓋〈九歌〉所祀諸神，多神話中人物，其中既有纏綿悱惻之愛情故事，且對諸神之描摹又生動可愛，故於後世小說之命意、題材與夫寫作技巧，皆有所影響。而〈九章〉中若〈涉江〉之崑崙神話，〈思美人〉提及之豐隆、玄鳥，與夫〈九辯〉所駕馭之諸神群靈，亦皆神話中人物，故多爲後世作家採以入小說。傅錫壬先生以爲《楚辭》奠定小說之雛形，〔註 181〕史墨卿先生亦謂《楚辭》乃小說之濫觴，〔註 182〕趙璧光先生更言屈賦爲小說遠祖。〔註 183〕證諸前言及三氏之說，蓋三九亦影響後世小說匪淺歟？以下試就主題、題材及寫作技巧三端略論三九對小說之影響。

一、主　題

小說主題雖有多端，然敘寫愛情故事當爲最大宗。蓋愛情不僅爲人類與生具有之本能，且亦爲人類延續生命、民族之原動力也。而〈九歌〉中〈湘君〉、〈湘夫人〉、〈少司命〉、〈山鬼〉諸篇，於愛情之刻劃極其細膩動人，其主題正爲述說愛情。此對後世之言情小說頗有影響。如李朝威〈柳毅傳〉〔註 184〕「寫柳毅下第，將歸湘濱，道經涇陽，遇牧羊女言是龍女，言爲舅姑及婿所貶，托毅傳書，致父洞庭君。洞庭君弟錢塘君性暴，殺婿取女歸，欲妻柳毅，毅嚴拒，

〔註 181〕參見傅錫壬先生〈楚辭的文學價值〉一文（收入《中國文學講話》（一））。

〔註 182〕參見史墨卿先生〈楚辭之影響〉一文（《中國國學》第八期）。

〔註 183〕參見趙璧光先生〈論屈賦之流變〉一文（《成功大學學報》第八卷）。

〔註 184〕李朝威〈柳毅傳〉見《太平廣記》卷四一九。

後柳毅喪妻，娶盧氏女，即龍女。」〔註 185〕爾後二人乃永奉歡好，成爲神仙之侶。又，沈亞之〈湘中怨解〉〔註 186〕寫鄭生與湘中蛟宮娣汜人之愛情故事。觀二作所敘皆愛情故事，而故事背景皆與湘水有關，文中又多有騷體之歌，如〈柳毅傳〉洞庭君、錢塘君、柳毅皆有楚歌，柳歌曰:「碧雲悠悠兮，涇水東流。傷美人兮，雨泣花愁……山家寂寞兮難久留，欲將辭去兮悲綢繆。」若〈湘中怨解〉則言汜人「能誦楚人〈九歌〉、〈招魂〉、〈九辯〉之書，亦常擬其調。」凡此皆可知不僅小說主題與九歌有密切關係，其取材、遣詞亦與二湘相涉矣！

二、題　材

後世小說之題材，多有取於三九者。如二湘、〈河伯〉演爲後代之水神故事；〈山鬼〉則以其窈窕多情爲後世寫女性鬼妖迷人小說之本。而〈涉江〉之崑崙神話，亦爲後代神異小說採用，至若章、辯中之諸神話人、物，亦幻變爲後代神怪小說中之人物。茲舉例略論於下：

〈湘君〉、〈湘夫人〉二篇爲後世水神故事之祖。如《列仙傳》載鄭交甫常遊漢江，見二女，皆麗服華裝，佩兩明珠，大如雞卵。交甫見而悅之，設辭欲請下佩，二女果解佩予之。後始知二女乃仙人也。〔註 187〕又，王嘉《拾遺記》云：「(昭王二十四年)……時東甌獻二女，一名延娟，二名延娛……此二人辯口麗辭，巧善歌笑，步塵上無跡，行日中無影。及昭王淪於漢水，二女與王乘舟，夾擁王身同溺於水……漢江之上，猶見王與二女乘舟，戲於水際。」〔註 188〕蓋後世小說中之水神、龍女十九與湘、洛、洞庭、漢水有關，蓋無不胎息於

〔註 185〕見孟瑤《中國小說史》第一冊頁 72、73。

〔註 186〕沈亞之〈湘中怨解〉見《太平廣記》卷二九八，題曰〈太學鄭生〉，下注出《異聞集》。

〔註 187〕《列仙傳》見《太平廣記》卷五十九，此並參見蘇雪林先生〈九歌中人神戀愛問題〉一文。

〔註 188〕見王嘉《拾遺記》卷二。

〈湘君〉、〈湘夫人〉也。〔註 189〕

〈河伯〉:「子交手兮東行,送美人兮南浦。波滔滔兮來迎,魚鄰鄰兮媵予。」游國恩先生以爲蓋詠河伯娶婦之事。〔註 190〕以是〈河伯〉一篇遂爲後世河伯嫁女、江神娶婦小說之張本。如《搜神記》載吳餘杭縣南有上湖,湖中央作塘。有一人乘馬,將三四人,至岑村飲酒。後因馬斷走歸,從人悉追馬,至暮不還。眠覺,後爲〈河伯〉所延,乃以女妻之。後此人歸家,遂不肯別婚。又,《水經・江水注》記秦昭王使李冰爲蜀守,時江神歲娶童女二人爲婦,冰以其女與神爲婚,徑至神祠勸酒,冰厲聲責之,因忽不見,良久,有兩牛鬭於江岸旁。〔註 191〕此則又由娶婦而演爲水神水怪故事,而散見於各類小說中。〔註 192〕

蒲松齡《聊齋志異》自序云:「披蘿帶荔,三閭氏感而爲騷;牛鬼蛇神,長爪郎吟而成癖……才非干寶,雅愛搜神;情同黃州,喜人談鬼。聞則命筆,遂以成編。」復觀其聊齋所寫之靈鬼、豔狐、花妖、義禽,莫不美而多情。或如紅玉之機智賢能,或如爲救情人不辭辛苦至深山採藥之蓮香,或有「郎爲我死我何生」之嬌娜,或有與情人一見傾心之青鳳。蓋其所寫多爲狐鬼精靈與人之戀愛故事,而諸狐鬼神靈多具美麗之外貌、純潔之靈魂與夫貞摯深沈之愛情,凡此或有取材於美麗多情之山鬼也。

又〈涉江〉:「吾與重華遊兮瑤之圃,登崑崙兮食玉英。」此崑崙之域於後之神怪小說中多爲西王母所居,如《十洲記》所載:「崑崙號曰崐崚,在西海之戌地……西王母之所治也。」甚至後世之武俠小說尤多以崑崙爲仙人出沒處。至若〈九辯〉中之朱雀、蒼龍、雷師、飛廉及〈九歌〉中之東皇太一、東君、雲中君、大小司命神,

〔註 189〕同註 183。
〔註 190〕見游國恩先生《楚辭論文集》頁 135。
〔註 191〕同註 190 頁 137～139。
〔註 192〕同註 183。

則多為後世之神魔小說採入。以是趙璧光先生云:「明代吳承恩之《西遊記》記玄奘去天竺取經,時而天宮神魔大戰,時而地府鬼怪為敵,時而山川魑魅蠱惑,時而海外諸仙遊樂,碧落黃泉,虛無飄渺,殆與〈離騷〉、〈遠遊〉、〈東君〉、〈大小司命〉、〈招魂〉等之令羲和、昭豐隆、乘玄雲、使涷雨、舉長矢、射天狼、撫彗星,擁幼艾,高馳沖天,操弧淪降,下此幽都,入彼雷淵,極相彷彿,能謂屈賦非小說之遠祖?」〔註193〕

三、寫作技巧

三九之寫作技巧,或亦有影響後世小說者。此可就人物造型及景物摹寫二端言之:

就人物造型言:山鬼之「既含睇兮又宜笑,子慕予兮善窈窕」;「被石蘭兮帶杜衡,折芳馨兮遺所思」;其婉孌多情,不僅惹人憐愛,且亦予人無限遐思。故後世小說中之女主角每每多有取於此造型者。以蒲氏《聊齋志異》為例,如嬌娜之「年約十三四,嬌波流慧,細柳生姿」;青鳳之「弱態生嬌,秋波流慧,人間無其麗也」;胡四姐之「年方及笄,荷粉露垂,杏花煙潤,嫣然含笑,媚麗欲絕」;阿纖之「年十六七,窈窕秀弱,風致嫣然」;〔註194〕皆如山鬼之曼妙可人。

就景物摹寫言:〈湘夫人〉「築室兮水中……建芳馨兮廡門」一段,極力鋪陳水中居室之芳潔,此對後代以水晶宮為背景之小說多有影響。〔註195〕如〈柳毅傳〉載:「臺閣相向,門戶千萬,奇草珍木,無所不有。」「柱以白璧,砌以青玉,牀以珊瑚,簾以水精,雕琉璃於翠楣,飾琥珀於虹棟。奇秀深杳,不可殫言。」〔註196〕

除人物造型及景物摹寫外,三九寫作技巧影響後世小說者,如〈九

〔註193〕同註183。
〔註194〕參見梁伯傑先生〈「聊齋」女主角的塑造〉一文(《中國古典文學研究叢刊》小說之部(二))。
〔註195〕參見蘇雪林先生〈九歌中人神戀愛問題〉一文。
〔註196〕同註184。

章〉中香草美人象徵及〈九辯〉中駕馭諸神之想像或亦對後代小說有所暗示。如《紅樓夢》中之林黛玉本爲絳珠草，而其人品可以一「潔」字概括，觀其〈葬花詞〉云：「質本潔來還潔去，不教污淖陷渠溝。」蓋謂花亦自謂也。而此以香草美人象徵高潔，殆雪芹有得於楚騷也！又，〈九辯〉中駕馭諸神之想像則或影響《封神演義》、《西遊記》等能呼風喚雨，驅鬼使魔之神怪小說也。

以上乃從主題、題材及寫作技巧三端略論三九之影響後代小說者。除此三端外，吾人尚可見後代小說或有於文中雜有騷歌以發感慨者，如《紅樓夢》七十八回賈寶玉所作之〈芙蓉女兒誄〉，其歌而招之曰一段，即模擬三九、〈離騷〉、〈招魂〉，此亦可見楚騷影響後世小說之大。再者，若〈九歌〉之具有故事性，〈九章〉之彰顯屈子性格，與夫〈九辯〉之善於摹寫景物或亦予後世小說不少啓示。綜上所述，宜乎傅錫壬、史墨卿、趙璧光三氏皆明指《楚辭》與小說之密切關係。

綜上五節所述，可知三九與後世之辭賦、詩歌、駢文、散文、詞、戲曲、小說等各體文學皆相涉，且其影響力乃自漢迄於近世。《文心・辨騷》謂《楚辭》衣被詞人非一代，而《漢文學史綱》一書更云：「其影響於後來之文章，乃甚或在三百篇以上」，〔註197〕證諸三九之影響深遠，二氏之說，良有以也！

〔註197〕見劉大杰《中國文學發展史》頁109引（華正版）。